나의 문화유산답사기
11

나의 문화유산답사기

11
서울편 3 사대문 안 동네
내 고향 서울 이야기

유홍준 지음

창비

나의 체험적 서울 답사기

1

『나의 문화유산답사기』제9~10권으로 서울편을 두 권 펴낸 뒤 여타 서울 답사기를 어떻게 쓸 것인가 많은 고민이 있었다. 사실 이미 펴낸 서울편은 창덕궁을 비롯한 5대 궁궐과 한양도성, 성균관, 동관왕묘 등 조선왕조의 왕실 유적들만을 답사한 것이다. 그러니 이를 진정한 서울 답사기라고 말할 수는 없는 것이다. 한양 정도(定都) 600년의 역사가 남긴 문화유산 이야기는 그대로 남아 있는 셈이다.

그러나 서울의 문화유산은 개화기와 근대를 거치면서 많이 사라지고 변질되어 의연히 옛 모습을 그대로 보여주는 것은 그리 많지 않고 대부분 현재의 삶 속에 그대로 녹아 있다. 말하자면 근현대 문화유산으로 현재진행형인 것이니 이제까지의 답사 유적과는 다를 수밖에 없다. 그래서 그냥 지나가버릴 생각도 했다.

그러다 5년 전, 서울편 출간 기념으로 서울시에서 '유홍준과 함께하는 서울 답사'라는 프로그램을 만들어 몇 차례에 걸쳐 사대문 안 곳곳을 시민들과 함께 다니면서 생각이 바뀌었다.

나는 서울 서촌에서 태어나 거기에 살면서 초·중·고·대학교를 다녔다. 초등학교는 인왕산 밑에 있었고, 중학교는 북악산 밑에 있었다. 인사동은 미술계에 입문한 후 이날 이때까지 나의 사회생활이 이루어지는 내 인생의 사랑방 같은 곳이다.

이때 북촌, 서촌, 인사동 등을 답사하면서 내가 어린 시절에 보았던 이야기를 곁들여주면 답사객들은 문화재에 대한 해설보다도 나의 지난날 이야기를 더 흥미롭게 듣는 것이었다.

특히 엄마 손을 잡고 따라온 한 중학생이 내게 바짝 붙어 다니면서 마치 할아버지가 들려주는 옛날이야기를 듣듯 재미있어하는 것이었다. 인왕산 수성동계곡에서 잠시 쉬어 갈 때도 내 곁에 붙어 앉아서는 무슨 얘기라도 해주려나 물끄러미 나를 바라보고 있었다. 그러고는 스스로도 멋쩍었던지 손에 든 귤을 까서 권하는 것이었다.

"고마워요. 근데 뭐가 그렇게 재미있어요?"
"선생님 어렸을 때 얘기가요."
"실례지만 몇 살이세요?"
"선생님과 띠동갑이에요."

띠동갑이라. 12년? 24년? 36년? 아니다, 48년 차이다. 그러면 이 중학생은 그야말로 옛날이야기를 듣고 있는 셈이었다. 그래서 다시 가만히 계산해보았다. 만약에 내가 중학생 때 48세 더 되는 할아버지 얘기를 듣는다는 것은 3·1 만세운동 때 이야기를 듣는 셈이니 신기하고 흥미롭지 않겠는가. 그때 나는 내가 살면서 보아왔던 것과 그것이 변해버린 모습을 말하는 시대적 증언으로 서울 답사기를 써야겠다는 생각을 했다.

2

이리하여 나의 체험적 서울 답사기로 서촌·북촌·인사동 이야기를 쓰게 되었는데 막상 글을 써내려가자니 이제까지 답사기 형식과는 전혀 다르게 되어 어색하게 느껴질 때도 있고, 나의 이런 개인적 증언이 독자들에게, 또는 답사기로서 과연 어떤 의미를 갖는가 주저될 때도 있었다. 그럼에도 애초 마음먹은 대로 나의 체험적 이야기로 서울 사대문 안 답사기를 써내려간 데에는 두 가지가 힘이 되었다.

하나는 『천변풍경』의 박태원이 소설 기법으로 받아들였다는 고현학(考現學, modern-ology)이다. 고현학은 과거의 유물을 연구하는 고고학(考古學, archae-ology)의 방법론을 현대 생활사에 적용하는 민속학적 방법론으로 일본의 곤 와지로(今和次郎)가 관동대지진(1923) 이후 도쿄의 주거 생활을 연구하면서 내건 개념이다. 이런 고현학의 입장에서 본다면 서울 묵은 동네에 대한 나의 기억과 서술은 그 나름의 의의를 지닐 수도 있다는 생각이 들었다.

또 하나는 서성(書聖)으로 일컬어진 왕희지(王羲之)가 자기 집 정원인 난정(蘭亭)에서 벗들과 한차례 계회(契會)를 베풀고 그 모임을 기념하여 「난정계서(蘭亭契序)」를 쓰면서 말한 마지막 구절이다.

후대 사람이 지금을 보는 것은 마치 지금 사람이 옛날을 보는 것과 마찬가지일 것이니 (…) 후대에 이 글을 펼쳐보는 사람에게는 나름의 감회가 있지 않겠는가.
後之視今 亦猶今之視昔 (…) 後之攬者 亦將有感於斯文

이런 생각에서 나의 체험적 서울 답사기를 쓰게 되었다.

3

나의 체험적 서울 답사기는 결국 근현대 이야기가 되었다. 그러나 나를 기준으로 현재를 말한다는 것은 언제나 위험한 일이어서 혹시 중요한 상호를 언급하지 않거나 이름 석 자를 빠뜨려 서운해 하실 분이 없지 않아 있을 것이다. 너그러운 이해와 용서를 부탁드린다.

이번 책을 펴내는 데도 많은 분들의 도움을 받았다. 두 권을 동시에 출간하게 되면서 창비 인문교양출판부의 황혜숙, 이지영, 이하림, 박주용, 김새롬 등이 총동원되었고 책 디자인은 여전히 디자인 비따의 김지선 실장과 노혜지 팀장이 맡아주었다. 그리고 명지대 한국미술사연구소의 홍성후, 신민규, 박효정, 김혜정 등 신구 연구원들이 문헌자료 검색과 사진 자료 수집을 도와주었다. 특히 인사동 편에서는 조문호 사진가와 인사동 전통문화보존회 신소윤 회장, 북악산 편에서는 이성우 청와대연구소장의 큰 도움을 받았다.

이 책은 함께 출간된 '강북과 강남: 한양도성 밖 역사의 체취'편과 앞뒤로 짝을 이루고 있다. 뒷권은 한양이 팽창하면서 서울로 편입된 지역의 문화유산을 답사한 것이다. 성북동을 비롯하여 선정릉, 봉은사, 겸재미술관, 허준박물관, 망우역사문화공원 등으로 엮은 이 뒷권은 서울의 넓이와 깊이를 제법 장대하게 확대해준다. 다만 북한산과 진흥왕 순수비 답사기는 두 권의 균형을 맞추기 위하여 앞권으로 옮겼다. 『나의 문화유산답사기』제12권 '강북과 강남'편에서 독자 여러분을 다시 만나고 싶다.

2022년 10월
유홍준

차례

책을 펴내며   4

북악산

서울의 주산, 그 오랜 금단의 땅   11

서울의 주산, 북악산 / 백악사 / 회맹단 / 육상궁 / 육상궁에서 칠궁으로 /
칠궁의 냉천정 / 칠궁 안의 다섯 사당 / 경무대의 융문당과 융무당 /
친경전 팔도배미와 영빈관 / 경무대에서 청와대로 / 대통령 관저 /
상춘재와 녹지원 / 침류각 / 오운정 / 석조여래좌상 '미남불' /
천하제일복지 암각 글씨

서촌

내 어린 시절 서촌 이야기   59

서울토박이 / 서촌 / 서촌 효자로 / 어린 시절의 기억 / 통의동 /
백송나무, 창의궁, 월성위궁 / 자하문로 / 형제상회와 통인시장 /
자교교회와 자수교 / 신교와 국립서울맹학교·농학교 /
청운초등학교 시절 / 청풍계 / 청송당, 대은암, 도화동 /
유란동의 겸재 정선 / 백운동

인왕산

인왕산 계곡의 옛 모습을 복원하며   103

세종마루 정자와 오거리 / 수성동으로 가는 길 / 수성동 / 치마바위 /
병풍바위의 글씨 / 옥류동 / 겸재의 〈삼승정도〉 / 옥인동의 여러 궁들 /
인곡정사와 육청헌 / 천수경의 송석원 / 윤덕영의 벽수산장 /
언커크(UNCURK) / 벽수산장과 박노수미술관 / 세종마루 정자에서 /
이상과 구본웅 / 필운대 / 필운대 풍류 / 내 가슴속의 인왕산

북촌

북촌 만보(漫步)   151

북촌 8경 / 재동 백송 / 박규수 대감 집터 / 갑신정변과 이곳의 변화 /
재동초등학교와 교동초등학교 / 『조선중앙일보』와 여운형 /
백인제 가옥 / 백인제의 백병원과 출판사 수선사 / 가회동성당 /
현상윤 집터 / 취운정 터와 유길준의 『서유견문』 / 맹현의 맹사성 집터 /
「북촌: 열한 집의 오래된 기억」의 맹현댁 / 개량형 한옥의 등장 /
가회동 31번지 / 건축왕 정세권

인사동1

고서점 거리의 책방비화 201

인사동이라는 곳 / 일제강점기 인사동의 탄생 /
태화관과 기미독립선언서 / 출판사와 서점의 등장 /
백두용과 전형필의 한남서림 / 이겸로의 통문관 /
해방공간과 한국전쟁 후 인사동 서점 / 1960년대의 인사동 고서점 /
고서점과 헌책방 / 인사동 서점의 단골손님들 / 나와 통문관

인사동2

민예사랑과 현대미술의 거리 235

인사동의 미래유산 / 통인가게 이야기 /
인사동의 고미술상과 민예품 가게 / 아자방, 고금당, 시산방 /
화랑가의 형성과 현대화랑 / 명동화랑 김문호 / 전시회 풍년 /
1970년대 인사동의 묵향 / 미술 붐 시대의 화랑가 / 금당 살인 사건 /
1980년대 대여 전시장의 등장 / '그림마당 민'의 탄생 /
오늘날의 인사동 화랑가

인사동3

인사동을 사랑한 사람들 271

인사동길 북쪽의 르네쌍스 음악감상실 / 문화방송 사옥과 민정당사 /
인사동의 한정식집 / 인사동의 오래된 밥집 / 부산식당 /
천상병 시인과 찻집 귀천 / 문인들의 인사동 진출 / 카페 평화만들기 /
낙서, 이용악의 「그리움」 / 카페 소설 / 인사동 밤안개, 여운 /
김욱과 조문호의 증언 / 쌈지길의 등장 / 인사동 만가

북한산

북한산과 진흥왕 순수비 311

북한산 / 북한산성의 문화유적 / 북한산의 사찰들 / 승가사 /
북한산 진흥왕 순수비 / 추사 김정희의 진흥왕 순수비 재발견 과정 /
추사 김정희의 「진흥이비고」 / 황초령비와 마운령비 /
김노경 일행의 『삼각산 기행시축』 / 진흥왕 순수비 복제비 제작 /
사라진 비석 지붕돌을 찾아라

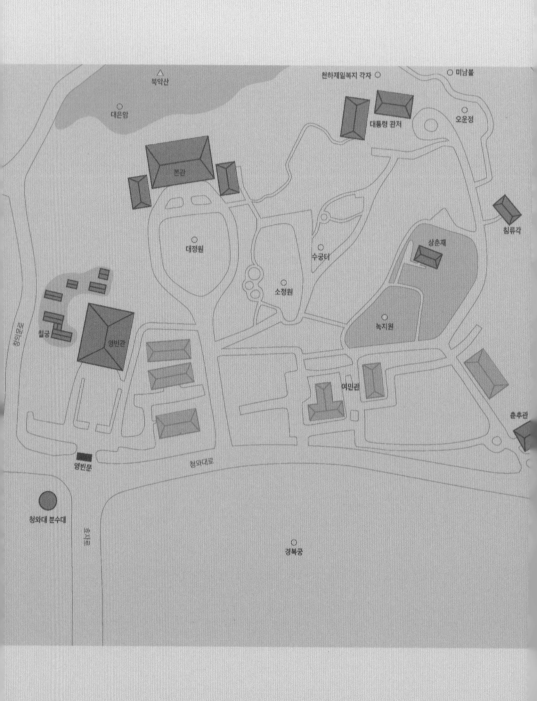

서울의 주산, 그 오랜 금단의 땅

서울의 주산, 북악산 / 백악사 / 회맹단 / 육상궁 /
육상궁에서 칠궁으로 / 칠궁의 냉천정 / 칠궁 안의 다섯 사당 /
경무대의 융문당과 융무당 / 친경전 팔도배미와 영빈관 /
경무대에서 청와대로 / 대통령 관저 / 상춘재와 녹지원 /
침류각 / 오운정 / 석조여래좌상 '미남불' / 천하제일복지 암각 글씨

서울의 주산, 북악산

북악산(北岳山, 명승 제67호)은 높이 342미터의 화강암 골산으로 서울의
주산(主山)이다. 백악산(白岳山)이라고도 불리며 전체 면적은 약 360만
제곱미터(약 110만 평)이다. 산줄기의 흐름을 보면 백두산에서 시작된 백두
대간의 중간 지점에 있는 금강산에서 서남쪽으로 갈라져 나온 한북정맥(광
주산맥)이 북한산을 거쳐 북악산에서 문득 멈추고 양팔을 벌린 형상이다.

북악산 서쪽으로는 인왕산(仁王山, 338미터), 동쪽으로는 낙산(駱山,
125미터)이 있고 남쪽으로는 남산(南山, 262미터) 너머로 한강이 내려다보
이고 있다. 이들이 서울의 내사산(內四山)으로 아늑한 분지를 이룬다. 북
악산의 형국을 자세히 보면 마치 벌이 엎드려 숨을 쉬는 듯한 모습이어
서 어느 풍수가는 여기서 나오는 기가 서울을 600년 넘게 한반도의 수

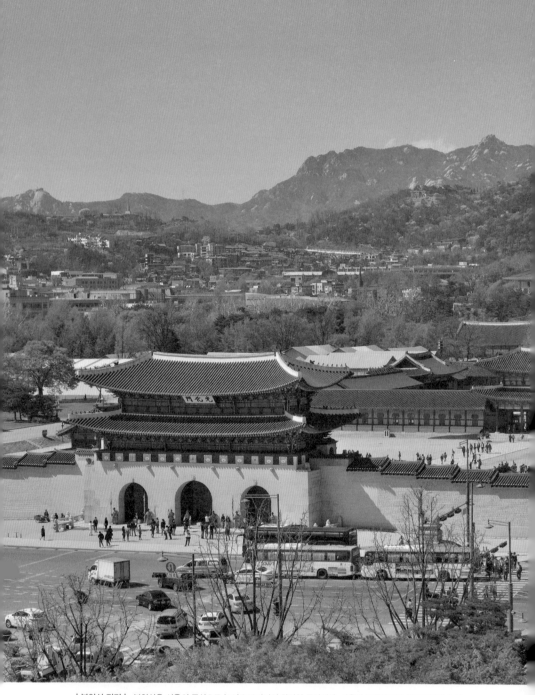

| 북악산 전경 |　북악산은 서울의 주산으로 높이 342미터의 화강암 골산이다. 서울이 조선왕조와 대한민국의 수도
가 된 것은 이 산을 등지고 있기 때문이다.

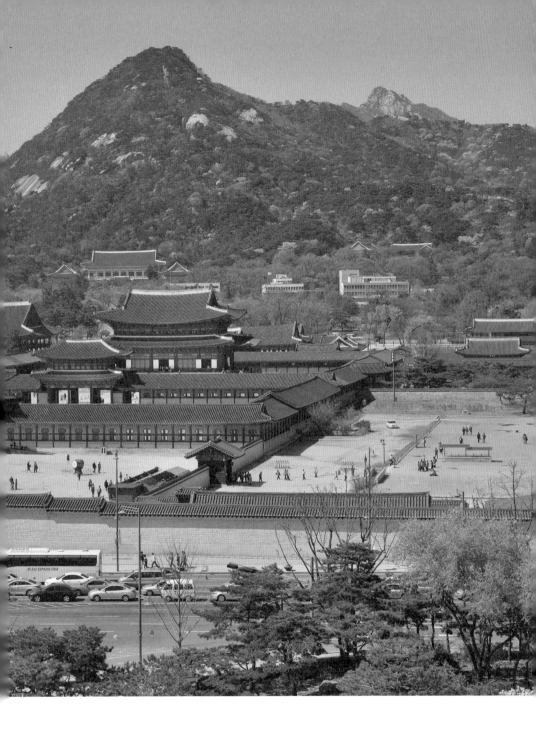

도로 자리하게 하고 있다고 말하기도 한다.

서울이 조선왕조의 도읍이 되어 도시계획을 세울 때 경복궁 북쪽 담장 밖 북악산 지역은 한양의 지세를 보호하기 위해 일반인 출입을 금지시켰다. 수도 한양의 방위체제상 도성의 북문인 숙정문과 북소문인 창의문은 평소에는 닫아두고 필요할 때, 이를테면 창의문은 군사 이동이 있을 때, 숙정문은 가뭄이 심해 기우제를 지낼 때만 열어두었다. 당시 한양의 인구가 10만 명 정도였기 때문에 공간 운영에 여유가 있었던 것이다.

간혹 고려시대 남경의 터가 경복궁 후원(현 청와대) 자리라는 설이 제기되고 있지만 최종현이 『오래된 서울』(동하 2013)에서 고증한 바대로 경복궁 안 서북쪽 모서리(향원정과 태원전 사이)의 빈터라는 설이 훨씬 설득력 있다. 상식적으로 보아도 그 옛날에 비스듬한 평지를 놔두고 가파른 산을 어렵게 깎아 행궁을 지었다고는 생각되지 않는다. 경복궁 뒤 북악산은 자연산림 그대로였다.

백악사

북악산은 금단의 구역이었기 때문에 동쪽 삼청동과 서쪽 청운동 사이에는 오직 백악사(白岳祠)라는 사당만 있었을 뿐 어떤 건물도 축조되지 않았다. 백악사는 북악산의 산신에게 제사 지내는 사당이다.

조선왕조는 국초부터 전국의 명산·대천·성황(城隍)·해도(海島)에 각기 거기에 합당하는 신을 모시는 사당을 짓고 제사 지냈다(『조선왕조실록』 태조 2년(1393) 1월 21일). 그리고 나라에서는 천재지변이나 가뭄 때 이 사당들에서 제를 올리고 일반인들은 누구를 막론하고 제사를 지내지 못하게 엄히 단속했다. 이런 사실은 『조선왕조실록』 태조 4년(1395) 12월 29일자에 다음과 같이 밝혀져 있다.

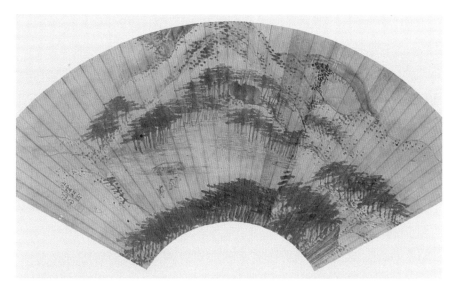

| 겸재 정선 〈북단송음도〉 | 북단은 회맹단의 별칭이다. 이 선면화는 우거진 솔밭 한가운데 빈터에 있는 회맹단을 겸재가 그린 것이다.

북악산은 진국백(鎭國伯)으로 삼고, 남산은 목멱대왕(木覓大王)으로 삼아 경대부와 사서인(士庶人) 모두 제사를 올릴 수 없게 하였다.

실록에서 말하고 있는 백악사는 북악산 정상에 있었을 것으로 추정되나 아직 명확한 위치는 확인되지 않았다. 다만 북악산 정상에서는 조선 초기 기와편이 다수 수습된 바가 있다.

회맹단

북악산에 건물 외 시설물이 있었다면 오직 회맹단(會盟壇)이라는 화강암 석단이 하나 있었을 뿐이다. 회맹단은 공신들이 함께 모여 제를 올리는 단이다. 공신회맹제는 공신으로 책봉된 신하들이 왕을 모시고 회맹단 앞에서 천지신명에게 충성할 것을 맹세하는 의식이다. 회맹단은 북단(北壇)이라고도 했다.

조선왕조는 국난을 수습하면 그때마다 공신을 책봉했다. 공신에게 주어지는 혜택은 엄청난 것이었고 자손에게 상속되었다. 그러니 나라에 공을 세우라는 것이었다. 공신 책봉은 태조 때 나라를 세운 공이 있는 개국공신부터 영조 때 이인좌의 난을 수습한 분무공신까지 모두 28번(삭제된 것을 제외하면 24번) 있었고 여러 형태의 공신회맹제가 열렸다.

공신회맹제는 규정이 따로 명문화되지 않았지만 아마도 『주례(周禮)』에 따랐을 것으로 생각되는데, 이에 의하면 회맹단의 형태는 사방 약 20미터, 높이 약 1미터의 단으로 되어 있다. 회맹제 행사 기록을 참고해 보면 앞쪽에 3개의 계단이 있었던 것 같다.

회맹제 행사 기록이 몇 점 전하고 있는데 국립중앙박물관에는 태종 4년(1404)의 회맹제 때 올린 「삼공신회맹문(三功臣會盟文)」이 소장되어 있다. 이 회맹제는 대대적인 것이어서 1392년의 개국공신, 1398년 제1차 왕자의 난 때 공로가 있는 정사공신, 1400년 제2차 왕자의 난 때 공로가 있는 좌명공신 등 삼공신들이 모두 모여 새로 왕위에 오른 태종 앞에서 충성을 맹세한 행사였다.

또 선조 37년(1604) 임진왜란 때 공신인 선무공신과 임금을 따라 호위한 호성공신 등의 합동 회맹제를 그린 〈태평회맹도(太平會盟圖)〉(보물 668호)가 있는데 이 행사에는 공신과 공신의 적장자(嫡長子) 또는 손자들까지 63명을 초대한 대규모 회맹제였다.

회맹단의 위치는 〈한양도성도(漢陽都城圖)〉(1770) 등 고지도에는 경복궁 신무문 바로 위쪽, 현재 청와대 자리에 표시되어 있다. 그러나 아직 그 자취는 확인되지 않고 다만 시와 그림으로 엿볼 수 있을 뿐이다. 청

| 정선 〈은암동록도〉 | 화면 왼쪽 아래에 놓인 네모난 석단이 회맹단이다. 북악산 중턱에서 바라본 시각으로 멀리 보이는 긴 담장은 경복궁 담장이고 그 너머 뾰족한 봉우리가 남산이다.

음(淸陰) 김상헌(金尙憲, 1570~1652)은 북악산 서쪽 골짜기인 장동(청운동)에 살면서 집 근처 10곳을 회상하며 읊은 연작시 「근가십영(近家十詠)」에서 회맹단을 이렇게 노래했다.

도성 북쪽 흰 모래땅이 깎은 듯 평평한데
네모난 제단은 옛날부터 편안했다
(…)
일 지나고 사람 없으니 비어서 적막한데

달빛 희고 바람 맑으니

(…)

거닐고 거니는 즐거움이 끝이 없다

내 집은 소 울음 들릴 거리에 있으니

어느 날 돌아가서 지팡이 짚으며 걸을 건가

회맹단의 모습은 겸재(謙齋) 정선(鄭敾)이 그린 〈북단송음도(北壇松陰圖)〉라는 선면화(扇面畵)에서 볼 수 있다. 산중턱의 솔밭을 배경으로 네모난 석단이 놓여 있다. 또 겸재 정선의 〈은암동록도(隱嵓東麓圖)〉라는 그림은 '대은암 동쪽 기슭'을 그린 것인데 화면 앞 왼쪽의 네모난 제단이 회맹단이고 경복궁의 북쪽 담장 너머로 남산의 뾰족한 봉우리와 그 너머 관악산이 아련히 그려져 있다.

이로써 추정하건대 회맹단은 조선총독 관저가 들어오고 또 청와대가 지어지는 형질변화 과정에서 사라진 것으로 생각된다. 그들의 눈에는 이 회맹단이 커다란 메줏덩이처럼 생긴 네모난 돌로만 보였을 뿐이었을 테니까.

육상궁

북악산 금단의 구역 경계선상에 가장 먼저 공식적으로 들어온 건축은 서쪽 산자락 아래에 자리 잡고 있는 지금의 칠궁(七宮)이다. 칠궁은 왕을 낳은 후궁 일곱 분의 사당이 모여 있는 곳인데 그 출발은 육상궁(사적 제149호)에서 시작되었다. 육(毓)은 잉태하다, 상(祥)은 상서롭다는 뜻으로 '육상'이란 상서로움(영조대왕)을 낳았다는 의미가 된다.

육상궁은 숙종 44년(1718)에 사망한 영조의 생모인 숙빈 최씨의 신위

| 칠궁 전경 | 북악산 서쪽 산자락 아래에 자리 잡고 있는 칠궁은 왕을 낳은 후궁 일곱 분의 사당이 모여 있는 곳이다. 시차를 두고 건립된 것이 아니기 때문에 사당의 배치가 복잡하다.

를 모신 사당이다. 영조는 자신의 출신에 대해 콤플렉스가 있어 생모인 숙빈 최씨를 성심으로 모셨다. 숙빈 최씨는 궁중에서 허드렛일을 하는 무수리였다가 숙종의 눈에 띄어 후궁이 되어 영조를 낳은 뒤 후궁으로서 가장 높은 지위인 숙빈(정1품)이 되었다.

영조는 숙빈 최씨의 신위를 왕이 되기 전 자신이 살던 창의궁에 모시려 했다. 그러나 왕이 머물던 곳에는 사당을 쓸 수 없다는 대신들의 반대로 무산되었다. 그러다 영조가 왕위에 오르면서 곧바로(1724) 왕손(청룡군)이 살던 집을 사들여 숙빈묘를 세웠다.

이후 영조는 어머니의 지위를 승격시키고자 노력하여 영조 20년(1744)에는 칭호를 육상묘(廟)로 바꾸었고 이어 영조 29년(1753)에는 육상궁으로 승격시켰다. 파주에 있는 숙빈 최씨의 묘소도 원(園)으로 격상시켜 소령원(昭寧園)으로 조성했다. 영조는 52년의 재위 기간 동안 육상궁을 200여 차례나 찾아와 제를 올렸고 자신의 초상화를 육상궁 안에 봉안하여 어머니의 넋을 지키는 뜻을 보였다.

연호궁

이후 왕을 낳은 후궁이 죽으면 사당에 모시고 무덤을 원으로 조성하는 전통이 생겨 연호궁(延祜宮)이 세워졌다. 연호궁의 내력은 대단히 복잡하다. 경종 1년(1721) 영조가 왕자 시절에 맞이한 후궁 이씨가 아들을 낳고 죽었다. 영조가 즉위하면서 이 아들이 효장세자로 책봉되었다가 영조 4년(1728)에 죽었다. 뒤를 이은 세자가 사도세자인데 사도세자가 죽임을 당한 이후 죄인의 아들은 왕이 될 수 없었기 때문에 정조를 효장세자의 양자로 입양시키면서 효장세자는 진종(眞宗)으로 추존되었다.

이에 자연히 영조의 후궁 이씨는 진종의 어머니가 되어 정빈 이씨로 추상되었다. 이에 영조는 정빈 이씨의 사당으로 연호궁을 육상궁 곁(동쪽)에 세웠다. 이리하여 북악산 서쪽 아래 자락에는 육상궁과 연호궁이 나란히 있게 되었다.

이후 왕을 낳은 후궁의 사당이 곳곳에 세워지게 되었는데, 고종 때 와서 경종을 낳은 장희빈의 사당인 대빈궁을 포함해 이를 모두 육상궁 곁에 모시도록 하면서 결국 칠궁이 되었다.

육상궁에서 칠궁으로

왕가의 족보는 대단히 복잡해 정신 차리고 공부하지 않으면 알기 힘들다. 그뿐 아니라 의전에 맞추어 능·원·묘를 조성하고 또 사당을 지어 모셨으니 그 이름을 다 알 수 없을 정도로 많다. 칠궁만 하더라도 사당

| **칠궁의 담장과 대문들** | 칠궁의 각 영역은 돌담과 대문으로 명확하게 구획되어 있다. 낮은 기와담장과 솟을대문, 그리고 사당의 큰 기와지붕이 높이를 달리하며 유기적으로 어울리는 모습이 한옥 건축의 표정이자 매력이다.

건물은 일곱 채가 아니라 다섯 채만 있다. 꼭 이렇게 해야 했나 싶을 정도지만 그것이 왕의 존재 근거가 되는 왕권 국가의 특징이었다. 그런데 복잡하게 느끼기는 당대 분들도 마찬가지여서 그 의전을 제때에 제대로 시행하지 않고 나중에 가서야 잘못된 것을 알게 되어 이를 시정하는 일도 비일비재했다.

본래 후궁의 제사는 4대가 지나면 친진(親盡)이라고 해서 더 이상 지내지 않는다. 이때 신주를 옮기는데 이를 조천(祧遷)이라고 하고, 조천하면서 신주를 땅에 묻는데 이를 매안(埋安)이라고 한다. 이 중 왕을 낳은 후궁만은 조천하지 않고 신주를 사당에 모신 것이다. 그런데 이것이 제대로 지켜지지 않은 사실을 뒤늦게 알게 되는 일이 많았다. 『조선왕조실록』 고종 7년(1870) 1월 2일자에는 다음과 같은 기사가 나온다.

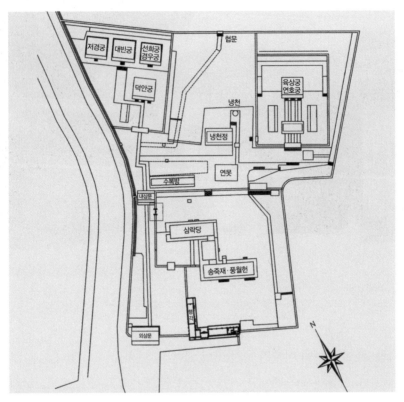

| **칠궁 배치도** | 칠궁의 구조는 복잡하지만 크게 사당과 재실로 구성되어 있고 재실은 육상궁 영역, 별묘 영역으로 나뉘어 있다. 그리고 재실과 사당 사이에는 냉천과 냉천정이라는 샘과 정자가 서비스 공간으로 자리하고 있다.

친진하여 조천하는 것은 어길 수 없는 제도로 옛날부터 전해오는 제왕의 가법(家法)이다. 그런데 (⋯) 아직 조천하지 못한 것은 실로 겨를이 없었던 일이다. 그리고 각궁에 따로 사당을 세운 것은 당시로서는 할 수 없이 그렇게 된 것이지만, 오늘에 와서는 어느 한곳의 별묘에 합쳐 봉안하는 것이 사리에 부합되는 것이다. (⋯) 제반 의식 절차는 호조와 예조의 당상관으로 하여금 대원군에게 품의하여 거행하게 하라.

이리하여 왕을 낳은 후궁들의 사당을 하나씩 육상궁 곁으로 옮기게 되었다. 그런데 고종 15년(1878) 육상궁에 화재가 일어나고 또 두 차례 더 화재를 입으면서 신위가 원래의 궁으로 갔다가 다시 돌아오는 일이 생기기도 했다. 그러다가 순종황제 융희 2년(1908)에는 여섯 분을 모신 육궁(六宮)이 되었다.

1929년에 영친왕의 생모인 귀비 엄씨의 덕안궁이 들어오면서 오늘날의 칠궁이 된 것이다. 이를 원래에 있었던 사당의 위치와 함께 동쪽부터 배열된 순서로 보면 다음과 같다.

육상궁 영역

연호궁(延祜宮, 효자동): 추존 진종의 생모 정빈 이씨

육상궁(毓祥宮, 현 위치): 영조의 생모 숙빈 최씨

별묘 영역

대빈궁(大嬪宮, 낙원동): 경종의 생모 희빈 장씨

경우궁(景祐宮, 옥인동): 순조의 생모 수빈 박씨

선희궁(宣禧宮, 신교동): 사도세자의 생모 영빈 이씨

저경궁(儲慶宮, 소공동): 추존 원종의 생모 인빈 김씨

덕안궁(德安宮, 태평로): 영친왕의 생모 순헌황귀비 엄씨

그러나 육상궁과 연호궁, 선희궁과 경우궁은 하나의 사당에 합사되었기 때문에 사당 건물은 다섯 채만 있다. 이렇게 복잡하기 때문에 칠궁 답사는 정신 차리지 않고는 뭐가 뭔지 모르기 십상이다.

칠궁의 냉천정

칠궁은 진입 공간, 제향 공간, 사당 공간 세 구역이 낮은 기와돌담으로 확연히 구별되어 있다. 정문에서 사당으로 안내하는 외삼문 사이의 진입 공간은 담장으로 이어져 있는 넓은 길이다. 그 오른쪽은 궁을 관리하고 제사를 준비하는 제향 공간으로 세 채의 재실이 새 을(乙) 자로 배치되어 공간을 분할하고 있다.

건물마다 툇마루가 길게 달려 있어 마당을 중심으로 행사하는 기능이 강조되어 있다. 재실다운 근엄함과 품위가 있는데 각각 풍월헌(風月軒), 매죽재(梅竹齋), 삼락정(三樂亭)이라는 시정적인 이름을 갖고 있다. 제사 때 관료들이 머무는 건물이기 때문에 이런 이름이 붙은 것으로 보인다.

내삼문으로 들어가면 냉천정(冷泉亭)이라는 4칸 건물을 중심으로 오

| 냉천정의 전서체 현판 | 냉천정에는 글자의 생김이 아름답고 필획이 단정하며 순조가 쓴 것으로 전하는 현판이 걸려 있고, 샘물이 흘러내려 고인 네모난 못에는 '자연'이라는 글씨가 새겨져 있다.

른쪽에 육상궁 영역, 왼쪽에 별묘 영역이 있다. 냉천정 안쪽에는 냉천이라는 우물이 있고 그 안쪽은 녹지로 조성했다. 냉천은 처음 육상궁을 지을 때 발견한 샘물이라고 하며 영조가 즉위 3년(1727)에 지은 시가 새겨져 있다.

옛적에는 영은(중국 항주의 명소)에 있었다는데	昔年靈隱中
오늘은 이 정자 안에 있네	今日此亭內
두 손으로 맑은 물을 어루만지니	雙手弄淸漪
냉천은 절로 사랑스럽구나	冷泉自可愛

 냉천정에는 순조가 쓴 것으로 전하는 전서체로 쓴 현판이 걸려 있다. 글자 모양도 아름답고 필획이 단정하며 임금의 글씨다운 기품이 있다. 또 냉천정 앞에는 냉천에서 흘러내린 물이 고인 네모난 연못이

있는데 자연(紫淵)이라는 글씨가 새겨져 있다. 글씨의 주인은 알 수 없으나 단정한 전서체가 굵고 힘이 있다. 냉천에 있는 영조의 시, 순조의 현판, 자연의 암각 글씨는 칠궁의 격조를 한껏 올려준다. 역시 문예의 힘이다.

육상궁과 연호궁

냉천정 오른쪽에 있는 육상궁과 연호궁은 사당으로서의 격식을 제대로 갖추었다. 내삼문을 들어서면 정면에 3칸 기둥과 지붕으로만 이루어진 배전(拜殿)이 있고 남북축상에는 검은 전돌의 삼도(三道)가 세벌대 석축 위에 올라앉은 사당까지 뻗어 있다. 그리고 삼도 양옆으로는 두 채의 재실이 이 공간을 감싸고 있다. 지붕은 모두 맞배지붕으로 단정하다.

이 사당은 이전의 육상궁이 화재로 소실되어 고종 19년(1882)에 중건한 것이다. 그런데 사당에는 연호궁 현판만 걸려 있어 잠시 보는 이로 하여금 의아스럽게 한다. 그 이유는 본래 육상궁만 있었는데 순종(융희) 2년 연호궁이 합사되면서 앞에는 연호궁 현판을 달고 신실 안쪽 문 위에 고종이 1882년에 쓴 〈육상묘〉라는 현판을 걸었기 때문이다.

신실 왼쪽에는 육상궁, 오른쪽에는 연호궁의 신주를 나란히 모셔놓았다. 정면을 향해 바라보는 시점에서 왼쪽이 상석이다. 이는 서양도 마찬가지여서 루돌프 아른하임(Rudolf Arnheim)은 『시각적 사고』에서 이에 대해 상세히 논구한 바 있는데, 연극의 무대 연출에서도 왼쪽이 오른쪽보다 무게가 실린다는 것과 마찬가지다. 두 신위를 따로 모시지 않은 이유는 공간적 사정도 있었겠지만 두 분은 시어머니(육상궁)와 며느리(연호궁) 사이였기 때문에 어색하지 않을 것이다.

26

| **육상궁과 연호궁** | 이 사당에는 육상궁과 연호궁이 합사되어 있다. 시어머니 숙빈 최씨 육상궁 현판은 사당 안에 걸려 있고 며느리인 정빈 이씨의 연호궁 현판은 밖에 걸려 있다.

칠궁 안의 다섯 사당

다시 밖으로 나와 냉천정을 지나 별묘 영역으로 들어가면 정면 남향으로 세 채, 측면 서향으로 한 채의 사당이 배치되어 있다. 남향 맨 오른쪽 사당에는 선희궁과 경우궁이 합사되어 있다. 이 또한 공간적 사정 때문이었겠지만 두 분은 시할머니(선희궁)와 손자며느리(경우궁) 사이다. 그리고 대빈궁, 저경궁이 배치되어 있다. 여기까지가 고종이 별묘를 만들어 모시라고 지시한 육궁 시절의 배치이다.

그런데 1929년에 순헌황귀비 엄씨의 덕안궁을 모시게 되었을 때는 별묘에 나란히 배치할 공간이 없었다. 이에 앞쪽에 덕안궁을 세우게 된 것이다. 이로 인해 별묘 공간은 질서가 무너졌다. 게다가 마당 왼쪽은 창

| 덕안궁 | 본래 별묘 영역은 세 채의 사당이 나란히 세워져 공간 배치가 정연했으나 1929년에 순헌황귀비 엄씨의 덕안궁을 그 앞에 세우면서 정연함이 무너졌다.

의문 쪽으로 가는 큰길을 내면서 삼각형의 빗변처럼 잘려나가 사당으로서의 정연함을 잃었다. 그래서 관람객들이 여기에 들어오면 무엇이 무엇인지 제대로 느끼지 못한 채 가운데 있는 대빈궁이 그 유명한 장희빈의 사당이라는 것만 확인하고 나간다. 공간 개념이 무너졌기 때문이다.

왜 그랬을까? 덕안궁을 모실 때는 나라를 잃은 시절인지라 그냥 왕을 낳은 어머니의 사당이 모여 있는 곳이니까 이곳에 모신다는 생각만 있었던 것이 아닌가 싶다. 나라가 있던 시대에는 시어머니와 며느리, 시할머니와 손자며느리를 합사하는 방식으로 공간 질서를 지켰다. 여기서 우리는 공간 개념을 상실한 건축은 어지럽게 느껴질 수밖에 없다는 교훈을 얻게 된다.

| **대빈궁과 저경궁** | 대빈궁에는 숙종의 후궁인 장희빈이 모셔져 있고, 저경궁에는 선조의 후궁인 인빈 김씨가 모셔 져 있다.

경복궁 중건 이후 후원의 조성

임진왜란으로 불탄 후 270여 년간 폐허로 있던 경복궁의 복원공사를 시작한 것은 고종 2년(1865)이었고 3년 뒤인 1868년 고종이 이곳으로 이어하면서 경복궁은 다시 명실공히 조선왕조의 법궁이 되었다. 이때 경복궁 북쪽 오늘날의 청와대 일대는 후원으로 조성되었다. 후원 공사는 경복궁 복원이 끝난 고종 5년(1868) 9월부터 이듬해 7월 사이에 이뤄졌다.

〈북궐도형(北闕圖形)〉은 중건 당시에 제작된 설계도면으로 추정되는데 여기에는 각 건물의 위치와 이름 그리고 칸수까지 자세히 나타나 있다. 또 1890년대에 편찬되었을 것으로 추정되는 『궁궐지(宮闕誌)』에는 경복궁의 규모가 7,225칸 반이며, 후원에 지어진 전각은 256칸이며 궁성 담장의 길이는 1,765칸으로 되어 있다. 이에 의하면 후원은 크게 세 구역으로 나뉘어 있었다.

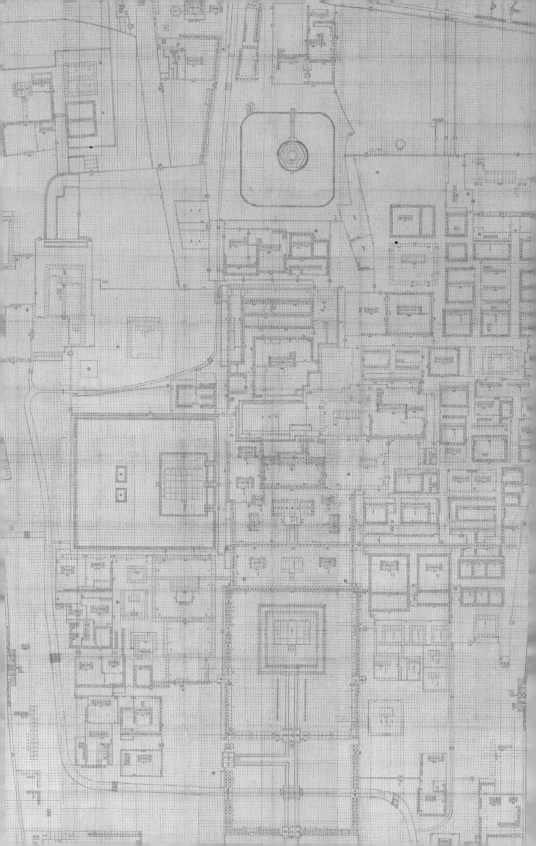

1. 융문당(隆文堂)과 융무당(隆武堂)으로 이루어진 경무대(景武臺) 구역: 이곳에서는 과거시험이 치러졌다.
2. 관풍루(觀豊樓)와 팔도배미로 이루어진 경농재(慶農齋) 구역: 이곳에서는 친경(親耕)이 행해졌다.
3. 천하제일복지(天下第一福地) 주변의 정자 구역: 이곳에는 오운각(五雲閣)을 비롯한 세 채의 정자가 있다.

이외에 후원을 관리하는 수궁(守宮)이 중앙과 동쪽 두 곳에 있다. 후원 담장의 북쪽은 북악산 중턱까지 현재 청와대의 담장과 대체로 일치한다. 담장의 동쪽과 서쪽은 경복궁 북쪽 담장과 연결되어 막혀 있어 남쪽엔 담장이 따로 없다. 그리고 동쪽 끝에는 춘화문(春和門), 서쪽 끝에는 추성문(秋成門)과 금화문(金華門) 둘이 나란히 나 있다.

경무대의 융문당과 융무당

후원의 중심 건물은 과거시험을 치르기 위한 융문당과 융무당이다. 창덕궁의 춘당대에 해당하는 이 공간을 경무대라고 했다. 〈북궐도형〉과 옛 사진 자료들을 살펴보면 경무대는 과거시험 무과를 치르기 위한 넓은 마당을 중심으로 북쪽에는 융문당이 남향으로, 동쪽에는 융무당이 서향으로 배치돼 있었다.

융문당은 정면 5칸 측면 4칸의 팔작지붕으로 다섯벌대 석축 위에 늠름히 올라앉아 있다. 융무당 건물은 이보다 약간 작은 정면 4칸의 팔작지붕으로 단아한 기품을 보여준다. 넓은 마당에서는 활쏘기를 비롯한

| 〈북궐도형〉 | 1907년에 제작된 것으로 추정되는 〈북궐도형〉은 경복궁과 경복궁 후원의 배치를 자세하게 보여준다. 융문당과 융무당은 〈북궐후원도형〉에 따로 나타나 있다.

무과의 시험이 치러졌다. 국립중앙박물관에 소장된 유리원판 사진을 보
면 이 경무대는 광장처럼 넓다. 지금의 청와대 상춘재·녹지원·경호처·
비서실 자리를 아우르는 지역이었다.

경무대에서 과거시험이 치러진 것은 『조선왕조실록』 고종 6년(1869)
3월 20일자에 "문과에서는 도석훈 등 15명, 무과에서는 원세욱 등을 뽑
았다"는 기사를 비롯해 여러 번 나온다. 또 때는 신문이 발행되던 시절
이어서 『한성주보(漢城周報)』 고종 23년(1886) 5월 3일자에도 다음과 같
은 보도기사가 나온다.

3월 초칠일 (…) 문과 정시를 경무대에서 치르는데 왕께서 시험 장
소에 친히 임하시어 (…) 심원익 등에게 아울러 급제를 내렸다.

| **옛 융무당** | 경무대 마당을 중심으로 동쪽에 배치되어 있던 건물이다. 융문당과 함께 1928년 해체되어 2007년 원불교 영산성지로 옮겨졌다.

　그러나 현재 경무대 옛 건물은 남아 있는 것이 없고 오직 중앙 수궁 자리에 있던 수령 740년의 주목나무만이 그 옛날을 말해주는 것으로 알려져 있다. 그러나 정밀조사 결과 이 주목은 언젠가 이식된 것으로, 뿌리 주위에는 북악산에서는 볼 수 없는 흙이 많이 발견되었다고 한다.

　1910년 일제의 강제 한일합병 이후 경무대 후원은 경복궁과 함께 조선총독부 관할로 넘어갔다. 1929년 일제는 조선총독부 통치 20년을 기념하는 대규모 조선박람회를 경복궁과 이 후원에서 열었다. 그리고 곧 경무대 자리에 조선총독 관저(옛 청와대 본관)를 건립하면서 기존의 건물은 모두 헐려나가게 되었다.

　이때 융문당과 융무당 건물은 1928년에 해체되어 용산에 있는 일본의 진언종 사찰인 용광사(龍光寺)에 무상 대여 형식으로 이전되었다. 당시 『동아일보』1928년 8월 13일자는 '헐려가는 융무당과 융문당'이라는 제목의 사진과 함께 "유서 깊은 옛 과거 터, 융무·융문 양당 철훼, 진언종에 무상 대여"라고 이를 대서특필했다.

그리하여 융문당과 융무당 건물은 이 절의 본당과 객관(客館)이 되었다. 그리고 8·15해방 후 이 건물들은 귀속재산으로 분류되어 1946년부터 원불교 서울교당의 법당과 생활관으로 사용되었다. 그러다가 2006년 용산 재개발사업으로 헐릴 수밖에 없게 되자 원불교는 2007년 전남 영광군에 있는 영산성지(靈山聖地)로 옮겨가 융문당은 '원불교 창립관'으로, 융무당은 여기에서 7킬로미터 떨어진 곳에 있는 '우리 삶 문화 옥당박물관'으로 사용하고 있다.

친경전 팔도배미

후원 서쪽 칠궁과 맞닿은 곳에는 경농재와 '팔도배미'라는 논이 있다. 임금이 해마다 봄이면 신하들을 거느리고 이 경농재에 거동하여 각 도에서 올라온 곡식의 종자를 팔도배미에 심는 친경 행사를 치렀다. 경농재는 융문당과 융무당을 지은 지 25년 뒤인 고종 30년(1893)에 세워졌다. 관풍루(觀豊樓)를 정면으로 하여 좌우로 대유헌(大有軒)과 지희실(至喜室)이 있고 그 뒤로 양정재(養正齋)라는 건물이 독립해 있었다. '풍년을 내다본다'는 뜻의 관풍루 앞에는 팔도배미가 펼쳐져 있었다.

〈북궐도형〉을 보면 팔도배미는 한반도를 기하학적 도형으로 변형한 비스듬한 사다리꼴 형태에 조선 팔도를 8개 구획으로 나누었는데 각 도의 위치와 넓이를 감안해 동쪽에는 함경도·강원도·경상도 세 배미가 넓게 자리하고 있고, 서쪽 맨 위 평안도는 넓지만 황해도·경기도·충청도·전라도는 상대적으로 좁게 표현되어 있었다.

경농재 역시 1927년에 총독 관저가 들어오면서 훼철되었다. 『동아일

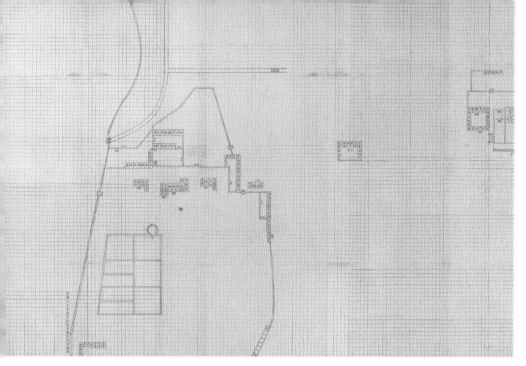

| 팔도배미(《북궐후원도형》 세부) | 해마다 봄이면 임금이 신하들과 함께 각 도에서 올라온 곡식의 종자를 팔도배미에 심는 행사를 치렀다. 한반도를 기하학적으로 단순화한 사다리꼴 형태에 조선 팔도를 각 도의 면적에 따라 8개 구획으로 나누어 표현했다.

보』 1921년 5월 22일자에는 이곳 경농재에 야나기 무네요시(柳宗悅)가 주도한 조선민족미술관 건립이 추진되고 있다는 보도가 실려 있는데, 뜻을 이루지 못하고 결국 조선민족미술관은 1924년 4월 9일 경복궁의 집경당(緝敬堂)에서 개관했다. 1926년 제작된 〈신무문 외 관사 배치도(神武門外官舍配置圖)〉를 보면 경농재의 팔도배미 지역에 관사 배치 계획이 있었던 것으로 보이는데 아마도 이미 총독 관저 계획이 있었기 때문에 조선민족미술관이 이곳에 들어오지 못한 것으로 생각된다.

1938년 조선총독 관저가 이곳에 세워질 무렵에 제작된 〈경무대 관저 부지 배치도(景武臺官邸敷地配置圖)〉에는 경농재에도 관사들이 들어서는 것으로 계획돼 있어 경농재는 그때부터 단계적으로 철거됐을 것으로 생각되며 현재는 청와대 영빈관(迎賓館)이 들어서 있다.

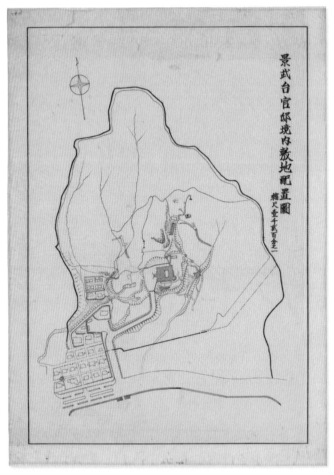

| 〈경무대 관저 경내 부지 배치도〉 | 1938년 조선총독 관저가 세워질 무렵에 제작된 이 지도를 보면 경농재 자리에 관사들이 들어서 있다.

청와대와 영빈관

청와대 영빈관은 대규모 회의나 외국 국빈들이 방한했을 때 공식 행사를 개최하는 건물로 1978년 1월에 착공하여 그해 12월에 준공되었다. 1층은 대접견실로 외국 국빈의 접견 행사를 치르는 곳이고 2층은 대규모 오찬 및 만찬 행사에 사용되었다.

이 영빈관 건물은 박정희 시대 우리 관공서 건물의 한 전형을 보여준다. 정면정관의 권위를 앞세우면서 골조가 콘크리트든 석조든 전통 지붕을 얹어 한옥의 이미지를 살리겠다는 뜻이 들어 있는데 결과적으로 갓 쓰고 자전거 타는 어색함을 면치 못하고 있다. 그 때문에 건축가가 누구인지 알 수도 없고 또 알 필요도 없이 권위주의 시절의 자취만을 볼 수 있을 뿐이다.

그리고 영빈관의 앞뜰에는 이곳이 팔도배미 터였음에 근거해 조성한 석조 조경이 있는데, 팔도를 다 똑같은 크기의 직사각형으로 나열한 어느 촌스러운 테마파크에나 있을 법한 조경 솜씨에 실소를 금치 못한다. 다만 통일의 염원을 담았다는 그 뜻만은 높이 사줄 만해 이곳 표지석에 쓰여 있는 글을 그대로 옮겨둔다.

이 터는 원래 경복궁의 후원으로서 1893년(고종 30년) 이곳에 경농재를 짓고 그 집 앞을 팔도를 상징하는 의미로 8등분하여 황제께서 친히 농사를 지으면서 각 도의 농형(農形)의 풍흉(豊凶)을 살피시던 팔도배미였다.

이 자리에 청와대 영빈관을 지은 지 20년 후인 1998년 10월 주변에 산재해 있던 노후 건물들을 정비하기 시작하여 2000년 6월에 이곳을 새롭게 단장하였다.

여기에 때마침 평양에서 열린 첫 남북정상회담(2000.6.13~15)이 평화통일로 이어지기를 바라는 민족의 염원을 담아, 옛 궁궐 정전(正殿) 앞뜰의 삼도(三道)와 전 국토를 상징하는 8개 권역을 표시하여 새로운 한 마당을 만들었다.

| **영빈관** | 영빈관은 1978년 옛 경농재 자리에 들어선 건물로 대규모 회의나 국빈 방문이 있을 때 공식 행사 장소로 활용되었다. 1층은 대접견실로, 2층은 대규모 오찬 및 만찬 행사에 사용되었다.

조선총독 관저로 바뀐 경무대

경복궁 후원은 일제강점기로 들어오면서 완전히 훼철된다. 1905년 을사늑약을 맺고 초대 통감으로 부임한 이토 히로부미는 1885년부터 있던 서울 남산 예장동 왜성대(현 서울애니메이션센터 일대)의 일본 공사관 건물을 통감 관저로 사용했다. 그리고 1910년 강제 한일합병으로 초대 총독에 부임한 데라우치 마사타케는 조선 주둔 일본군 사령부가 러일전쟁에서 승리한 보상금으로 용산에 지은 화려한 사령관 관저를 총독 관저로 바꾸고 사령관 관저는 새로 짓게 했다. 용산의 총독 관저는 유럽풍의 초호화 건물로 '용산의 아방궁'이라고 불렸다.

그러나 1926년 조선총독부 건물이 경복궁에 들어오면서 용산의 총독 관저와 멀리 떨어져 있게 되어 새 총독 관저를 경복궁 후원 옛 수궁(守宮) 자리에 짓게 되었다. 그리하여 1939년 9월 23일 제7대 총독 미나미

| **조선총독 관저 본관** |　경복궁 후원은 폐허 상태로 있다가 1939년에 새 총독 관저가 들어섰다. 일제가 물러난 뒤에 는 주한미군사령관 하지 중장, 초대 대통령 이승만이 이어서 사용한 청와대 구 본관 건물이다.

지로는 새 총독 관저로 옮겨왔다. 그리고 1945년 8·15해방 후 일제가 물러가고 미군정이 들어오면서 주한미군사령관 하지 중장은 경무대를 관저로 이어받아 사용했다.

경무대에서 청와대로

1948년 8월 15일 대한민국 정부수립 후 초대 대통령 이승만도 경무대를 대통령 집무실 겸 관저로 사용하고 여전히 경무대라고 불렀다. 1960년 4·19혁명 후 탄생한 제2공화국 윤보선 대통령은 이 건물을 그대로 사용하면서 그해 12월 30일 특별담화로 1961년 1월 1일부터는 경무대라는 명칭을 청와대로 바꾼다고 발표했다. 그리고 이를 기념해 관저 뒤편 바위에 자신이 직접 쓴 휘호로 '靑瓦臺'라는 글씨를 새겨놓았다.

| **청와대 본관** | 연건평 2,564평의 거대한 규모로 2층 한옥 모양의 본채를 중심으로 좌우에 단층 한옥 모양의 별채를 배치했다. 1층에는 영부인의 집무실과 연회장, 식당 등이 있고, 2층에는 대통령의 집무실과 접견실, 회의실이 있다.

    1963년 제3공화국 대통령이 된 박정희는 1979년 10월까지 16년간 청와대에 근무하면서 여전히 이 건물을 집무실 겸 관저로 사용하고 주변의 일부 시설과 정원만 정비했다.

    노태우 대통령 시절 청와대는 대통령 집무실이 좁고 관저와 함께 사용하는 것이 불편할 뿐 아니라 조선총독 관저를 그대로 사용하는 것은 대내외적으로 바람직하지 않다는 주장이 제기되어 1991년 9월 4일 지금과 같은 모습으로 준공되었다. 옛 총독 관저는 청와대 구관으로 그대로 남겨두었다.

    새 청와대 건물은 연건평 2,564평의 거대한 규모로 2층 한옥 모양의 본채를 중심으로 그 좌우에 단층 한옥 모양의 별채를 배치하고 지붕에는 약 15만 장의 청기와를 얹었다. 건물 내부로 들어가면 1층에는 대통령 배우자의 집무실과 접견실, 연회장, 식당이 있고, 2층에는 대통령의 집무실과 접견실, 회의실이 있다. 서측 별채는 세종실로 국무회의 및 임명장을 수여하는 행사 장소, 동측 별채인 충무실은 오찬 또는 만찬 행사가 열리는 장소이다. 그리고 건물 앞의 넓은 잔디마당은 국빈 환영행사와 육·해·공군 의장대, 전통 의장대의 사열이 행해지던 곳이다.

1993년 문민정부가 들어서면서 김영삼 대통령은 '역사 바로 세우기' 차원에서 조선총독부 건물 철거와 함께 청와대 구관인 옛 조선총독 관저도 철거했다. 철거된 자리는 빈터로 남겨두고 건물 현관 지붕 꼭대기에 얹혀 있던 화강암 절병통(節瓶桶. 항아리 형태의 장식기와)만 표지석과 함께 잔디동산에 남겨두었다.

대통령 관저

청와대 본관을 새로 지을 때 대통령의 공적인 업무 공간과 사적인 공간을 구별할 필요성을 느껴 대통령과 그 가족의 생활공간으로 관저를 따로 지어 1990년 10월 25일 완공했다. 기역자 한옥으로 앞마당을 중심으로 본채·별채·대문채·사랑채·회랑으로 구성되어 있는데 목재는 전부 금강송을 사용했다. 대문은 전통 한옥의 삼문형식으로 서예가 권창륜이 쓴 '인수문(仁壽門)'이라는 편액이 걸려 있다.

그런데 이 관저는 전통 한옥에서 택하는 자리앉음새에 어긋나 있다. 옛 본관 뒤편 산자락에 바짝 붙어 있어 음습한 곳이다. 내가 문재인 대통령 시절 광화문대통령시대위원회 위원장을 맡으면서 이 집에 들어가본 적이 있는데 김정숙 여사가 너무 불편하고 잠이 잘 오지 않는다고 호소했다. 그때 나는 이럴 경우 옛 사람들은 잠자리 방향을 바꿔보기도 했다고 말해주었다.

광화문 대통령 시대는 대통령 집무실에 반드시 필요한 지하 벙커와

| **대통령 관저** | 대통령이 일상생활을 하는 사적 공간인 관저는 기역자 한옥 형태로 지어졌고 대문에는 인수문이라는 현판이 걸려 있다. 그 앞에는 정원수로 가꾼 노송들이 둥그렇게 배치되어 있다.

헬기장 등의 부지를 광화문 인근에서 찾을 수 없어 현실적으로 실현 불가능하다는 결론을 내리면서 문재인 대통령에게 관저만 삼청동에 있는 안가 두세 채를 합쳐 옮길 것을 건의했다. 그러나 문재인 대통령은 이를 위해서는 또 예산을 들여야 하고 공사가 완료되자면 시간이 걸려 실제로 살 수 있는 기간이 얼마 안 된다며 자신은 소박하게 옮기고 싶으나 다음 대통령에게 멀쩡한 관저를 두고 작은 집으로 가서 살라고 하는 셈이 된다고 거부했다.

결국 나는 광화문 대통령 시대를 여는 것은 불가능하다고 기자들에게 공표했다. 그때 내 개인 생각을 묻는 기자들의 질문에 관저만은 옮기는 것이 맞는다고 생각한다고 했다. 그 이유가 무엇이냐는 질문에 우선 사람이 사는 생활공간으로서 부적합하고 '풍수'를 보아도 관저는 옮겨야 한다고 답했다. 이후 나는 청와대의 풍수 문제가 나올 때마다 구설수에 오르고 있다. 그러나 내가 말한 풍수는 청와대 터가 아니라 관저 건물에 국한해 말한 것이었다. 청와대 자리야 예부터 '천하제일복지(天下第一福地)'라고 칭송되는 길지인데 내가 그렇게 말할 리 있겠는가.

상춘재와 녹지원

청와대는 대통령 집무실과 관저 외에 내외빈이 방문했을 때 그들을 접대할 의전 공간이 필요하다. 그래서 조선총독의 경무대 시절에는 옛 융문당 자리에 지은 매화실(梅花室)이라는 약 20평 규모의 별관이 있었다. 이승만 대통령은 이 별관을 상춘실(常春室)로 고쳤다. 박정희 대통령은 1978년 3월 상춘실을 헐고 그 자리에 슬레이트 지붕으로 된 약 22평 규모의 목조 건물을 신축하여 상춘재라 했다. 그후 나라의 규모가 커지고 외국에서 방문하는 손님이 많아지면서 청와대를 방문하는 외국 손님에게 우리나라 전통 가옥을 소개하고 의전 행사를 치르기 위한 목적으로 1982년 11월 기존 건물을 헐고 약 126평 규모의 한옥을 착공해 반년 만인 1983년 4월 5일 지금의 상춘재를 완공했다.

상춘재는 대청마루로 된 넓은 거실과 온돌방 2개가 있는 전형적인 한옥 구조로 되어 있는데 수령 200년 된 금강송을 목재로 사용해 그 재질감이 아주 뛰어나다. 현판은 당대 명필인 일중 김충현의 글씨다.

상춘재 앞 녹지원(綠地園)은 옛날에 과거시험을 보던 융문당과 융무당이 있던 곳으로 총독 관저 시절엔 가축 사육장과 온실이 있었고 제1·2공

| **상춘재** | 청와대를 방문하는 외국 국빈들에게 우리나라 전통 가옥을 소개하고 의전 행사를 치르기 위한 목적으로 세운 건물이다. 전형적인 한옥 구조로 되어 있으며 수령 200년 된 금강송을 사용해 그 재질감이 아주 뛰어나다.

화국 때까지는 별다른 변화가 없다가 제3공화국 들어 1968년에 잔디밭으로 조성되었다.

청와대의 야외 행사장으로 쓰이는 이 녹지원은 약 1,700평 규모로 정면 중앙에는 수령 175년(2020년 기준) 된 높이 12.2미터, 폭 15미터의 반송(盤松)이 있고 역대 대통령들이 기념식수한 나무들이 줄지어 있다.

청와대와 주변 역사·문화유산

내가 지금 북악산과 청와대 답사기를 쓰고 있지만 사실 청와대는 금단의 구역이고 비공개 사항이 많기 때문에 자료 수집에 한계가 많을 수밖에 없다. 그러나 다행히도 대통령경호실에서 2007년에 발간한 『청와대와 주변 역사·문화유산』이 있어 어려움 없이 답사기를 쓰고 있다. 이

| **녹지원** | 옛 융문당과 융무당이 있던 곳으로 1968년 이곳에 약 1,700평의 잔디밭을 조성하고 청와대의 야외 행사장으로 활용했다.

책은 대통령경호실에서 25년간 근무한 이성우 전 청와대 안전본부장이 재직 시절 심혈을 기울여 거의 완벽하게 펴낸 자료집이다.

내가 문화재청장으로 재직하고 있던 2007년 염상국 대통령경호실장이 어느 날 내게 전화해 '청와대의 역사유적을 소개하는 책을 준비해왔는데 한번 검토해달라'고 부탁했다. 그때 나는 불감청이나 고소원이라는 마음으로 흔쾌히 응했다.

이리하여 이성우 본부장이 가편집된 『청와대와 주변 역사·문화유산』을 가져왔는데 이를 보면서 나는 놀라움을 금할 수 없었다. 약 500면에 달하는 이 책은 북악산과 청와대 주변의 문화유산에 대한 실록, 지도, 옛 사진, 신문 기사, 청와대 내부 문서 등의 관계 자료를 현장 사진과 함께 총망라했다. 그뿐 아니라 낱낱 유적의 역사적 사실을 입체적으로 고증했다. 그때 나는 이건 학술조사가 아니라 수사관의 현장검증 보고서 같다는 감동을 받았다.

추사(秋史) 김정희(金正喜)가 말하기를 서화를 보는 눈은 '금강안(金剛眼) 혹리수(酷吏手)'을 가져야 한다고 했다. 즉, 금강역사처럼 부릅뜬 눈으로 보고, 혹독한 관리가 세금을 매기는 손끝처럼 치밀하게 따져야 그 진면목을 알 수 있다고 했는데 이 책이야말로 '혹리수'가 펴낸 책이라고 생각했다. 이에 나는 몇 가지 사항에 대해서만 재확인을 해주고 기꺼이 추천사를 써주었다. 그리고 그해 '대한민국 문화유산상' 시상식 때 이성우 본부장에게 문화재청장 감사패를 수여했다. 이 책은 2019년에 개정판이 발간되었다.

침류각

그런데 이 뛰어난 베테랑 '문화재 수사관'도 확인되지 않는다며 미제 처리한 유적이 몇 있다. 대표적인 유적이 관저 옆에 있는 침류각(枕流閣) 건물이다. 이 건물은 기역자 형 한옥으로 세벌대 기단 위에 사각주추를 얹어 기둥을 올렸으며, 대들보가 5개인 5량집에 겹처마, 팔작지붕으로 되어 있다. 거기에다 오른쪽 한 칸은 높은 장초석(長礎石) 위에 누마루를 설치해 기품이 당당하다. 전후면 중앙에 불발기창(실내를 밝히는 창)을 두고 아래위로 띠살과 교살로 구성한 창호들도 아주 품격이 높다. 목재를 보면 1900년 전후에 지어진 왕가의 건축인 것이 분명한데 〈북궐도형〉을 비롯한 모든 자료를 찾아보아도 침류각에 관해서는 아무런 기록이 나오지 않는다.

이 건물은 1989년에 관저를 신축할 때 이쪽으로 옮겨온 것이라고 하는데, 내가 추정컨대 원 건물의 위치는 물길이 흐르는 곁에 있었을 것이 분명하다. 우선 건물 이름이 '계곡을 베개로 삼는다'고 '침류'라 했기 때

| **침류각** | 청와대 안에서 유일하게 볼 수 있는 고옥이다. 돌축대 위에 올라앉은 품위있고 아름다운 기역자형 한옥이지만 이에 관해 아무런 기록이 없고 유래가 확인되지 않아 많은 궁금증을 낳고 있다.

문이다. 또 2019년 상춘재 앞으로 옮겨놓은 천록(天祿)이라는 돌조각상은 처음에 침류각의 기단 앞에 있었다고 하는데, 천록상은 보통 물가에 놓이는 조각상으로 이것은 창경궁에 있었던 천록상(국립고궁박물관 소장)과 한쌍으로 보인다. 거기에다 괴석받침과 드므까지 갖추고 있었다는 것을 보면 궁궐 건축임이 분명한데 어디서 옮겨온 것인지 더욱 궁금하기만 하다. 아무튼 청와대 안에서 가장 볼 만한, 어떤 면에서는 유일하게 아름다운 건물이 침류각이다.

고건축은 그 유래가 분명해야 문화재로 지정될 수 있다. 그러나 이 건물은 워낙에 아름다워 유래가 불분명함에도 1997년 서울특별시의 유형문화재 제103호로 지정되었다.

| **천록상** | 상춘재 앞을 지키는 천록상이다. 괴석받침과 드므까지 갖추고 있어 궁궐 건축임이 분명한데 어느 궁궐에서 옮겨온 것인지 불분명하다.

오운정

또 하나의 수수께끼 같은 건물은 오운정(五雲亭)이라는 정자다. 청와대 관람은 관저 뒤편의 산으로 올라가는 길까지 개방되어 있다. 이 길을 따라 올라가면 '미남불'이라는 애칭을 갖고 있는 〈경주 방형대좌 석조여래좌상〉, 그리고 '천하제일복지' 암각 글씨가 나오는데 그곳에 이르는 중간에 아름다운 오운정이 나온다.

이 오운정은 현재 청와대에 남아 있는 유일한 정자로 아주 멋진 건축이다. 사방 한 칸에 난간이 둘러 있는 단순한 구조지만 푸른색의 네짝여닫이 분합문(分閤門) 창살의 가는 살대가 가지런하고, 우진각지붕이 겹처마로 길게 뻗어 있어 단아한 가운데 무게감이 있다. 단청도 아름답다. 여기에다 멋들어진 초서로 쓴 현판이 걸려 있는데 이승만 대통령 글씨로 우남(雩南)이라는 호와 '이승만 인(印)'이라는 도장이 새겨져 있다. 그런데 이 오운정 또한 제자리가 아니다. 대통령 관저 자리에 있던 것을 1989년 관저 신축 때 현재의 자리로 이전했다고 한다.

| **오운정** | 현재 청와대에 남아 있는 유일한 정자로 사방 한 칸에 난간이 둘러 있는 단순한 구조에 단아하면서도 무게감이 있다. 정면에 걸려 있는 현판은 이승만 대통령의 글씨이다.

　『궁궐지』를 보면 "북쪽에는 오운각(閣) 10칸, 동쪽에는 옥련정(玉蓮亭) 1칸, 서쪽 가에는 벽화실(碧華室) 9칸이 있다"고 했다. 그런데 〈북궐도형〉에 그려진 옥련정의 평면도를 보면 이 오운정과 일치한다. 그래서 나 혼자 생각에 혹시 세월이 많이 흘러 이승만 대통령 시절엔 옥련정과 오운각을 혼동한 것이 아닐까 의심해보게 된다.

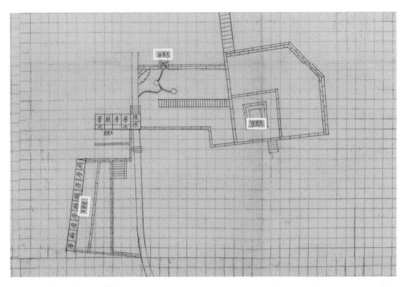

| 〈북궐후원도형〉 세부 | 〈북궐후원도형〉에는 오운각, 옥련정, 벽화실 등 세 건물이 명확히 나타나 있지만 지금 이 건물들은 다 사라지고 그 자리에 오직 오운각 하나만 새로 세워져 있다.

아무튼 원래의 오운각은 하늘에 멋진 구름(五雲)이 감도는 경관이 수려한 곳에 있었을 것이고, 옥련정은 연꽃 봉오리처럼 아름다운 정자였을 것이다. 그래서 후원이 완성된 이듬해인 고종 6년(1869), 17세의 고종은 이곳에 올라 옥련정과 오운각에서 각기 한 수씩 시를 읊었다. 이 두 수의 시가 고종의 문집인 『주연선집(珠淵選集)』에 실려 있는데 그중 「등옥련정(登玉蓮亭)」은 다음과 같다.

화려한 산 저절로 우뚝 솟았고　　　　華山天作屹
그 아래 옥련정이 놓여 있구나　　　　下有玉蓮亭
여름날엔 맑은 기운 많기도 한데　　　　夏日多佳氣
긴 계곡엔 푸른 나무 가득하네　　　　溪長萬木靑

석조여래좌상 '미남불'

오운정에서 조금만 더 올라가면 미남불이라 불리우는 〈경주 방형대좌 석조여래좌상〉이 나온다. 이 불상은 본래 경주 어딘가에 있던 것을 1912년 데라우치 총독이 가져와 당시 남산 왜성대에 있던 총독부 건물에 모셨다가 1939년 조선총독 관저가 청와대 자리에 신축될 때 옮겨왔다. 처음에는 저 아래쪽 '천하제일복지천'이라는 샘터 뒤쪽으로 모셔졌는데 1989년 관저를 신축하면서 지금 이 자리로 옮겨온 것이라고 한다. 본래 대좌가 상중하 3단으로 이루어졌을 것이나 지금은 상단만 남아 있고 팔과 어깨, 등허리에 파손된 부위가 있어 2007년에 보존 처리했다고 한다.

이 불상의 원위치는 그동안 경주 남산 불상 계곡으로 알려져 왔다. 그런데 조선총독부박물관 경주분관 초대 관장을 지낸 모로가 히사오의 『신라사적고(新羅寺蹟考)』(1916)에서 경주 도지리(道只里) 이거사(移車寺) 터를 말하면서 "과거에 완전한 석불좌상 1구가 엄존했는데, 지난 다이쇼(大正) 2년(1913) 중에 총독 관저로 옮겼다"고 언급한 것이 최근에 알려져 현재 이 절터에 온 것이라는 설이 새롭게 제기되었다. 그러나 불교미술사가 중에는 아직 단정적으로 그렇게 말할 수 없다는 이론을 제기하기도 하니 이거사 터의 발굴 등을 지켜보아야 할 것 같다.

이 불상은 조형적으로 뛰어나 1917년에 간행된 『조선고적도보(朝鮮古蹟圖譜)』에도 실려 있다. 이 도록에서는 소장처를 왜성대라고 했다. 이 불상은 상호(얼굴)가 미남형이어서 일찍부터 미남불이라는 애칭을 갖고 있었던 듯하다. 1934년 3월 29일자 『매일신보』에서는 이 석불을 취재하면서 "석가여래상의 미남석불… 오래전 자취를 감췄던 경주의 보물"이라는 제목을 달기도 했다.

이 불상은 774년에 완공된 석굴암 본존불 양식을 이어받은 전형적인

| **미남불** | 미남불이라고 불리는 〈경주 방형대좌 석조여래좌상〉은 본래 경주에 있던 것을 1912년 데라우치 총독이 서울로 가져온 것이다. 조형적으로 뛰어나고 얼굴이 미남형이어서 일찍부터 '미남불'이라는 애칭을 갖고 있었던 듯 하다.

통일신라시대 석불좌상으로 대개 8세기 말에서 9세기 초에 조성된 것으로 생각되고 있다. 우견편단에 항마촉지인을 맺고 있는 늠름한 자세에 얼굴은 근엄하면서도 후덕한 인간미를 풍긴다. 어깨와 가슴에는 볼륨감이 나타나 있고 옷주름이 선명하게 조각되어 있는데 목에는 삼도가 뚜렷이 나타나 있다. 과연 이상적인 인간상으로서 불상의 이미지를 탁월하게 나타낸 미남불이라고 할 만하다. 그리하여 이 불상은 2018년 보물 제1977호로 지정되었고, 유물 명칭은 〈경주 방형대좌 석조여래좌상(慶州方形臺座石造如來坐像)〉으로 명명됐다.

천하제일복지 암각 글씨

청와대 답사의 마지막은 이래저래 대통령 관저 뒤 바위에 새겨 있는 '천하제일복지(天下第一福地)' 암각 글씨[刻字]에서 끝맺게 된다. 가로 200센티미터, 세로 130센티미터 크기의 반듯한 바위에 큼직한 글씨로 새겨진 것이 필획이 굳세면서도 멋지게 뻗어 있다.

왼쪽 끝에는 '연릉오거(延陵吳琚)'라는 글씨가 작고 얇게 새겨져 있어 이 글씨의 유래를 말해준다. 지금까지의 해설을 보면 남송시대에 본관이 연릉인 오거라는 명필이 있었는데 강서성(江西省, 장시성) 진강시(鎭江市, 진장시)의 양자강변에 있는 금산사(金山寺)라는 명찰에 오거가 '천하제일강산(天下第一江山)'이라고 쓴 유명한 횡액이 있어 여기에서 '천하제일'을 빌려오고, '복지'는 집자해 새긴 것으로 설명되고 있다.

이 글을 쓰기 위해 더 자세히 알아보니 '천하제일강산'은 양무제가 진강에 있는 북고산(北固山)에 올라 남긴 말을 이후 남송대 오거가 글씨로 남긴 것이라고 전한다. 그러나 오거가 '천하제일강산'뿐만 아니라 '천하제일복지'라고 쓴 글씨도 있어 다음의 해설이 오히려 사실에 가까울 것

| 천하제일복지 바위 글씨 | 커다란 바위에 큼직하게 새겨진 굳세고 멋진 글씨다. 이 글씨가 새겨진 시기에 대해서는 여러 이견이 있지만 여기에서 서울을 내려다보면 과연 천하의 복지라는 생각이 절로 든다.

같다.

우선 오거는 연릉태수였다고 한다. 그리고 중국 몇 군데에 '천하제일복지' 또는 '천하제일강산'이라고 쓴 오거의 글씨가 있다. 그중 하나가 당나라 때 처음 만들어졌다가 원나라 때 다시 새긴 〈대당윤존사비(大唐尹尊師碑)〉의 암각 글씨인데 이 비석은 현재 중국 섬서성(陝西省, 산시성) 종남산(終南山)의 도교 성지인 누관대(樓觀臺)에 있다. 정확히는 누관대의 설경대(說經臺) 서비청(西碑廳)에 보관되어 있다. 그렇다면 청와대의 글씨는 금산사의 '천하제일강산'에서 따온 것이 아니라 '천하제일복지'

글씨 중 탁본 하나를 얻어 그대로 새긴 것으로 보는 것이 타당하다고 생각한다.

이 글씨가 새겨진 시기에 대해서는 300년 전부터 150년 전까지 여러 이견이 있다. 다만 경복궁 중건 때 제작된 〈북궐도형〉에도 표기된 것을 보면 최소한 150년 이상 된 글씨임에는 틀림없다.

이 글씨는 누군가가 오래전에 북악산에 올라 한양을 내려다보면서 과연 복지임에 감동해 새겨놓은 것이라는 설이 있다. 그런가 하면 암각 상태로 볼 때 200년 이상은 되어 보이지 않기 때문에 혹시 흥선대원군이 경복궁 복원을 정당화하기 위해 누군가를 시켜 새기게 한 것이 아닌가 의심하는 사람도 있다. 그 내막이야 어떻든 북악산에서 서울을 내려다보면 여기는 천하의 복지라는 생각이 절로 들게 된다. 그렇지 않고서야 어떻게 600년 이상 수도를 이어가고 있겠는가. 그래서 수헌거사(樹軒居士, 유득공의 아들 유본예로 추정)는 『한경지략(漢京識略)』에서 이렇게 말했다.

백악이 도성 북쪽에 있는데 평지에 우뚝 솟아났고, 경복궁이 그 아래 기슭에 있다. 서울 도성을 에워싼 여러 산 중에 이 산이 북쪽에 우뚝 뛰어나니 조선왕조 국초에 이 산으로 주산을 삼고 궁궐을 세운 것은 잘된 일이다.

청와대 개방의 바람직한 방향

윤석열정부가 들어서고 대통령 집무실은 용산 국방부 건물로, 관저는 한남동으로 옮겨가면서 청와대는 대통령 취임식 당일인 5월 10일부터 일반인에게 전면 개방되고 있다. 예상한 대로 많은 인파가 몰려 오랫동안 금단의 지역으로 있으면서 전 대통령들이 근무하고 기거하던 청와대를 구경하고 있다. 어차피 대통령이 떠난 곳을 국민에게 개방한다는 데는 이론이 없을 것이다.

그러나 무조건 문부터 열고 보았기 때문에 많은 잡음이 일고 있다. 혹은 청와대 구관을 복원 또는 축소 복원하겠다고 했다가 국민적 반발에 부딪혔고, 미술관으로 사용할 계획이라고 운을 띄우기도 했지만 그 미술관의 성격이 무엇인지에 대해서는 아무런 설명이 없다. 최근에는 패션 잡지의 화보 촬영 장소로 제공되어 물의를 일으키기도 했다.

문화재청장과 광화문대통령시대위원장을 지낸 나로서는 청와대 개방 문제에 대해 개인 의견을 내는 것에 신중할 수밖에 없어 그동안 언급을 자제해왔지만 『나의 문화유산답사기』 저자로서 한마디 의견을 말하지 않을 수 없다.

현실적으로 이미 개방된 청와대의 문을 다시 닫을 수는 없을 것이다. 그러나 장기적인, 나아가서는 최종적인 개방 형태에 대해서는 명확한 그림을 제시해야 한다. 청와대라는 역사적이고 상징적인 공간을 앞으로 어떻게 사용할 것이라는 마스터플랜을 제시해야 하는데, 이는 대통령 혹은 문화부장관이나 문화재청장 개인의 상식적인 소견에서 나오는 것이어서는 안 된다. 전문가들의 의견을 듣는 것도 단편적이고 아이디어 제공이라는 한계가 있을 수밖에 없다.

이럴 경우 가장 좋은 방법은 '건축설계 경기'를 여는 것이다. 그리고 이것은 세기적인 설계 경기로 국제적으로도 크게 주목받을 것이다. 이때 반드시 커미셔너나 코디네이터 주도 하에 추진해야 한다. 지금 정부에서 해야 할 일은 뛰어난 건축가에게 이 책임을 맡기는 것이다. 그리고 그 설계 경기는 국내외 누구나 참여할 수 있는 세계적인 프로젝트로 진행해야 좋은 마스터플랜도 구할 수 있고 더불어 국제적으로도 큰 반향

을 일으키며 국가 홍보에도 보탬이 될 것이다. 나는 이런 방향에서 청와
대가 재정비되어 우리 시대의 문화유산으로 남게 되기를 바라는 마음이
간절하다.

△ 북악

△ 인왕산

백운동

청송당

경복고등학교

유란동

청풍계

청운초등학교

⇧ 청와대

선희궁 터

칠궁

영빈관

국립서울맹학교

국립서울농학교

유당 기념관

효자로

청와대 분수

옥류동

군인아파트

신익희 가옥

자수궁 터

청와대 사랑채

수성동계곡

박노수미술관

송석원 터

자교교회

윤동주 하숙집 터

통인시장

이중섭 살던 집

세종마루 오거리

온지음

형제마켓

구 창성동 정부청사

이상범 가옥

노천명 가옥

이상 집터

환경운동연합

보안여관

필운대

손호연 가옥

우리은행
효자동지점

아름지기

홍건익 가옥

통의동 백송

구본웅 집터

국립고궁박물

2

사직단

사직로

1   3   4

경복궁역

7

6

내 어린 시절 서촌 이야기

서울토박이 / 서촌 / 서촌 효자로 / 어린 시절의 기억 / 통의동 /
백송나무, 창의궁, 월성위궁 / 자하문로 / 형제상회와 통인시장 /
자교교회와 자수교 / 신교와 국립서울맹학교·농학교 /
청운초등학교 시절 / 청풍계 / 청송당, 대은암, 도화동 /
유란동의 겸재 정선 / 백운동

서울토박이

1993년, 서울시는 정도(定都) 600년 사업의 일환으로 '서울토박이'를
조사했다. 선정 기준을 '선조가 1910년 이전의 한성부에 정착한 이후, 현
서울시 행정구역 내에 계속 거주해오고 있는 시민'으로 확정해 조사한
바, 서울시민 1,100만 명 중에서 해당자는 오직 3,564가구, 1만 3,583명
에 불과했다.

나는 그중 한 명인 서울토박이다. 내가 중학생이던 1960년대에도 사
대문 안 서울 알토박이를 조사한다며 윤보선 대통령도 했고 누구도 했
으니 해당되는 사람은 신고하라고 했다. 그때 큰아버지께 우리 집안도
신고하자고 했더니 "그런 거 신고하면 주민세만 더 내라고 할지 모르니
쓸데없이 신고할 생각하지 마라" 하셔서 못했다. 당시 결과는 모르지만

아마도 몇천 명에 불과했을 것이다.

나의 본적은 서울특별시 종로구 창성동 130번지다. 할아버지 때 경기도 광주시 중부면 어진이골에서 서울로 올라와 아버지 5형제가 창성동, 신교동, 효자동 등 지근거리에서 사셨다. 우리 할머니가 살림을 멀리 내주지 않고 수시로 아들 집들을 돌아보셨다.

나는 1949년 1월 통인동에서 태어나 한국전쟁 때 어머니와 안성 고모 집으로 피란 갔다가 아버지가 창성동에서 운 좋게 일본인이 살던 적산가옥을 구입해 서울로 다시 올라왔다. 그리고 1955년에 서울 청운초등학교에 입학한 뒤 중학교, 고등학교, 대학교를 이 집에서 다니고 군에 입대할때 동대문구 휘경동으로 이사했으니 나야말로 정말 서울 알토박이다.

그렇다고 내가 서울 사람으로서 무슨 고향심이 따로 있는 것은 아니다. 오다가다 길도 집도 다 바뀐 모습을 보면서 여긴 이렇게 변했구나하면서 오히려 상실감이 일어날 때가 많다. 그러다 10여 년 전, 서울시에서 나에게 서촌 답사 안내를 부탁했을 때 초등학교 동창인 태웅이와 요식이를 불러 함께 통인시장부터 수성동계곡으로 해서 골목골목을 다니다보니 여기는 누가 살았고 여기는 뭐가 있었고 하면서 그 옛날의 모습이 그려지고 향수 같은 것이 일어났다. 그때 나는 고향이란 장소에 사람이 더해질 때 비로소 고향심이 생기는 것임을 알았다. 그런 서촌이기에 이번 답사기는 내 어린 시절을 보낸 회상의 여로를 겸할 수밖에 없을 것 같다.

서촌

내가 살던 인왕산 아랫동네를 요즘 서촌이라고 부르고 있다. 그러나 내가 어릴 때는 서촌이라는 말이 없었다. 조선시대에 서촌이라고 하면 오히려 한양의 서쪽인 서소문 정동 지역을 지칭하는 것이었다.

갑자기 서촌이라는 이름이 등장한 것은 북촌의 가회동 한옥마을이 요즘 말로 '핫플레이스'로 떠오르자 여기에도 한옥마을이 있다는 것을 내세우기 위해 서촌이라고 부르기 시작한 이후가 분명하다. 더 정확히는 북촌의 지가가 올라 젠트리피케이션(gentrification)이 생기고 들어갈 여지가 좁아지자 골목골목 전통마을의 분위기가 살아 있는 이쪽으로 눈길을 돌리면서부터 생긴 이름이다.

이에 종로구에서는 바야흐로 주목받는 이 동네 이미지를 부각하기 위해 새로운 이름 짓기를 시도하여 세종대왕이 통인동에서 태어났다는 것을 내세워 세종마을이라고 명명했고 '사단법인 세종마을 가꾸기회'도 생겨났다. 또 청계천 상류인 이곳 일대를 상촌(上村), 웃대라고 불렀다며 새로 지은 한옥문화공간의 이름을 '상촌재(上村齋)'라고 했다.

그러나 세종마을은 동네 이미지에 맞지 않고, 웃대는 어색하여 그렇게 부르는 사람이 별로 없다. 아무리 관(官)이 강조한다고 해도 민(民)이 받아주지 않으면 소용없는 일이다. 새 시대 사람들이 새롭게 주목하면서 자연스럽게 생긴 이름이 서촌이니 민의 흐름에 따라 그냥 서촌이라고 부르는 게 차라리 낫겠다.

조선시대 한양의 행정구역은 국초부터 5부(部) 52방(坊)으로 구분했다. 서촌 지역은 북부(北部) 관할이었고, 이 지역엔 북부의 10개 방 중 준수방(俊秀坊), 순화방(順化坊), 의통방(義通坊)이 있었고 나중에 적선방(積善坊)이 추가된 것으로 나온다. 행정구역과는 별도로 경복궁 서쪽 지역은 통상 장의동(壯義洞), 줄여서 장동(壯洞)이라는 별칭으로 불리었다. 겸재 정선의 〈장동팔경첩(壯洞八景帖)〉에는 필운대·옥류동·청풍계·백운동까지 북악산과 인왕산 일대 명승이 다 들어 있다. 그러니까 서촌의 옛 이름은 장동인 셈이다.

| **인왕산 아랫동네 서촌** | 조선시대에 서촌은 한양의 서쪽인 서소문 정동 지역을 가리키는 말이었으나 요즘은 인왕산 아랫동네를 서촌이라고 부른다. 필운대에서 백운동까지 인왕산 자락 아랫동네를 옛날엔 장동이라고 불렀다.

근대로 들어오면 1914년 행정개편 이후 이 동네는 아주 잘게 나뉘었다. 그만큼 집들이 많고 사람들이 많이 살았다는 얘기다. 그때부터 내려오는 동네 이름, 이른바 법정동은 효자동·궁정동·창성동·통의동·적선동·청운동·신교동·옥인동·통인동·누상동·누하동·체부동·필운동, 모

두 13개 동이다. 이외에 중간에 순화동·매동·백송동 등이 따로 있었던
때도 있었다. 현재 이 동네의 행정동은 청운효자동이다.

| 효자로 | 경복궁 서쪽 담장을 따라 길게 나 있는 효자로는 궁정동·효자동·창성동·통의동·적선동으로 이어진다. 효자로는 청와대 분수대가 있는 곳을 종점으로 하여 전차가 다니던 길이다.

서촌 효자로

서촌의 도로망을 보면 남북으로 가르는 큰길이 자하문로와 효자로 둘로 나 있고, 통인시장 안쪽 세종마루 정자가 있는 오거리에서는 길이 다섯 갈래로 갈라져 인왕산 필운대, 수성동계곡, 옥인동 골짜기까지 뻗어 있다. 서촌 답사는 이 길 따라 집 구경을 하며 가다가 인왕산에 다다르면 명승을 찾아보는 것으로 이어진다.

먼저 경복궁 서쪽 담장과 마주하고 길게 나 있는 효자로는 궁정동·효자동·창성동·통의동·적선동으로 이어진다. 효자로는 청와대 분수대가 있는 곳을 종점으로 하여 전차가 다니던 길이다. 전차 정거장은 통의동, 적선동을 거쳐 해무청(海務廳, 현 정부서울청사 자리)을 마주하면 왼쪽으로 방향을 바꾸어 도청(현 대한민국역사박물관 자리) 앞 세종로, 시청 앞, 남대문, 서울역으로 쭉 이어져 원효로가 종점이었다. 우리 어렸을 때는 장난감

| **옛 삼일당** | 옛 진명여고 대강당인 삼일당은 이승만 대통령이 현판을 썼을 정도로 유명한 공연장이었다. 당시 많은 연극과 음악회가 여기에서 열렸다.

이 귀하던 시절이어서 전차 선로에 몰래 못을 놓아 납작하게 잠자리 모양으로 만들어 그걸 갖고 많이 놀았다.

청와대 분수대 옆 바닥에는 4·19혁명을 기념하는 동판 하나가 누워 있다. 1960년 4월 19일 화요일 오후 1시 40분경에 이승만 독재에 항거하는 시위대가 해무청을 돌아 경무대 쪽을 향하자 경찰이 총을 발포해 이날 21명이 죽고, 172명이 부상을 입었다. 이를 추넘해 2018년에 서울시가 첫 발포 현장을 표시한 것이다.

효자동 전차 종점에는 칠궁이 있고 칠궁 담장 아래에는 항일 민족 변호사로 정부수립 후 초대 법무부장관을 지낸 이인(李仁) 선생 집이 있었다. 신교동 쪽으로 나 있는 길과 마주한 모서리에는 우리나라에서 화상 치료를 가장 잘했던 강남외과가 있었다.

효자동 전차 종점에서 경복궁 담장 쪽으로는 일제강점기 총독부 고관들의 관사가 진명여고 삼일당(강당) 앞까지 줄지어 있었다. 이 세종로

1번지의 적산가옥 저택들은 8·15해방 뒤 장관·은행장·사장 등이 들어와 살던 당시 서울의 최고급 주택지였다.

여기서 경복궁 맞은편 길을 따라 내려오면 내 친구 짱구네 집 골목길 안쪽에 민주당 대통령 후보였던 해공(海公) 신익희(申翼熙) 선생의 옛집(서울시 기념물 제23호)이 지금도 남아 있다.

옥인동 쪽으로 뻗어 있는 길을 건너면 내가 살던 동네인 창성동인데 옛 진명여고(이후 청와대 경호실 자리)가 크게 자리

| 창성동 적산가옥 | 창성동 우리 집은 큰길에서 골목으로 들어서면 바로 안쪽에 있었다. 지금은 건물이 허물어졌지만 우리 집과 똑같이 생긴 이층집이 여전히 남아 있다.

잡고 있었고 길가의 삼일당에서는 중요한 연극 공연, 음악회가 많이 열렸다. 삼일당 터 바로 아래에는 유니세프 건물이 있었는데 지금은 '미슐랭 2022'에 선정된 온지음 레스토랑이 들어섰고 그 아래로 내려가면 청와대 선물의 집이 있다. 통인동으로 들어가는 길 모서리에는 정릉으로 이전하기 전의 국민대학교 건물이 있었다. 그래서 지금도 국민대 총동문회관이 이 맞은편에 있다. 옛 국민대 건물은 그동안 정부청사 창성동 별관으로 사용되다가 지금을 헐렸고 새 건물이 들어설 모양이다.

어린 시절의 기억

창성동 안쪽은 아주 작은 골목길이 끊길 듯 이어지고 막힌 듯 뚫려

| **창성동 미로미로** | 창성동 한옥지구는 미로미로라는 이름이 붙을 정도로 아주 작은 골목길이 끊길 듯 이어지고 막힌 듯 뚫려 있다. 피란 후 한집에 여러 가구가 모여 살았기 때문에 이 골목은 항시 아이들 뛰노는 소리로 가득했다.

있어 창성동 한옥지구 미로미로(迷路美路)라는 이름이 붙여졌다. 그 골목 안쪽에는 내 친구 한수네 집의 큰 우물이 있어서 어려서 물 길러 많이 다녔는데 지금은 없어졌다. 우리 큰아버지 댁도, 내 친구 요식이네도 한옥이었는데 모두 헐리고 카페로 바뀌었다. 『중국인 이야기』 시리즈의 저자 김명호네 집은 막다른 골목 안의 감나무가 있는 큰 한옥이었는데 지금은 감나무도 한옥도 없고 막다른 골목길도 시원하게 뚫려 있다.

창성동 우리 집 자리는 큰길에서 골목으로 들어서면 바로 안쪽에 있었는데 지금은 건물이 허물어져 큰길가의 '소풍'이라는 한식집 주차장이 되었다. 그러나 우리 집과 똑같이 생긴 일본식 이층집은 여전히 남아 있어, 거기 살던 키 큰 누나가 날 귀여워했던 생각이 난다.

창성동 미로미로 골목은 항시 아이들 뛰노는 소리로 소란스러웠다. 피란 후 집 없는 사람들이 많아 어떤 한옥엔 네 가구, 다섯 가구가 함께

| **골목 풍경을 떠올리며** | 생활은 가난했지만 따뜻한 온정이 넘치던 내 기억 속의 골목 풍경을 가장 잘 재현한 그림은 박수근의 〈아기 업은 소녀〉이고, 여기에 잘 어울리는 시는 이후분 어린이의 「아기 업기」다. 나는 이 그림과 동시를 합죽선에 그리고 써서 여러 사람에게 선물하였다.

살았기 때문에 아이들은 모두 밖으로 나와서 놀았던 것이다. 사내아이들은 딱지치기, 자치기, 비석치기, 구슬치기, 알령구리(구슬 놀이의 일종), 찜뽕놀이(야구와 비슷한 놀이)가 있었다. 나는 지금까지 골프장에 가본 적도 없고 골프채를 잡아본 적도 없지만 텔레비전으로 보니까 별게 아니라 내가 어려서 골목에서 하던 자치기에 알령구리를 좋은 연장을 갖고 넓은 들판에서 하는 똑같은 놀이였다.

여자아이들은 공기놀이, 오자미, 땅따먹기, 공사판에 쌓인 모래로 두꺼비집 짓기, 줄넘기와 고무줄놀이로 넓은 마당을 차지하곤 했다. 술래잡기, 치기장난, '무궁화꽃이 피었습니다'는 남녀 다 같이 했다.

고무줄놀이를 할 때면 줄에 걸린 아이가 줄을 붙잡는 당번이 된다. 다만 우리 누나는 내 막내 여동생을 업고 있어서 항시 말뚝 당번을 하면서 노래만 크게 부르다가 동생이 잠이 들면 집에다 뉘어놓고 나와서는 누구보다 잘 넘었다.

그때는 엿장수에서부터 갖가지 행상이 골목길을 누비고 다녔다. 두부 장수는 딸랑딸랑하는 종을 치고 다녔고, 굴뚝 청소부는 큰 징을 울리고 다녔다. 그리고 한 달에 한 번쯤 호떡의자를 갖고 다니는 이동식 이발사 겸 미용사가 오면 가난해서 이발소에 못 가는 아이들은 흰 '망토'를 두르고 머리를 깎곤 했다. 어느 날 이 이발사가 한 여자아이 머리를 깎는데 흰 국사발을 머리에 뒤집어씌우고 앞머리를 반듯하게 자르는 것이 재미있었다.

박수근의 〈아기 업은 소녀〉는 생활은 가난했지만 따뜻한 온정이 넘치는 이 시절 골목 풍경을 그린 것이다. 그리고 그 소녀의 마음을 가장 잘 표현한 시는 이오덕 선생이 펴낸 『일하는 아이들』에 실려 있는 문경 김룡초등학교 6학년 이후분 어린이의 「아기 업기」이다.

아기를 업고
골목을 다니고 있자니까
아기가 잠이 들었다.
아기는 잠이 들고는
내 등때기에 엎드렸다.
그래서 나는 아기를
방에 재워놓고 나니까
등때기가 없는 것 같다.

통의동

4·19혁명이 일어난 그날이었다. 총소리와 함께 시위대가 경찰에 쫓겨 골목길로 몰려 들어왔는데 한 학생이 한 손에 구두를 쥐고 막다른 골목 쪽으로 뛰는 것을 보고 우리 엄마가 그리로 가면 길이 없다고 얼른 집에 숨겨주었다. 한 달 뒤쯤 그 학생은 고마웠다고 인사를 하러 우리 엄마를 찾아와서 자신은 서울사대 교육심리학과 학생이라고 했다. 그러고는 보답으로 당시 6학년이었던 나를 가르치고 싶다고 하여 나의 가정교사가 되었다. 훗날 또다시 우리 집에 찾아와서는 우리 누나와 결혼해 나의 자형이 되었다.

나의 자형 박성순은 나에게 친형 이상이어서 내가 대학 입시에 미학과를 지원할 때 격렬하게 반대하는 아버님과 담임 선생님을 설득시켜 나의 길로 가게 해주셨고, 내가 긴급조치 4호로 구속될 때는 생고생도 겪으셨다. 자형은 오랫동안 한 사립고등학교의 교장을 역임하시고 정년 퇴임 후에는 YWCA 인성학교 교장으로 사회봉사를 하시다 연전에 돌아가셨다. 너무 일찍 돌아가셔서 지금도 그립기만 한 나의 자형이 평생을 교육자로 사신 모습은 영화 「홀랜드 오퍼스」에서 졸업식 때 한 학생이 주인공에게 보낸 축사의 한 대목을 생각나게 한다.

선생님은 비록 이름을 세상에 널리 펼치시지 못했지만 이 세상의 속물적인 부와 명성을 뛰어넘는 더 큰 사도(師道)를 이루셨습니다.

창성동에서 인왕산 쪽으로 들어가는 큰길을 건너면 바로 통의동이다. 이 길로 들어서면 1942년부터 약 60년간 여관으로 운영되던 보안여관이 리노베이션되어 지금은 갤러리·서점·카페 등으로 운영되고 있다.

| **보안여관** | 창성동과 통의동 사이 인왕산 쪽으로 들어가는 큰길 모서리에는 1942년부터 약 60년간 여관으로 운영
되던 보안여관이 있다. 지금은 리노베이션되어 갤러리·서점·카페로 운영되고 있다.

이 통의동 길가에는 녹지공간으로 통의동 마을마당이 조성되어 있고,
진화랑, 아트스페이스 화랑이 있고, 조금 더 가면 문화재단인 아름지기
가 나온다. 아름지기 건물은 한국예술종합학교의 김종규 교수가 설계한
현대식 건물과 그 2층에 김봉렬 교수가 설계한 한옥이 잘 어우러져 건
축학도들이 많이 찾아간다. 아름지기 안쪽에는 젊은 관람객들이 많이
찾는 대림미술관이 있다.

길가를 길게 차지하고 있는 코오롱빌딩을 지나 고궁박물관과 마주한
곳에는 항시 대통령직인수위원회가 들어서는 금융감독원 연수원이 나
오고, 적선골 음식문화거리로 안내하는 골목길을 지나면 이내 광화문에
서 사직단으로 뻗어 있는 율곡로와 만나게 된다.

통의동 안쪽 가옥 구조는 남북이 많이 다르다. 북쪽 지역은 작은 한옥
들이 제법 많이 남아 있어 '통의동 한옥마을'이라는 이름이 붙었지만 남

| **적선골** | 효자로가 율곡로와 만나기 직전에 적선골 음식문화거리로 안내하는 골목길이 나타난다.

쪽 지역은 일제강점기에 악명 높은 동양척식주식회사의 '동척 사택 단지'로 개발되어 길이 반듯하고 집들은 대개 2층 양옥으로 되어 있다. 이 한옥과 양옥 들에는 서촌에서 가장 먼저 젠트리피케이션이 이루어져 크고 작은 한식당, 양식당이 즐비하다.

백송나무, 창의궁, 월성위궁

통의동 한가운데에는 천연기념물 제4호로 지정된 오래된 백송나무(통의동 35-15번지)가 있어 한때 백송동이라고 불리던 때도 있었다. 이 백송나무는 1990년 7월 17일 태풍에 쓰러져 생명을 다했다. 국민대 김은식 교수가 이 나무의 나이테를 조사해보니 1690년 무렵에 심은 것으로 수령이 300년이라는 사실이 밝혀졌다. 그런데 나이테로 성장 과정을 자

72

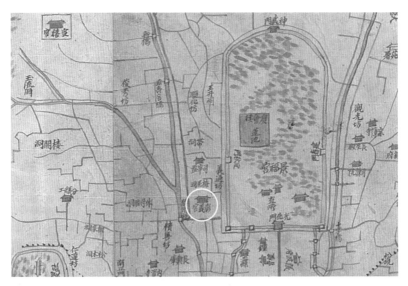

| **〈도성전도〉 중 창의궁** | 김정호가 1834년에 완성한 필사본 지도책인 『청구도』의 〈도성전도〉에는 지금의 백송나무
가 있는 자리가 영조의 사저인 창의궁으로 나타나 있다.

세히 살펴보니 신기하게도 1910년에서 1945년 사이 일제강점기에는 성
장이 거의 멈춘 것으로 나타나 있었다고 한다.

　백송이 죽은 자리에는 문화재청, 서울시, 종로구, 동네주민 등이 보호
책 네 모서리에 후계목을 한 그루씩 심었는데 이것들이 벌써 30여 년 잘
자라 가지들이 서로 부딪히고 있다. 그래서 얼마 전에 한 그루는 베어냈
지만 또 한 그루도 솎아내야 할 때가 되었다. 이 백송은 아직 줄기가 푸
른빛을 띠고 있으나 백송은 50년이 지나야 줄기가 하얗게 된다고 하니
그때가 되면 제법 의연한 모습이 될 것이다.

　이 백송나무 터는 한동안 추사 김정희의 증조할아버지로 영조의 사
위인 김한신(金漢藎, 월성위)이 살던 월성위궁(月城尉宮) 터로 추정됐다.
이는 추사의 방계 후손인 김익환 씨의 증언에 근거한 것으로 나 또한 평
전 『추사 김정희』(창비 2018)에서 그렇게 서술했다.

그러나 2007년 대통령경호실이 『청와대와 주변 역사·문화유산』을 펴내면서 이 백송은 월성위궁이 아니라 영조의 사저인 창의궁(彰義宮) 안에 있었던 것으로 밝혀졌다. 그리고 2013년엔 이순우 우리문화재자료연구소장이 1903년에 제작된 〈한국 경성 전도(韓國京城全圖)〉 등 고지도를 통해 월성위궁은 창의궁 아래쪽 적선동에 따로 있었음을 규명했다. 그리하여 이 자리(통의동 35-23번지)에는 '창의궁 터' 표지판이 세워져 있다.

영조는 즉위 전 연잉군 시절 창의궁에서 9년간 살았고 왕이 된 뒤에도 자주 찾아왔다. 창의궁은 규모가 아주 컸고 한때 영조의 아들 효장세자와 순조의 아들 효명세자의 사당이 설치되어 있었다. 1908년 창의궁은 일제의 동양척식주식회사로 넘어갔는데 1917년 기록에 의하면 전체(통의동 35번지)가 2만 1,094제곱미터(약 6,380평)였다. 이후 '동척 사택 단지'로 개발되면서 2층 양옥들로 가득해 나 어릴 때는 부자 동네로 통했다.

월성위궁은 창의궁 바로 남쪽 적선동에 있었다(적선동 8-4번지). 월성위궁에는 1758년 김한신과 화순옹주가 죽은 뒤 사당이 설치되었고 이후 아들 김이주, 손자 김노영, 증손자 김정희까지 약 80년간 경주 김씨 월성위의 후손들이 여기 살았다. 그래서 추사가 어린 시절을 여기서 보냈던 것인데, 1840년 추사가 제주로 유배된 뒤 이 집은 몰수됐다. 이에 월성위궁 터에는 '김정희 본가 터'라는 표지판이 세워져 있다.

자하문로

서촌의 두 번째 큰길은 자하문로다. 지하철 경복궁역 네거리에서 자

| 백송 | 통의동 한가운데에는 천연기념물 제4호로 지정되었던 수령 350년의 준수한 백송나무가 있었으나 1990년 7월 17일 태풍에 쓰러져 생명을 다했다. 이 사진은 내가 백송이 살아 있던 1980년대에 찍은 것이다.

하문터널을 지나 세검정까지 뻗어 있는 자하문로는 편도 4차선 도로로 폭이 넓다. 북악산 백운동에서 흘러내려온 개천이 인왕산 옥류동, 수성동에서 발원한 개천과 합류해 제법 큰 계류를 형성해 청계천으로 들어가던 것을 1920년대에 상류를 제외하고는 모두 복개했기 때문이다. 상류의 청운초등학교 앞을 지나는 개천은 내가 초등학교 5학년 때인 1959년에 복개되었다. 이로 인해 자하문로를 지나가면 금청교·자수교·신교 등 사라진 옛 다리 이름들이 계속 나온다.

이 길 첫머리에 경복궁 서십자각 곁에 걸쳐 있었던 3칸의 무지개다리가 금청교(禁淸橋)다. 이 다리 이름이 언제부터인지 금천교(禁川橋)로 바뀌어 나 어릴 때도 금천교라고 했고 금천교시장이 유명했다. 그래서 지금도 '금천다리길'로 표기되어 있다. 그러나 금천교란 궁궐 내의 다리를 일컫는 보통명사이고 금청교가 맞다. 옛 사진을 보면 금청교는 청계천 광통교 못지않게 아름답고 오래된 다리였는데 결국은 사라지고 우리는 그 위를 자동차로 가로질러 다니고 있다.

자하문로 오른쪽은 남쪽부터 적선동-통의동-창성동-효자동-궁정동-청운동으로 이어지고 왼쪽은 체부동-통인동-옥인동-신교동-청운동으로 이어진다. 그러니까 서촌의 맨 윗동네는 청운동이다.

형제상회와 통인시장

금청교 터에서 자하문로로 들어서면 우리은행 효자동지점 삼거리가 나온다. 여기가 바로 옥류동, 수성동에서 흘러내려온 지류가 합류하던 지점이다. 그 옛날엔 두 물줄기가 만나는 곳이라 풍광이 수려해서 정자라도 있음직한 명소였을 것으로 상상된다. 우리은행 효자동지점 건물은 은행 지점치고는 대단히 중후한데 이는 전신인 상업은행 효자동지점 시

| 우리은행 효자동지점 삼거리 | 우리은행 효자동지점 건물은 서촌의 랜드마크 중 하나이다. 은행 지점치고는 대단히 중후한데, 이는 전신인 상업은행 시절엔 청와대의 주거래 은행이어서 여느 지점과는 격을 달리했기 때문이다.

절엔 청와대의 주거래 은행이었기 때문에 여느 지점과는 격을 달리했기 때문이라고 한다.

여기에서 조금 더 올라가면 통인동 형제마켓 네거리가 나온다. 형제마켓의 이전 이름은 형제슈퍼였고 나 어린 시절엔 형제상회였다. 나는 이 형제상회가 노포(老鋪)로 이렇게 변함없이 이어가고 있는 것을 고맙게 생각하고 있다. 이 형제마켓 안쪽으로 들어가는 길은 마을버스가 수성동계곡까지 다니는 인왕산길 주도로다. 그 점에서 형제마켓은 서촌 답사의 랜드마크인 셈이다.

형제마켓 바로 위로는 통인시장 입구가 있다. 통인시장은 사대문 안에서도 알아주는 큰 시장이었다. 지금은 통인시장 앞에 자하문로 자동차 길이 나 있지만 나 어릴 적에는 도로 중앙분리대에도 가게들이 들어차 있어서 통인시장 안쪽뿐 아니라 바깥쪽까지 시장통이었다. 지금은

| 통인동 형제마켓 네거리 | 형제마켓의 이전 이름은 형제슈퍼였고 나 어린 시절엔 형제상회였다. 형제마켓 안쪽으로 들어가는 길은 수성동계곡까지 연결된 인왕산길 메인 도로이다.

시장 안이 잘 정비되어 미국 국무장관 존 케리도 와서 떡볶이를 사 먹고 갔다지만, 나 어릴 적에는 시장의 어지러운 좌판에 상이군인들이 떼로 와서 갈고리 의수로 찍어가며 물건을 수거해 갈 때면 상인들이 죄다 떨면서 보기만 하던 장면이 너무 무서웠다.

얼마 전, 지나가는 길에 통인시장 안으로 들어서니 초입에 있는 개성상회 주인이 나를 보고 반갑게 인사한다. 그래서 얼마나 오래됐느냐고 물었다.

"할아버지가 6·25 때 개성에서 날 업고 온 이래 이날 이때까지 그대로죠."

"그러면 청운국민학교 나오셨나요?"

"38회입니다."

| **통인시장** | 나 어릴 때는 가게들이 들어차 통인시장 안쪽뿐 아니라 바깥쪽까지 시장통이었지만 지금은 잘 정비되어 미국 국무장관 존 케리도 와서 떡볶이를 사 먹고 갔다.

"난 37회니 비슷하네요. 형제상회도 여전하네요."

"형제상회 할아버지 돌아가시고 난 뒤에도 아드님이 잘 이어가고 계시죠."

요즘은 가게 이름에 외국어를 써야 유식해 보이지만 우리 어렸을 땐 이렇게 '상회(商會)'라고 해야 근사해 보였다.

세종대왕 나신 곳

형제마켓과 통인시장 사이 도로에는 '세종대왕 나신 곳'이라는 표지석이 놓여 있다. 그러나 세종대왕이 이 자리에서 나셨다는 것은 아니고 이 동네에서 태어나셨다는 뜻이다.

세종대왕의 탄생지에 대해서는 태조 6년(1397) 5월 15일 "한양 준수방 잠저(潛邸)에서 태어나셨다"는 실록의 짧은 기록만이 있을 뿐이다. 여기서 잠저란 세종의 아버지인 태종의 집을 의미한다.

조선 초 한양의 행정구역은 태조 5년에 한성부를 5부 52방으로 구분하고 방명표(坊名標)를 세우면서 정해졌는데, 조선 후기까지 모든 지도에서 준수방은 그 중심 영역이 백운동천과 옥류동천이 흐르는 두 물줄기 사이에 표시되고 있으므로, 오늘날 통인동과 옥인동 일대가 준수방이었다(박희용·이익주「조선 초기 경복궁 서쪽 지역의 장소성과 세종 탄생지」, 『서울학연구』 47호, 2012).

'세종대왕 나신 곳' 표석을 이 길 네거리 모서리, 통인시장 가까이에 세운 것은 길 가는 사람들에게 잘 보이려고 하는 의도도 있었겠지만 2012년에 세종마을이라는 이름을 정할 때 근거로 삼기 위한 것이었다.

자교교회와 자수교

통인시장 맞은편 창성동에는 자교교회가 있다. 자교교회는 배화학당을 세운 미국 남감리회의 여성 선교사 캠벨(Josephine P. Campbell) 여사가 1900년 4월 당시 내자동에 있던 배화학당 기도실에 처음 설립한 교회로 1922년에 현재의 터전에 2층 양옥의 붉은 벽돌집으로 예배당을 신축하고 자리 잡은 것이다. 그러니까 올해(2022)로 이 자리에서 100년을 맞이한 오래된 교회다. 이후 1959년에 예배당 앞면을 증축하고 종탑을 세운 것이 지금의 모습이다.

나는 '한국미술사 신령님'만 믿을 뿐 종교를 따로 갖고 있지 않지만 1960년대 말에 이 교회에 부임해오신 마경일(1912~87) 목사의 아들 상렬이가 친구여서 몇 번 들어가보았는데 우리 동네에 이렇게 고풍스럽고

| **자교교회** | 통인시장 맞은편 창성동에 있는 자교교회는 미국인 여성 선교사 캠벨이 내자동 배화학당 기도실에 처음 설립한 뒤 1922년 현재의 터전에 2층 양옥의 붉은 벽돌집으로 세운 것이다. 어느덧 100년을 맞이한 오래된 교회다.

예쁜 교회가 있다는 것이 자랑스러웠다. 특히 스테인드글라스가 환상적으로 보였다.

마경일 목사는 온화한 분으로 이화여고 교목실장, 기독교대한감리회

| **신교 옛 모습** | 신교동의 '신교'는 선희궁 터에 있던 다리 이름이다. 영조 40년에 영조의 후궁이자 사도세자 생모인 영빈 이씨의 사당으로 선희궁을 지으면서 새 다리를 놓고 신교라 불렀다. 1920년 개천 복개 때 사라지고 지금은 터만 남았다.

총회장을 지내셨는데 글도 많이 발표하셨다. 『새 찬송가』의 「소리 없이 보슬보슬」은 마경일 작사에 연세대 음대학장을 역임한 나인용 장로가 작곡한 것이라고 한다.

이 교회의 이름을 자교(紫橋)라 한 것은 교회 가까이에 다리가 있었기 때문인데, 당시 교회 가까이 있던 다리 이름은 자교(慈橋) 또는 자수교(慈壽橋)로 한자가 다르다. 옥인동 안쪽에는 무안대군이 살던 집으로 세종이 죽은 뒤 후궁들의 거처로 쓰인 이후 줄곧 선왕의 후궁들이 머무는 거처였던 자수궁(옥인동 45, 현 군인아파트 자리)이 있었기 때문이다. 자교교회의 자(紫) 자는 자하문(紫霞門)에서 가져왔다고 한다.

자수교는 창성동·효자동·통인동·옥인동 네 동네가 만나는 자리에 있던 것인데 1929년 복개공사 때 철거되었다. 옛 사진을 보면 교각이 하나

| 국립서울농학교 내 선희궁 터 | 선희궁은 훗날 칠궁으로 합사되었지만 사당 건물 자체는 국립서울농학교 내에 그대로 남아 있고 이름도 선희궁 터로 표시돼 있다.

인 아담한 다리였다.

　이 자수교에서 조금 더 올라가면 이번에는 신교(新橋) 터가 나오는데 그 사이 왼쪽 일대가 옥인동이다. 자하문로와 맞닿은 옥인동 2번지 일대에는 이완용이 살던 집이 있었다. 이완용은 1913년에 대지 약 3,700평을 사들여 저택을 짓고 10여 년 살다가 1926년에 죽었다. 이 집터는 옥인파출소에서 옥인교회에 이르는 방대한 규모였는데 한국전쟁 때 미군이 적산으로 징발하고 곧바로 미군 군속들에게 분양해 주택단지로 개발되었다.

신교와 국립서울맹학교·농학교

　신교동의 '신교'는 선희궁(宣禧宮) 터에 있던 다리 이름이다. 영조

| **천막교실** | 한국전쟁 당시 부산 초량동 항도초등학교에 설치된 천막교실 모습이다. 내가 다니던 청운초등학교 건물 또한 한국전쟁 때 폭격을 맞아 교실이 부족했기 때문에 나는 2학년 때 국립서울농학교 안에 설치된 이런 천막학교에서 공부했다.

40년(1764)에 영조의 후궁이자 사도세자의 생모인 영빈 이씨의 사당으로 선희궁을 지으면서 놓은 다리이기 때문에 새 다리라고 해서 신교라고 불렀다.

신교는 교각이 2개인 제법 긴 다리였는데 이 역시 1920년대의 개천 복개 때 사라지고 오늘날 청와대 분수와 국립서울맹학교를 잇는 큰길이 되었다. 신교에 있던 다리 난간 기둥은 청운초등학교 정원에 놓여 있다. 선희궁은 훗날 칠궁으로 합사되었지만 사당 건물 자체는 국립서울농학교 내에 그대로 남아 있어 서울시 유형문화재 제32호로 지정되고 이름도 선희궁 터로 표시돼 있다.

신교동 안동네에는 국립서울맹학교와 국립서울농학교가 있는 것으로 유명하다. 두 학교는 시각장애인과 청각장애인을 위한 특수학교로 1913년에 서대문구 천연동에서 개교해 1931년에 이곳으로 옮겨와 맹

| **국립서울맹학교** | 신교동 안동네에는 국립서울농학교뿐만 아니라 국립서울맹학교도 있다. 청각장애인을 위한 특수학교로 서울맹아학교라고 불리다가 2002년에 국립서울맹학교로 개칭되어 오늘에 이르고 있다.

아·농아학교로 불리다가 2002년에 국립서울맹학교와 국립서울농학교로 개칭되어 오늘에 이르고 있다.

나는 개인적으로 이 두 학교에 대해 잊을 수 없는 두 가지 기억이 있다. 하나는 내가 청운초등학교 2학년 때다. 청운초등학교 건물은 한국전쟁 때 폭격을 맞아 학교 교사가 부족해 1학년은 학교에서 다녔지만 2, 3학년은 국립서울농학교 안에 군대 천막을 친 가설 천막학교에서 공부했다. 그때 새 학기마다 쌀가마니 튼 것을 학생마다 한 장씩 가져오게 하여 이를 바닥에 깔고 외벽을 두르고 수업을 했다. 그리고 4학년 되어서야 비로소 신축 교사에서 배웠는데 꼭 대궐로 들어가는 기분이었다.

또 맹인 학생들이 교실 유리창 닦는데 얼마나 윤이 나게 닦는지 번쩍번쩍 빛났던 기억, 농학교와 맹학교의 가을 합동 운동회를 구경했는데 농인과 맹인 학생 둘이 짝이 되어 업고 달리기, 바늘에 실 꿰기, 공놀이

| **청운초등학교** | 청운초등학교는 제법 명문이었다. 나와 같은 37회 동창생으로는 개그맨 전유성과 여성 최초의 지방법원 부장판사였던 이영애 전 판사가 있다.

를 하는데 그들이 실수 없이 잘하고 밝고 신나게 노는 것이 어린 마음에 신기해 보였다. 내가 대구의 시각장애인들을 인솔해 달성 도동서원을 답사한 데는 어릴 때 맹인들 가까이 살았던 경험이 깔려 있었던 것이다.

청운초등학교 시절

청운초등학교 6년을 다닌 기억과 추억은 많이 잊어버렸다. 그래도 처음 입학식 날만은 선명히 기억난다. 어머니가 아프셔서 외할머니가 나를 데리고 학교에 가는 것이 매우 서운했는데, 여자 담임 선생님이 학생들에게 교과서를 나눠주면서 '어머니'라고 쓸 줄 아는 사람 손들라고 했다. 그때는 국문을 깨우치고 학교에 들어가는 학생이 많지 않았다.

나는 손을 번쩍 들었는데 서너 명 더 있었다. 모두 앞으로 나와서 칠판에 써보라고 하여 씩씩하게 나가 땅바닥에 막대기로 쓰듯이 크게 썼는데 다른 애들은 공책에 쓰듯이 조그맣게 써서 담임 선생님이 내가 제일 잘 썼다고 이름까지 불러주며 칭찬해주셨다. 이후 외할머니가 사람을 만나며 내가 입학식 날 '어머니' 글씨 쓴 얘기를 하도 하셔서 골백번도 더 들었다.

동창생으로는 카페 '학교종이 땡땡땡'의 주인장이기도 한 개그맨 전유성이 맹활약을 하는 것이 자랑스러웠다. 법조계에서 유리천장을 뚫고 여성 최초로 지방법원 부장판사와 사법연수원 교수가 된 이영애 전 판사도 동창이다. 6학년 때는 모의고사가 끝나면 성적순으로 방(榜)이 붙었는데 나는 항상 6반 이영애와 9반 이영애 사이에 있어서 그 이름을 기억하고 있다. 우연히 그를 만났을 때 물어보았더니 37회 동기는 맞지만 몇 반이었는지는 생각나지 않는다고 했다.

우리 집에서 학교까지 거리는 다른 애들의 경우보다 멀었다. 청운동, 신교동, 옥인동, 통인동을 지나 창성동에서도 제일 남쪽 끝에 있었기 때문이다. 그래서 하굣길에는 통인시장도 괜히 들어가보며 이것저것 구경하고 만홧가게에 들렀다 오기 일쑤였다. 그때 『칠성이와 깨막이』『명탐정 약동이』『라이파이』를 하도 재미있게 읽어서 잊히지 않는다. 지금 생각하니 『칠성이와 깨막이』는 리얼리즘, 『명탐정 약동이』는 고전주의, 『라이파이』는 모더니즘 만화였다. 그러나 가장 감동받은 것은 만화 『수호지』였다.

어려서부터 나는 사람을 좋아했는지 친구 집에서 놀다가 오기도 하고 우리 집으로 데려와 같이 숙제를 하기도 했다. 올해(2022)로 96세 되시는 어머니께 초등학교 시절 내 특징이 무엇이었느냐고 여쭤보았더니 항시 친구들과 몰려다니며 놀았고 밖에 나갔다가 집으로 들어올 때면 뭔가를 들고 들어왔는데 하다못해 가랑잎 하나라도 손에 쥐고 있었다고 한다.

중학교 1학년 때는 한창 한자를 배우는 재미에 빠져 집집마다 걸려 있는 한자로 된 문패를 읽으면서 다녔는데, 어려워서 못 읽는 글자가 많아 갑갑했다. 그런데 맹학교 가까이에 있는, 4·19혁명 직후 과도정부의 내각 수반을 지낸 허정(許政) 전 외무부장관 집 문패를 보고 마침 두 글자를 다 알겠어서 나도 모르게 '허정' 하고 큰 소리로 읽었다가 경비원한테 어른 이름을 함부로 부른다고 혼난 기억이 잊히지 않는다.

당시 허정 장관 집 위쪽은 야산으로 중턱엔 걸인 거주지도 있고 한센병 환자 움막도 있어 한 번 지나가고는 다시는 무서워서 다니지 않았는데 지금은 길이 훤하게 뚫려 맹학교 맞은편에는 우당 이회영과 그 형제들의 독립운동을 기리는 우당기념관이 있다.

청풍계

청운초등학교를 지나면 경기상업고등학교가 있고 큰길 안쪽에 경복고등학교가 있을 뿐이어서 자하문로 길 안내는 여기서 끝난다. 그 대신 이제부터는 진짜 답사답게 인왕산과 북악산 골짜기로 옛 유적지를 찾아가게 된다. 우리나라 고지도는 길을 중심으로 그려져 있지만 항시 자연지리를 겸해 이름난 골짜기들이 동(洞)과 계(溪)로 표시되어 있다. 동이 계보다 크고 넓다. 인왕산 아래는 옥류동·백운동·청풍계가 빠짐없이 나와 있다. 1914년 행정개편 때 옥류동은 옥인동이라는 이름을 낳았고, 청운동이라는 이름은 청풍계와 백운동이 합쳐져 생긴 것이다.

청풍계는 청운초등학교 후문에서 조금 더 올라가다 왼쪽으로 난 가파른 비탈길에 있는 골짜기다. 여기에는 병자호란 때 장렬하게 순절한 안동 김씨 선원(仙源) 김상용(金尙容)의 저택이 있었다. 척화파로 청나

| 겸재 정선의 〈청풍계도〉 | 청풍계는 청운초등학교 후문에서 조금 더 올라가다 왼쪽으로 난 가파른 비탈길에 있는 그윽한 골짜기였다. 여기에는 김상용의 저택이 있었는데 선조가 맑을 청(淸)과 바람 풍(風)을 써서 청풍계(淸風溪)라는 이름을 내려주었다.

| 청풍계 터 백세청풍 바위 글씨 | 청풍계 옛 터에는 우암 송시열의 '백세청풍(百世淸風)'이라는 글씨가 바위에 새겨져 있다.

라에 끌려간 청음 김상헌의 친형인 김상용은 우의정을 지낸 고관으로 병자호란 때 왕족을 호종하여 강화로 피란시켰다가 이듬해 강화산성이 함락되자 자결했다.

원래 이름은 푸를 청(靑)과 단풍 풍(楓) 자의 청풍계(靑楓溪)였으나 선조가 맑을 청(淸)과 바람 풍(風)을 써서 청풍계(淸風溪)라는 이름을 내린 후 바뀌었다. 청풍계 터 가까이에는 훗날 우암 송시열이 이 뜻을 기려 주희의 글씨를 집자해 새긴 '백세청풍(百世淸風)'이라는 암각 글씨(청운동 52-111번지)가 지금도 남아 있다. 김상용의 후손이 영조 대에 지은 『풍

| 권신응의 〈청풍계도〉 부분 | 권신응이 청풍계의 옛 모습을 그리면서 건물마다 이름을 써 넣은 덕에 당시 저택의 모습을 상상해볼 수 있다.

계집승기(楓溪集勝記)』에 의하면 '대명일월(大明日月)' 넉 자도 있었다고 하는데 일제강점기에 사라졌다.

청풍계는 안동 김씨들이 대대로 살면서 장동의 명승으로 이름을 떨쳐 겸재 정선의 〈청풍계도〉 그림이 무려 6점이나 전한다. 그중 간송미술관 소장본은 겸재의 노년 대표작 중 하나로 꼽히고 있다. 필치가 웅혼할 뿐 만 아니라 시각을 대담하게 변형한 것은 과연 대가의 솜씨라는 감탄이 절로 나온다.

청풍계의 옛 모습은 최열의 『옛 그림으로 본 서울』(혜화1117 2020)에 소개된 선비 화가 권신응의 〈청풍계도〉에서 또렷이 알아볼 수 있다. 특히 이 그림에는 회화식 지도처럼 건물마다 글씨가 쓰여 있어 '백세청풍' 암각 글씨 주위로 선원영당(仙源影堂)인 늠연당(凜然堂), 태고정(太古亭) 등이 있었음을 알 수 있다. 과연 아름다운 정원을 갖고 있는 저택이었다.

그러나 일제강점기에 계곡을 덮고 돌축대를 쌓은 고급 주택지로 개발하면서 이젠 옛 자취를 찾아볼 수 없고 오직 암각 글씨만 남았는데 그 위쪽으로는 정주영 현대그룹 창업자의 주택이 들어서 있다.

김상용의 아우 김상헌은 칠궁 담장과 맞대고 살면서 이 일대를 노래한 「근가십영」에서 '우리 형님이 청풍계 태고정을 지었다'고 했다. 김상헌의 손자 김수항을 비롯한 수(壽) 자 돌림 5명과 증손자 김창집(金昌集)을 비롯한 창(昌) 자 돌림 6명이 모두 출세하여 이 '5수 6창'의 안동 김씨 가문은 '장동 김씨'라고 따로 불리었고, 김창집의 4대손 김조순(金祖淳)이 순조의 장인이 되면서 조선 최대의 세도가문을 이루었다. 김상헌의 집터인 칠궁 담장 밖 효자동 무궁화동산(효자로 97 건너편)에는 김상헌 시비가 세워져 있다.

청송당, 대은암, 도화동

청운동 일대에는 조선시대 명사들이 많이 살았다. 청운초등학교 자리에서는 송강(松江) 정철(鄭澈)이 태어나 자하문로 길가(청운동 123번지)에 표지석이 놓여 있다. 경기상업고등학교 교정에는 청송(聽松) 성수침(成守琛)의 집터가 있다. 성수침의 아들이 우계(牛溪) 성혼(成渾)이니 단짝으로 유명한 송강과 우계가 어린 시절 같은 동네 살면서 얼마나 정을 나누었을까 안 보아도 본 듯하다.

청송당 건물은 훗날 성혼의 외손인 윤순거·윤선거 형제가 뜻을 합쳐

| **겸재 정선의 〈청송당도〉** | 경기상업고등학교 교정에는 청송 성수침의 집터가 있다. '청송당'이라 불리던 이 건물은 훗날 성수침의 제자인 율곡 이이와 우계 성혼의 학통을 이어받은 서인들에게 하나의 성지가 되었다.

중건했고, 송시열이 기문을 지었다. 이후 성수침의 제자인 율곡 이이와 우계 성혼의 학통을 이어받은 서인들에게는 하나의 성지처럼 되었다. 겸재 정선의 〈장동팔경첩〉마다 빠짐없이 그려져 있다.

경복고등학교 뒤편 창의문로 큰길 건너편 북악산 기슭에는 중종 때 남곤(南袞)이 살던 집이 있었다. 남곤은 심정(沈貞)과 함께 기묘사화를 일으킨 장본인으로 벽초의 『임꺽정』에서 무수한 흥떨림을 당했다. 이들을 미워하여 작은 새우로 만드는 젓갈을 '곤쟁[袞貞]이젓'이라고 하여

| 정선의 〈대은암도〉 | 대은암은 기묘사화를 일으킨 남곤의 집에 있던 큰 바위로, 승지가 된 남곤이
업무에 바빠 함께 어울릴 수 없게 되자 그의 친구 박은이 크게 은거했다는 뜻으로 '대은'이라는 이름
을 붙였다고 전한다.

소인배를 일컫는 말이 되었다는 인물이다.

그러나 이 설은 재고될 여지가 있다. 근래의 역사학계 연구를 보면 기
묘사화에서 가장 주도적인 역할을 한 사람은 중종 본인이었다. 남곤의 경
우 실제로는 김종직의 일파로 훈구파이면서도 사림파와 가까웠던 인물
이고, 실록의 기록에 따르면 기묘사화 당시에도 조광조의 처벌을 주장하
긴 했지만 사사에는 반대하고 그 죽음에 슬퍼하는 등의 모습을 보였다.

남곤의 집에는 대은암(大隱岩)이라는 큰 바위가 있는 것으로 유명했

으며 읍취헌 박은과 용재 이행이 남곤과 더불어 시와 술로 이 바위에서
놀았다고 한다. 그런데 남곤이 승지가 되어 새벽에 궁에 들어가서 밤에
돌아오게 되자 함께 어울릴 수 없게 된 박은이 장난삼아 그 바위에 크게
은거했다는 뜻으로 '대은'이라 이름 붙였다는 것이다. 대은암도 김상헌
의「근가십영」, 정선의 〈장동팔경첩〉에 나오는 명승이다.

대은암 아래쪽 대경빌라 C동(창의문로 44) 뒤편 바위에는 도화동천(桃
花洞天)을 비롯한 많은 암각 글씨가 새겨져 있어 일찍부터 시인·묵객들
이 많이 찾아왔던 명소임을 말해준다. 그래서 경복고등학교 교가 첫 구
절이 "대은암 도화동 이름난 이곳"으로 시작된다.

여기에 오면 나는 아픈 기억이 있다. 나는 1961년 경복중학교(1968년
폐교)에 입학했는데 고등학교 진학 시험에 그만 낙방하고 말았다. 변명
하자면 공부를 곧잘 했는데 시험 당일 열이 40도나 되는 상태에서 시험
을 치러 답안지를 어떻게 썼는지 기억이 나지 않을 정도였다. 3년을 개
근하고 시험 당일 병이 나다니, 그건 운명이라 생각했다.

그래서 후기 시험으로 중동고등학교에 들어가 또 다른 학교의 전통
을 익히며 공부해서 대학에는 실패하지 않았다. 내 중학교 동창들은 경
복고 42회다. 이들이 한번은 나에게 명예졸업장을 줄 테니 동창회에 나
오라고 초청했다. 보고 싶어하는 친구들이 많다는 것이다. 그래서 다 그
만두고 나하고 답사나 한번 가자고 하여 버스를 대절해 1박 2일로 합천
해인사, 창녕 관룡사, 고령 지산동 가야고분, 성주 한개마을로 옛 친구들
과 즐겁게 다녀왔다.

유란동의 겸재 정선

경복고등학교와 경기상업고등학교 사이에는 샘이 있는데 여기를 겸

재 정선이 태어났다고 하는 유란동(幽蘭洞)으로 비정하여 교정에 기념비가 하나 세워져 있다. 겸재 정선은 여기에서 52세까지 살다가 지금의 옥인동 군인아파트가 있는 인왕산 아래 인곡정사로 이사한 것으로 추정되고 있다.

조선 산수화를 '진경산수'라는 하나의 장르로 완성한 겸재는 사실 천분이 뛰어난 화가는 아니었다. 몰락했어도 양반 출신이었기 때문에 도화서 화원이 될 수도 없었다. 그러나 그에게는 훌륭한 스승과 뛰어난 벗들이 있었다. 장동 김씨 농암 김창협과 삼연 김창흡 밑에는 겸재를 비롯해 사천 이병연, 담헌 이하곤, 이의현, 신정하 같은 제자들이 있었다.

또 관아재 조영석 같은 문인화가와 이웃에 살면서 학문과 예술을 교감했다. 그뿐 아니라 지수재 유척기 같은 노론의 대신도 가까이 살았다. 간송미술관의 최완수 선생은 이들이 일으킨 문풍(文風)을 백악사단(白岳詞壇)이라고 했다.

겸재가 진경산수를 개척한 결정적인 계기는 35세 때인 1711년(신묘년) 금강산 기행이었다. 이때 벗 이병연이 마침 금강산 초입의 금화현감에 재직하고 있어서 스승 김창흡, 벗 정동후와 김시보 등 다섯이서 금강산을 유람했고, 그때 받은 자연에 대한 감동을 화폭에 담아 〈신묘년 풍악도첩(辛卯年楓嶽圖牒)〉을 그린 것이 겸재가 진경산수 화가로 나아가는 첫 출발이었다.

이후 조영석의 증언대로 그는 그림을 그릴 때면 백악산과 인왕산을 바라보며 우리 산천의 생김새를 탐구했고, 그가 그리면서 쓴 붓을 내다 쌓으면 무덤이 된다고 할 정도로 끊임없는 수련과 연찬을 통해 이루어 낸 것이 겸재 예술이다. 그런 의미에서 겸재 예술의 자산은 좋은 스승, 벗들과의 어울림, 학문·문학과 미술의 만남, 그리고 여행이었다고 할 수

| 백운동천 바위 글씨 | 백운동천은 조선 말기 문신이었고 3·1운동 후 상해로 건너가 독립운동을 전개한 동농 김가진이 자신의 집 뒤쪽에 있는 바위에 새긴 글씨다. 동천(洞天)은 신선이 사는 곳이라는 뜻이다.

있다. 만 권의 책을 읽고 천 리를 여행하는 것이 문인의 길이라는 것을 몸소 실천한 결과였다.

백운동

청운동의 또 다른 명소인 백운동은 자하문터널 위쪽 북악산 기슭에 있다. 창의문 아래에 있는 후기성도교회에서 60미터쯤 올라가면 넓은 집터 뒤 벼랑에 '백운동천(白雲洞天)'이라는 암각 글씨가 나타난다. 동천(洞天)은 신선이 사는 곳이라는 뜻이다. 조금만 더 올라가면 샘터가 나오는데 여기서 발원한 백운천이 청풍계의 계류, 옥류동의 계류를 받아 금청교를 지나 청계천으로 흘러 들어갔다. 이 백운천은 도성 내 지류 중

| 동농 김가진과 그 가족 | 동농의 아들 김의한과 며느리 정정화는 임시정부에 동참한 동농을 따라 상해에서 독립운동을 전개했다. 이 사진은 이들 가족이 임시정부의 살림을 맡던 1935년에 남경에서 찍은 것이다.

가장 길어 청계천의 본류로 간주되고 있다.

백운동천 글씨는 조선 말기 문신으로 3·1운동 후 상해로 건너가 독립운동을 전개한 동농(東農) 김가진(金嘉鎭)의 글씨로 곁에 1903년 8월에 썼다는 관기가 작은 글씨로 새겨져 있다.

동농은 청풍계 김상용의 후손으로 일찍이 관로에 진출해 1895년 농상공부대신을 지냈다. 갑오경장이 실패한 뒤에는 독립협회의 위원으로 선임되어 독립문에 걸려 있는 한자와 한글의 이름패를 쓴 명필이기도 했다. 1902년 궁내부 특진관을 지낼 때 창덕궁 후원 공사를 차질 없이 수행한 공로로 고종이 목재를 하사해 이듬해에 이곳에 백운장(白雲莊)이라는 한옥과 몽룡정(夢龍亭)이라는 정자를 지었다.

1905년 을사조약을 체결할 때 격렬히 반대했으나 좌절되자 이듬해

| **동농 김가진의 장례식** | 동농 김가진은 상해임시정부에 합류한 지 3년 뒤인 1922년에 세상을 떠났다. 임시정부는 최고 원로였던 동농의 장례식을 이처럼 성대하게 치렀다.

스스로 충청도 관찰사로 좌천해 지방으로 내려갔고 1908년에는 대한협회 제2대 회장으로 친일단체 일진회를 성토하고 나섰다. 1910년 강제 한일합병 후 일제가 예우 차원에서 남작 작위를 수여하여 받았다.

그리고 3·1운동이 일어난 1919년 그해 10월, 동농은 73세의 노구를 이끌고 허름한 늙은이로 위장하고서 육로로 몰래 빠져나가 상해임시정부에 합류했다. 병자호란 때 자결한 선원 김상용의 후손다운 애국심과 기개가 느껴지는 망명길이었다. 당시 『독립신문』은 동농의 망명 사실을 보도하면서 그가 망명하는 심정을 노래한 한시 2편까지 실었다.(임형택 「동농 김가진, 그의 한시」, 『역사비평』 2022년 가을호)

임시정부에서 동농은 최고 원로로 환대받았다. 대한제국의 고위 관료가 임시정부에 동참하고 있다는 것은 여느 인사의 합류와 차원이 다른 의미가 있었다. 동농은 망명길에 아들 김의한(金毅漢, 1900~64)을 데리고 갔다. 이때 서울에 남아 있던 며느리 정정화(鄭靖和, 1900~91)는 시아버님을 모시겠다고 뒤따라 상해로 갔다.

동농은 망명한 지 3년 뒤인 1922년에 세상을 떠났다. 임시정부는 동농의 장례식을 성대하게 치렀다. 이후 상해에 남은 아들과 며느리는 임시정부의 살림을 맡아 26년을 지내며 중경임시정부에서 해방을 맞이했다. 훗날 며느리 정정화는 그 고난의 길을 감동적이고 생생하게 기록한 『장강일기』(학민사 1998)를 펴냈다. 그리고 손자 김자동(金滋東, 1928~2022)은 『영원한 임시정부 소년』(푸른역사 2018)이라는 책을 펴냈다.

동농의 아들, 며느리, 손자에게는 애국훈장이 수여되었다. 그러나 동농은 남작 작위를 반납하지 않았다고 수여되지 않고 있다. 임시정부로 망명한 것은 반납 이상의 독립 의지가 아닌가? 답답한 마음에 이만열 전 국사편찬위원장에게 의견을 물었더니 선(先) 친일이라도 후(後) 독립운동이면 애국으로 인정해야 하는 건데 하물며 동농을 그렇게 평가하는 것은 옳지 못한 처사라고 했다.

동농의 중국 망명 이후 백운장은 일본인 손으로 넘어가 일본 요릿집이 되었다가 지금은 폐허가 되고 동농의 '백운동천'이라는 글씨만 남아 있다. 다시 백운동천에 오지 못한 동농을 생각하니 그가 망명길에 읊은 시가 떠오른다.

> 나라가 깨지고 임금도 잃고 사직이 무너졌으되
> 치욕스런 마음으로 죽음을 참으며 여태껏 살아왔는데
> 늙은 몸이 상기도 하늘 찌를 뜻을 품어
> 단숨에 하늘 높이 몸을 솟구쳐서 만리길을 떠났노라

國破君亡社稷傾

包羞忍死至今生

老身尙有沖霄志

一擧雄飛萬里行

올해(2022)는 동농 서거 100주기가 되는 해이다.

인왕산 계곡의 옛 모습을 복원하며

세종마루 정자와 오거리 / 수성동으로 가는 길 / 수성동 /
치마바위 / 병풍바위의 글씨 / 옥류동 / 겸재의 〈삼승정도〉 /
옥인동의 여러 궁들 / 인곡정사와 육청헌 / 천수경의 송석원 /
윤덕영의 벽수산장 / 언커크(UNCURK) /
벽수산장과 박노수미술관 / 세종마루 정자에서 / 이상과 구본웅 /
필운대 / 필운대 풍류 / 내 가슴속의 인왕산

세종마루 정자와 오거리

이제 나는 본격적으로 인왕산 명승지를 답사한다. 그러자면 우선 통인시장 뒤편에 있는 세종마루 정자에서 시작하는 것이 좋다. 여기를 나 어릴 때는 오거리라고 했고 실제로 길이 다섯 갈래로 뻗어 있다.

하나는 개성상회에서 들어오는 동쪽 길이다.
둘은 수성동계곡에 이르는 서쪽 길이다.
셋은 송석원 터로 가는 북쪽 길이다.
넷은 필운대로 가는 남쪽 길이다.
다섯은 우리은행 효자동지점으로 빠지는 동남쪽 길이다.

| **서촌 지도** | 서촌의 길은 하나같이 직선이 아닌 곡선이다. 도시계획으로 만들어진 길이 아니라 물길을 따라 낸 길이기 때문이다.

오거리에는 내 친구 효중이가 살고 있어 뻔질나게 다녔다. 여기서 술래잡기하면 오거리 어디서 나올지 몰라 술래가 되면 골탕을 먹었다. 그런데 어른이 되어 이곳에 와보니 젠트리피케이션이 일어나 딴 세상이 되어 있었다. 지붕 낮은 집들과 고만고만한 가게들이 어깨를 맞대고 있는 것은 옛 모습 그대로인데 살림집들 사이사이로 카페, 베이커리, 액세서리 가게 등이 들어서 있고 미장원, 이발소, 청과상, 분식점의 이름과 간판 들이 유식하게 변해 있다.

혹자는 서촌이 이렇게 변하는 것을 탓하고, 혹자는 북촌처럼 관광거

| **세종마루 오거리** | 인왕산 명승지 답사는 통인시장 뒤편의 세종마루 정자에서 시작하는 것이 좋다. 이곳에서 각지로 갈 수 있는 길이 다섯 갈래로 뻗어 있어 오거리라 불려왔다.

리로 만들려는 장삿속이 아니냐고 하고, 혹자는 서촌에 무엇이 좋아 오는지 모르겠다고 한다. 그러나 길거리가 깔끔하게 단장되어 나쁠 것도 없거니와 사람들이 좋아해 몰려드는 것을 어찌할까. 내가 보기에 외지 사람들이 좋아하는 것은 골목길 속에 있는 한옥이 아니라 동네 전체에 사람 사는 인간적 체취가 살아 있는 분위기 때문이고 그 매력은 집이 아니라 길의 모양새에서 나온다.

오거리의 길들은 하나같이 직선이 아니라 곡선이고 적당한 비탈이다. 그래서 길 끝이 곧바로 뚫려 있지 않고 길을 걸어가면서 장면들이 서서히 나타나게 되어 있다. 만약에 이것이 직선이었다면 길은 사뭇 사무적이고 냉랭한 분위기를 풍겼을 것이다. 오거리 길이 이렇게 만들어진 것은 도시계획 때문이 아니라 수성동, 옥류동에서 내려오는 물길을 따라 자연스럽게 길을 내었기 때문이다. 인사동의 전설이 만들어진 것도 안국동 네거리에서 인사동 네거리까지 500미터가 안국천을 복개한 길이어서 가볍게 S자로 휘어 있기 때문이다. 사람들은 그 길이 휘었는지도 모른 채 발걸음마다 새로운 장면을 만나며 편안히 걷게 된다.

서촌의 공간적 가치는 길에 있고 그 길 중간중간에는 작은 한옥들이 담장을 맞대고 있는 골목이 있고 그 골목엔 역사 인물의 자취가 있고 길 끝에는 유적지가 있다는 점이다. 거기에다 인왕산이라는 아름답고 듬직한 산이 받쳐주고 조금만 올라가도 명승이 나온다는 점에서 매력과 가치가 더해진다.

수성동으로 가는 길

인왕산에서 가장 아름다운 계곡은 수성동(水聲洞)이다. 오거리에서 북쪽으로 인왕산을 바라보고 길을 따라가면 마을버스 종점이 나오는데 여기가 수성동이다. 수성동 위쪽의 약수터는 일찍부터 유명해 나 어릴 때면 아침마다 아버지가 약수터에 가면서 물통을 들고 따라오게 했다. 그때는 그게 그렇게 싫었는데 싫다 소리 한번 못 하고 길게 늘어선 물통을 지키고 있다가 아버지는 큰 물통, 나는 작은 수통을 메고 내려왔다. 고구려 춤무덤(무용총)의 수렵도를 보면서 왼쪽 끝에 가기 싫어 억지로 따라가는 고구려 청년이 꼭 나 어렸을 때 자화상 같았다.

오거리에서 수성동으로 올라가자면 내 친구 준민이네의 규모가 큰 십구공탄 연탄공장이 있었고 그 위쪽 돌계단으로 올라가면 내 친구 태웅이가 살고 있어서 자주 놀러 갔었다. 안내 팸플릿을 보면 누상동 윗동네에는 '윤동주 하숙집터'(누상동 9번지)와 '이중섭 살던 집'(누상동 166-202번지)이 표시되어 있다.

집 없는 떠돌이 생활로 유명한 이중섭(李仲燮)의 집이라니. 연보를 찾

| **이기백** | 누상동에는 국민 역사독본이라고 할 『한국사
신론』을 펴낸 역사학자 이기백 교수가 살던 집이 있다.

아보니 피란 때 아내와 두 아들을 일본 처갓집으로 보낸 이중섭은 부산에서 떠돌다가 1954년 박생광의 초청을 받아 잠시 진주에 들른 다음 개인전을 열어 작품이 팔리면 일본으로 가서 가족을 만날 수 있겠다는 희망을 품고 6월 중순에 서울로 올라와 친한 선배인 정치열의 누상동 집에 기거했다. 그러나 10월 말 이 집이 팔리는 바람에 이중섭은 마포 신수동 이광석 집으로 이사 갔고 이듬해 1월 미도파백화점 화랑에서 연 개인전에서 판매에 실패해 대구로 내려갔다.

내가 알기에 누상동에는 역사학자 이기백(李基白, 1924~2004) 교수가 살던 집이 있다. 내 친구 태웅이가 그 집 가정교사를 하여 알게 되었는데, 이기백 교수는 사모님이 삯바느질을 하며 어렵게 살면서도 학문에 열중하셔서 『한국사신론』이라는 한국사의 고전을 펴낸 분이다. 『한국사신론』이 20세기 후반 지성사에 끼친 영향은 지대한 것이었다. 내가 군대에 있을 때 우리 연대장이 장교들에게 세미나를 시켜 『한국사신론』을 차트로 만들어 작전 지시봉으로 짚어가며 발표하는 것을 신기하게 보았을 정도였다. 나만 해도 이 책처럼 학문적 기조를 유지하면서 일반인도 알아들을 수 있는 통사로 한국미술사를 쓰는 것을 학문적 목표로 삼아왔다.

| 수성동계곡 | 호쾌한 경관의 수성동은 도심 속의 절경이다. 안평대군의 별서가 이곳에 있었고 추사 김정희를 비롯한 많은 문인들이 이 절경을 보고 시를 지었다.

　이런 이기백 교수인데 화가 이중섭이 석달 반 머물렀던 친구 집과 시인 윤동주가 잠시 하숙 산 집은 명소로 알려지고 이기백 교수가 살았던 집은 누구도 모르는 세태는 예술이 길기 때문인가, 인문학에 대한 세상의 관심과 대접이 이것밖에 안 되기 때문인가.

수성동

　수성동 골짜기 마을버스 종점에 다다르면 넓은 빈터에 아름다운 소

| **겸재 정선의 〈수성동도〉** | 겸재 정선의 〈수성동도〉에는 기린교가 명확히 그려져 있어 이를 근거로 수성동을 옛 모습으로 복원할 수 있었다.

나무가 인왕산을 등에 지고 자태를 뽐내고 있고 솔밭 너머로 거대한 바위 골짜기가 펼쳐진다. 처음 여기에 온 사람은 누구나 도심 속에 이런 절경이 있다는 것에 감탄을 금치 못한다. 나 어릴 때는 들어가는 입구까지 집들이 다닥다닥 붙어 있었고 길은 좁은데 옆에는 1971년에 시민아파트로 지어진 옥인아파트 9개 동이 장막으로 둘러져 있어서 수성동이 이렇게 통쾌한 경관을 갖고 있는지 몰랐다.

그러던 것이 옥인아파트가 40년이 넘으면서 수명을 다해 철거되면서 2012년 이렇게 제 모습을 찾은 것이다. 이 '서울 수성동계곡 복원' 프로젝트는 2014년에 열린 '대한민국 국토도시 디자인 대전'에서 대통령상을 수상했다. 설계자는 수성동계곡 복원에 어떤 인공적 설치물이나 조경을 가하지 않고 오직 겸재 정선의 〈장동팔경첩〉에 들어 있는 〈수성동도〉에 입각해 자연의 원상을 살리는 것으로 했다고 한다. 그리고 시공과정에서는 계곡을 가로지르는 기린교 돌다리도 발견해 제자리에 놓음으로써 이렇게 정비된 것이다. 이에 나는 수성동 못지않게 우리 시대 문화유적 정비 솜씨가 이렇게 수준 높아졌음에 감격하고 있다.

더 옛날 수성동은 지금보다도 그윽한 숲속이었다고 한다. 통의동 월성위궁에 살았던 추사 김정희는 「수성동에서 비를 맞으며 폭포를 보고 시를 읊는다(水聲洞雨中觀瀑次沁雪韻)」라는 시에서 "대낮에 걸어가는데도 밤인 것 같다"고 했다. 추사가 보았다는 폭포는 기린교 아래로 떨어지는 물줄기인 것 같다. 비오는 날이면 실제로 폭포수 같다. 하기야 물소리가 얼마나 컸으면 계곡 이름이 수성동이 되었을까.

『한경지략』에는 이 수성동계곡에 세종의 셋째 아들인 안평대군 이용의 비해당(匪懈堂)이 있었다고 증언되어 있다.

수성동은 인왕산 기슭에 있으니 골짜기가 그윽하고 깊숙하여 시내와 암석이 빼어남이 있어 여름에 놀며 감상하기가 좋다. 혹은 이르기를 이 골짜기가 비해당의 옛 집터라 한다. 다리가 있는데 기린교라 한다.

비해당은 아버지 세종이 안평대군에게 내려준 당호로 『시경(詩經)』에 나오는 '숙야비해'(夙夜匪懈, 밤낮으로 게을리 하지 않음)에서 나오는 구절이다. 안평대군은 본인이 명필이고 시문에 능해 나이 29세 때인 1447년에 안견에게 〈몽유도원도(夢遊桃源圖)〉를 그리게 하고 박팽년, 신숙주, 성삼문 등 21명의 문인들이 여기에 시를 짓게 한 것으로 유명한데 또 당대의 문인들과 주고받은 시문을 엮어 「비해당 사십팔영(四十八詠)」이란 시첩을 남기기도 했다.

안평대군은 풍류를 좋아하여 부암동 무계정사와 용산 담담정을 지은 바 있는데 이곳 수성동에도 별서를 지었던 것이다. 그래서 수성동계곡에서는 친형(세조)에게 죽임을 당한 낭만의 왕자 안평대군의 자취를 느낄 수 있다.

치마바위

수성동계곡 정자에 오르니 인왕산 주봉의 병풍바위, 또는 치마바위라고 부르는 거대한 벼랑이 한눈에 다가온다. 혹은 왼쪽의 넓고 반반한 바위가 병풍바위이고 오른쪽의 치마주름 같은 바위를 치마바위라고 나누어 말하기도 한다. 병풍바위는 볼 때마다 거기 기대어보고 싶은 할아버지의 넓고 든든한 등 같다.

치마바위에는 중종의 첫 왕비인 단경왕후의 애틋한 전설이 서려 있다. 단경왕후는 좌의정을 지낸 신수근(愼守勤)의 딸로 연산군 5년(1499)에 진성대군과 결혼했는데 그가 왕(중종)이 되면서 자연히 왕비가 되었다. 그런데 왕비가 된 지 7일 만에 역적의 딸이라고 폐위되어 궁궐에서 쫓겨났다.

사연인즉 아버지 신수근은 권세가문의 명신으로 그의 누이동생은 연산군의 비였다. 일설에는 1506년 연산군을 몰아내는 중종반정의 주모자인 박원종이 신수근에게 넌지시 "누이와 딸 중 누가 더 중하냐"고 물어보며 거사에 동참할 것을 권했다. 그러나 신수근은 "내가 매부를 폐위하고 사위를 왕으로 세우는 일은 못하겠다"고 거절하자 박원종은 자객

| **병풍바위** | 인왕산 주봉에는 병풍바위 또는 치마바위라고 불리는 거대한 벼랑이 있다. 치마바위에는 중종의 첫 왕비인 단경왕후가 궁에서 □겨난 뒤 경복궁이 보이는 이곳에 치마를 걸어 중종이 볼 수 있게 했다는 애틋한 사연이 전해지고 있다.

을 보내 신수근을 철퇴로 쳐 죽였다. 그래서 단경왕후는 졸지에 역적의 딸이 되었다.

궁궐에서 강제로 쫓겨난 신씨는 인왕산 아랫마을에 살면서 중종에 대한 그리움을 전하기 위해 다홍치마를 경복궁에서 훤히 바라다보이는 이 치마바위에 펼쳐놓고 눈물을 흘리다 내려오곤 했다고 한다. 중종도 단경왕후를 그리워하여 자주 경회루에 올라 치마바위를 바라보았다고 한다. 이에 대신들이 단경왕후의 처소를 다른 곳으로 옮겨버렸다.

단경왕후는 명종 12년(1557) 나이 70세에 세상을 떠나 양주에 있는 친정집 거창 신씨 묘역에 묻혔다. 그후 영조 15년(1739)에 복위됨으로써 새로이 왕릉으로 조성하고 능호를 온릉(溫陵)이라고 했다. 그리고 신수근 또한 복권되어 사림으로부터 고려 말의 정몽주와 같은 충신으로 추앙받

| **일제가 새긴 병풍바위 글씨** | 1939년 전시동원체제에서 조선연합청년단을 대일본연합청년단에 가입시킨 것을 기념하여 조선총독 미나미 지로가 쓴 글을 서울 어디에서나 볼 수 있도록 병풍바위에 거대한 크기로 새겼다.

게 되었다.

병풍바위의 글씨

병풍바위에는 굵고 크게 새겨놓은 글씨들이 있어 나 어릴 때만 해도 깨진 글씨가 하얀 점으로 드러나 있는 것이 보였다. 일제는 중일전쟁을 일으키면서 조선에 국가총동원법을 확대 시행하여 1939년 9월, 15만 명의 조선연합청년단을 대일본연합청년단에 정식으로 가입시키는 대회를 경성(서울)에서 이틀간 열었다. 이 거대한 암각 글씨는 조선총독이 이를 기념해 서울 장안 어디에서나 볼 수 있는 이 병풍바위에 대자(大字)로 구호를 새기게 한 것이다.

첫 줄은 '동아청년단결(東亞青年團結)', 둘째 줄은 '황기(皇紀) 2599년 9월 16일', 셋째 줄은 '조선총독 미나미 지로(南次郎)', 그다음 작은 글씨들은 이 암각 글씨의 내력을 쓴 것으로 보이는데 판독되지 않고, 맨 끝 줄에 '조선총독부 학무국장 아무개'라고 쓰여 있었다.

옥류동

지난번 수성동을 답사할 땐 내가 한 텔레비전 교양 프로그램에 나올 때 찬조 출연해준 프랑스인 파비앙에게 연락해 함께 인왕산과 서촌에서 한때를 보냈다. 그는 인왕산 수성동이 좋아 몇 년 전부터 수성동계곡 근처에 살고 있다고 했다. 수성동을 함께 둘러본 나는 다음 행선지인 옥류동을 답사하려고 다시 오거리로 내려가려고 했는데 파비앙이 산길 쪽으로 가면 3년 전(2019)에 새로 발견된 '옥류동(玉流洞)' 바위 글씨를 볼 수 있다고 했다. 아닌 게 아니라 나는 그것을 찾아가려던 참이었다.

수성동은 누상동과 옥인동을 가르는 경계선이다. 수성동에서 옥류동으로 가는 산길을 따라 올라가고 있자니 한 스님이 내려오다 나를 보고 반갑게 인사한다. 2005년 금강산 신계사 복원 때 함께 갔던 제정 스님이었다. 제정 스님은 지금 불교문화재연구소 소장을 맡으면서 '인왕산 석굴암'에서 지내고 있다면서 한번 놀러 오라고 했다. 인왕산 석굴암은 어렸을 때 어머니 손잡고 한번 가본 적이 있는데 높다란 치마바위 바로 아래 있어 힘들게 올라갔는데 볼 것이라고는 착하게 생긴 마애불 하나밖에 없었고 그 곁에 있는 인왕천 약수가 아주 달고 시원했다는 기억이 있다.

| 정선의 〈삼승정도〉 | 겸재 정선은 〈삼승정도〉를 그리면서 이 정자의 위치를 명확히 알려주기 위하여 왼쪽 계곡가에는 '옥류동', 오른쪽 바위에는 '세심대'라는 글씨를 숨은 듯 써 넣었다.

겸재의 〈삼승정도〉

내가 옥류동 바위 글씨에 이렇게 집착한 이유는 이건희 컬렉션에 있는 겸재 정선의 〈삼승정도(三勝亭圖)〉에 이 글씨가 나오기 때문이다. 겸재가 64세 때인 1740년, 당시 도승지인 이춘제(李春躋)는 새로 서원소정(西園小亭)을 짓고는 당시 병조판서였던 조현명(趙顯命)에게 이름을 지어달라고 부탁했다. 이에 조현명은 기문을 지어 다음과 같이 말했다.

북산(北山) 일대에는 이름난 동산과 좋은 숲이 많으나 그중 이춘제의 정자가 경치가 뛰어나다. 하루는 이춘제가 편지를 보내어 "이 정자가 마침 나의 지비지년(知非之年, 50세)에 이루어졌으니 이름을 사구(四九)라 할까? 또 세심대(洗心臺)와 옥류동(玉流洞) 사이에 있으니 이름을 세옥(洗玉)이라 할까 생각하는데 그대가 택하시오"라 하였다.

나는 이에 다음과 같이 답했다. (…)

내가 일찍이 그대의 정자에 올라가 시를 짓기를 "사천 이병연의 좋은 글귀와 겸재 정선의 빼어난 그림을 좌우에 불러 맞아 주인이 되었더라"고 하였던바, (…) 이제 정자의 절경이 두 분을 만나서 삼승(三勝)을 이룬 셈이다. 이리하여 나는 드디어 이 정자의 이름을 삼승정이라 하고 기문을 짓는다.

| 〈삼승정도〉에 나타난 '옥류동' 바위 글씨 |

겸재는 이 〈삼승정도〉를 그리면서 현장을 나타내기 위해 왼쪽 계곡엔 '옥류동', 오른쪽 바위엔 '세심대'라는 글씨를 숨은 글씨처럼 작게 써넣었다. 그래서 그 현장을 꼭 보고 싶었던 것이다. 그리고 겸재는 이 삼승정에서 장안을 바라다보는 〈삼승조망도(三勝眺望圖)〉도 그렸는데 여기에서는 서울의 그윽한 풍광이 아련하게 펼쳐진다.

〈삼승정도〉 오른쪽에 있는 세심대 또한 명승이어서 청음 김상헌의 「근가십영」의 10곳 중 하나로 꼽힐 정도였다. 또 심수경의 『견한잡록(遣閑雜錄)』에는 "서울에 이름이 있는 정원이 한둘이 아니지만, 특히 이향성의 세심정(亭)은 가장 경치가 좋다. 정원 안에는 누대가 있고 그 누대 아래에는 맑은 샘이 콸콸 흐르며, 그 곁에는 산이 있어 살구나무가 헤아릴 수 없을 만큼 많아서 봄이 되면 만발해 눈처럼 찬란하고 다른 꽃들도 많았다"라고 했다.

옥류동 바위 글씨를 찾아가는 산길은 아주 복잡했다. 그러나 길을 가면서 서울 시내를 바라보는 전망이 하도 좋아 다시 한번 와야겠다는 생

| **옥류동 바위 글씨** | 옥류동 바위 글씨는 오랫동안 잊혔는데 2019년에 새로 발견되어 널빤지를 덮어 보호하고 있다.

각이 들었다. 그리고 산비탈 내리막길로 들어서니 파비앙이 "저건데 덮여 있네요"라고 소리쳤다. 손가락이 가리키는 곳을 보니 멀리 보이는 집 담장 곁 바위 아래쪽에 널빤지가 덮여 있었다. 나는 단숨에 달려가 판자를 걷어 올려 '옥류동' 석자를 드러내 보이고 감격해 마지않으며 검지로 마치 점자를 읽듯이 획마다 더듬으며 보았다. 이 옥류동 글씨는 어떤 기록에선 우암 송시열의 글씨라고 하더니 과연 그렇게 보인다. 파비앙과 함께 오지 않았으면 그냥 지나쳤을 것인데 오늘은 답사 운이 좋다고 기뻐했다.

그림에 나오는 세심대는 지금 국립서울맹학교 자리인데 선희궁 사당 건물 뒤편쯤으로 생각되고 있다.

인곡정사와 육청헌

옥류동 주변은 풍광이 수려해 여러 문인들이 살았다. 우선 겸재 정선

| **겸재 정선의 〈인왕제색도〉** | 겸재 정선이 인왕산에 비 안개가 걷힐 때 드러나는 준수한 모습을 그린 〈인왕제색도〉
는 그의 대표작이자 진경산수의 명작 중 명작으로 꼽히고 있다.

仁王霽色
謙齋
辛未閏月下浣

| **겸재 집터에서 바라본 인왕산** | 〈인왕제색도〉를 그린 화가의 시점이 어디인가에 대해 여러 의견이 있지만 그가 살던 인곡정사가 있던 곳으로 추정되는 지점에서 바라보면 인왕산이 이와 같은 모습으로 펼쳐진다.

의 인곡정사(仁谷精舍)가 여기 있었다. 겸재는 경복고등학교 자리의 유란동에 살다가 52세 때 이곳 인곡정사로 이사한 것으로 추정된다. 그의 〈인곡유거도(仁谷幽居圖)〉는 자신의 집을 그린 것이다. 정확한 집터는 알 수 없지만 군인아파트(옛 자수궁 터) 담장을 끼고 난 길에서 인왕산을 보면 그의 대표작 〈인왕제색도(仁王霽色圖)〉와 똑같은 구도로 볼 수 있다. 그래서 이 길에는 '겸재길'이라는 이름이 붙어 있다.

옥류동계곡 근처에는 장동 김씨 김수항(金壽恒, 1629~89)의 육청헌(六

| 겸재 정선의 〈인곡유거도〉 | 〈인곡유거도〉는 정선이 자신의 집 인곡정사를 그린 그림이다. 정확한 집터를 알 수 없지만 군인아파트 담장을 끼고 난 길 어디쯤 되는 것으로 추정되고 있다.

青軒)이 있었다. 육청은 이 집에 늘푸른나무인 사철나무가 여섯 그루 있고, 김창집, 김창흡 등 6창(昌)이라 불리는 뛰어난 아들 6형제가 있어 붙인 이름이라고 한다. 이 육청헌 후원에는 계곡가의 누각인 청휘각(淸暉閣)이 있는데, 겸재 정선이 그린 〈청휘각도〉가 남아 있다.

이 육청헌은 대대로 장동 김씨들이 살다가 고종 때 명성황후를 등에 업고 새로운 권세가로 등장한 여흥 민씨의 민태호, 민규호 형제들에게 넘어갔다. 그리고 일제강점기엔 친일귀족인 윤덕영이 구입하여 유명한 벽수산장이 들어서게 된다. 권력의 이동과 함께 명승의 주인이 이렇게 바뀐 것이다.

옥인동의 여러 궁들

조선시대에는 왕이 죽으면 후궁들은 궁궐 밖으로 나가야 했기 때문에 궁이 계속 지어졌다. 그러다 그 후궁이 죽으면 폐궁되기도 하고 다음 왕들의 후궁들이 들어와 살기도 하여 각 궁의 내력은 아주 복잡하다. 옥인동은 경복궁과 가까워 일찍부터 궁들이 여럿 들어와 자수궁·수성궁·경우궁·선희궁 등이 있었다.

가장 먼저 들어온 궁은 문종 때(1450) 아버지 세종대왕의 후궁들을 위해 지은 자수궁(慈壽宮)이다. 이후 여기는 연산군의 어머니 폐비 윤씨를 비롯해 여러 후궁들이 거쳐 갔다. 이 자수궁은 현종 때(1663) 헐고 북학당(北學堂)을 지었다. 한양 동·서·남·북·중 5부엔 지방의 향교에 해당하는 학당이 있었는데 그중 북부의 학당이었던 것이다. 지금은 옥인동 군인아파트가 들어서 있다.

단종 때(1454)는 문종의 후궁들을 위한 수성궁(壽成宮)이 있었는데 나중엔 궁인들의 질병을 치료하는 곳으로 사용되다가 숙종 때는 터만 남았다. 겸재 정선이 그린 〈수성구지도(壽城舊址圖)〉는 이 수성궁 터를 그린 것으로 보이는데 당시 옥류동계곡이 얼마나 운치 있었는지를 보여준다.

경우궁(景祐宮)은 정조의 후궁(순조의 생모)인 수빈 박씨의 신위를 모신 사당으로 처음엔 계동 현대건설 사옥 자리에 있었으나 갑신정변 때 개화파가 척신들을 죽이는 변고가 일어나 더렵혀진 곳이라고 해서 고종 때(1885) 이곳으로 옮겨왔다. 이 경우궁은 터가 아주 넓었다. 그러다 1908년 왕을 낳은 후궁들의 사당이 모두 칠궁으로 합사되면서 폐궁되고 그 자리엔 전염병 환자 격리 병원(피병원)인 순화병원이 들어섰다.

이 피병원은 1960년에 일반 병원으로 바뀌어 서울시립중부병원이 되었다. 나 어릴 때 엄마 손잡고 몇 번인가 주사 맞으러 순화병원에 다닌 기억이 있다. 그러다 1971년 서울시립강남병원(현 서울의료원 강남분원)에 통합되면서 이 자리엔 종로구 보건소, 청운효자동 자치회관, 아파트가 들어서 있다.

천수경의 송석원

옥류동에는 천수경(千壽慶, ?~1818)의 송석원(松石園, 옥인동 47번지 일대)이 있었다. 천수경은 중인 출신의 뛰어난 시인이었다. 그는 옥류동계곡 옆의 소나무와 바위가 아름다운 곳에 송석원이라는 초가집을 마련하고 서당을 열었는데 "한 달에 60전을 내게 하니 (…) 배우는 아이가 많게는 300명이나 되었다"고 한다(이경민『희조질사(熙朝軼事)』).

중인 시인인 장혼(張混)도 송석원 곁으로 이사해 집을 짓고 이이엄(而已广)이라 했다. 이후 중인들이 이 일대에 모여들었다. 중인문학을 위항문학(委巷文學), 또는 여항문학(閭巷文學)이라고도 하는데, 이는 꼬불꼬불한 골목, 사람들이 많이 사는 동네를 가리킨다. 양반들은 넓은 집에 살았으나 중인들은 좁은 골목에 모여 살았기 때문에 나온 말이다.

천수경은 중인 출신의 문인들과 시회를 많이 열었다. 이 문학 동인을 시사(詩社)라고 한다. 정조 10년(1786) 여름에 결성된 이 모임을 송석원시사(松石園詩社), 또는 옥계시사(玉溪詩社)라 하는데 이때 참여한 사람은 장혼·조수삼·차좌일 등 당대의 중인 출신 문인이었다.

1791년 유두날(6월 15일)에는 장혼 등 송석원시사 핵심 구성원 9명이 모여 밤늦도록 시회를 가졌다. 김의현(金義鉉)은 이날 쓴 시를 모으고

| **이인문의 〈송석원 시회도〉** | 고송 이인문이 천수경의 송석원에서 1791년에 열린 시회의 낮 풍경을 그린 그림이다. 왼쪽에 '송석원'이라는 글씨가 선명하다.

장혼의 서문과 천수경의 발문을 붙여 첩을 만들면서 단원(檀園) 김홍도(金弘道)와 고송(古松) 이인문(李寅文)에게 시회 장면을 낮 풍경과 밤 풍경으로 그리게 해 이 첩 앞에 붙였다.

김홍도는 밤에 울타리 안에 모인 모습을, 이인문은 낮에 인왕산 계곡 바위에 모인 장면을 그렸는데 그림 속엔 모두 9명의 인물이 그려져 있다. 이인문은 구도를 잡을 때 항시 시야를 넓게 펼치는 반면, 단원은 대상을 압축하여 부상시키는 특징이 있다. 이인문은 화면 전체를 그림으로 꽉 채우지만 단원은 주변을 대담하게 생략한다. 그래서 여기서도 이인문의 그림은 점점 멀리 놓고 보게 되고 단원의 그림은 점점 가까이 다

| **김홍도의 〈송석원시사 야연도〉** | 단원 김홍도는 1791년 송석원시회의 밤 풍경을 그렸는데 시회에 참석한 인원수 대로 9명을 점경인물로 나타냈다.

가가서 보게 된다.

그리고 6년 뒤인 1797년에는 필운동에서 백사(白社)라는 시사 모임을 이끌고 있던 미산(眉山) 마성린(馬聖麟)이 김의현의 집에 왔다가 이 첩을 보고는 후기를 써주었다. 이것이 조선 후기 문화사의 기념비적 서화첩인 『옥계청유첩(玉溪淸遊帖)』이다.

송석원시사에 참여하는 사람은 출입이 잦아 그때마다 달랐는데 화가로는 최북·임득명·임희지도 참여했다. 송석원시사는 원래는 작은 규모로 시회를 열었는데, 점점 사람들이 많아지자 매년 봄가을에 '백전(白戰)'을 열어 적게는 30~50명에서 많게는 수백 명의 중인들이 시를 지었

| **추사 김정희의 '송석원' 바위 글씨** | 추사 김정희는 31세 때 송석원 바위에 '송석원'이라는 글씨를 남겼다. 현재 이 바위 글씨는 어디에 있는지 확인되지 않고 있다.

다고 한다. 흰 종이에 글로 싸운다고 백전이라고 했다.

천수경은 이처럼 맹렬히 시회를 열면서 1797년에는 중인 출신 시인 333명의 작품을 수록한 『풍요속선(風謠續選)』을 간행했다. 이는 조선 후기에 새로운 문화 담당 계층으로 일어난 중인들의 위항문학을 집대성한 조선시대 문학사의 위대한 업적이다.

송석원 바위에는 추사 김정희가 큰 글씨로 쓴 '송석원'이라는 암각 글씨가 있었다. 글씨 옆에 '정축 청화월 소봉래 서(丁丑淸和月小蓬萊書)'라고 관지가 쓰여 있어 추사 31세 때인 1817년 4월에 쓴 것임을 알 수 있다. 소봉래는 추사의 또 다른 호이다. 이 바위는 어디에 있는지 알 수 없는데, 최종현은 『오래된 서울』에서 박노수미술관 뒤쪽의 계단식 바위벽에 새겨져 있었는데 지금은 흙에 묻힌 상태로 추정하고 있고, 혹자는 지금은 폐업한 술집 마당에 이 암벽이 있는데 시멘트로 덮여 있다고 한다.

옛 사진을 보면 추사가 쓴 '송석원' 글씨 옆에는 세로로 길게 '벽수산

| 벽수산장의 윤덕영 | 친일귀족 윤덕영은 나라를 일제에 넘긴 공로로 막대한 하사금을 받아 송석원과 그 일대의 집을 모두 사들이고 벽수산장을 지었다. '벽수산장'이라는 글씨 옆에는 추사가 쓴 '송석원' 글씨가 흐릿하게 보인다.

장(碧樹山莊)'이라는 암각 글씨가 새겨져 있다. 이는 1911년에 석촌 윤용구가 쓴 것으로 이미 친일귀족 윤덕영의 소유로 넘어간 뒤다.

| 벽수산장 | 벽수산장은 프랑스풍 양관으로 장대한 규모의 화려한 건물이었다. 지하 1층, 지상 3층, 연건평 795평으로 내부엔 수족관도 있었다고 하는데 이 건물엔 첨탑이 있어 나 어릴 땐 '뾰죽당'이라 불렸다.

윤덕영의 벽수산장

윤덕영(尹德榮, 1873~1940)은 순종황제의 부인인 순정효황후의 큰아버지로 1910년 경술년 강제 한일합병 조인 때 순정효황후가 옥새를 치마폭에 숨기고 내놓지 않는 것을 알고 강제로 빼앗아 총리대신 이완용에게 넘겨준 인물이다. 윤덕영은 그 공로로 조선귀족 자작이 수여되어 일제로부터 당시 5만 엔의 은사공채금을 받아 옥인동 일대를 사들였다.

1910년 동짓날 무렵에 여흥 민씨가 소유하고 있던 육청헌을 사들였고 이후 천수경의 송석원과 이 일대의 집들을 모두 사들였다. 1927년 기록에 따르면 약 2만평을 소유한 것으로 보인다. 그 범위는 경우궁 서남쪽 벽에서 수성동계곡 사이를 아우르는 것으로 옥인동 전체 면적의 절반에 이르는 것이었다.

윤덕영의 벽수산장은 어마어마한 규모였다. 자수궁 터(군인아파트) 쪽으로 나 있는 정문의 돌기둥 뿌리가 그대로 남아 있는데 그 폭이 10미터나 된다. 벽수산장 한가운데는 지하 1층 지상 3층 연건평 795평의 프랑스풍의 양관을 지었다.

이 양관은 프랑스 공사였던 민영찬이 귀국하면서 가져온 프랑스의 한 별장 설계도를 빼앗아 1913년부터 짓기 시작했다. 시공이 까다로워 중국인 청부업자에게 맡겼다가 결국 일본인 건설업자가 1917년에 완공했다. 갈색 벽돌집으로 많은 건축 자재를 독일에서 수입해오기도 했다. 이 건물엔 첨탑이 있어서 나 어릴 땐 '뾰죽당'이라고 불렸고 천장엔 금붕어가 왔다 갔다 하는 신비한 집이라고 했는데, 실제로 응접실 천장에 유리로 수족관을 설치했다.

이 집의 내부에 대해서는 그동안 알려진 것이 별로 없었는데 올해 (2022) 한 경매에 무명천에 먹으로 그린 이 집의 평면도 8장이 매물로 나와 그 구조의 전모를 알 수 있게 되었다. 침실, 욕실, 식당은 물론이고 접견실 앞에는 옷 거는 방, 대기실이 있으며 당구장, 사우나실도 있고 서화실이 따로 있다. 이 평면도는 1935년에 이 집에 '세계홍만자회(世界紅卍字會) 조선본부'가 들어오게 되면서 사무실 배치를 위해 그린 것으로 여겨지고 있는데 건물 이름은 '백미원(百美園)'이라고 쓰여 있다.

벽수산장의 등기부등본에는 양관 이외에 18채의 건물이 실려 있다. 산장 맨 위쪽 장동 김씨의 육청헌이 있던 자리에 일양정(日養亭)이라는 99칸 한옥 본채를 짓고 그 아래쪽에는 소실(이성녀) 집이 있었다. 그리고 정문 왼쪽으로는 시집간 딸을 위한 양옥을 새로 지어주었는데 이 집이 현재의 박노수미술관이다.

벽수산장의 아래위에는 큰 연못이 있었다. 위쪽 일양정 본채 부근에

御書賜號碧樹居士亭詩
尹公亭中催樹木龍鱗鴨脚凌青
霞一朝
天章署碧樹使汝得此非甘耶汝當
俾以報甘德呵除氣禊招芳華子
孫富賢比王槐足弟湛樂同書花
惟公文學是性好肝肺槎枒生花
艸漢代鱻飯去味輕宋朝龍圖時
望旱憑欄一笑向余言可不伡頌
繼張走雲間呼月照鷮深花底取
露濡筆燥嗟乎知秋家身更將
淺技摸鴻造榮光日與碧樹梢
化仳丹虹爛蒼昊
隆熙三年仲夏滄江金澤榮謹稟
石雲權東壽謹書

| 〈벽수거사정도〉에 붙인 김택영의 제시 | 심전 안중식의 〈벽수거사정도〉에는 순종이 윤덕영에게 '벽수거사정'이라는 이름을 내려주었다는 기문이 붙어 있다.

는 옥류동계곡의 물을 이용한 50평 규모의 연못이 있었고 아래쪽 연못은 수성동계곡에서 흘러내려오는 물을 모은 약 200평 규모의 방지(方池, 누상동 1~3번지 일대)로 그 안에서 배를 타고 놀았다고 전해진다.

벽수산장을 감싸는 이 두 계곡에는 다리가 3개 있었는데 그중 정문에서 벽수산장으로 들어가던 다리 오홍교(五虹橋)의 난간석 일부가 세종아파트(옥인동 56번지)에 남아 있다. 당시 벽수산장은 조선의 아방궁이라 불렸다.

벽수산장에 있던 여러 채의 한옥들 모습은 사진으로도 전하는 것이 없는데 2022년 4월 칸옥션에는 심전 안중식(安中植, 1861~1919)이 그린 〈벽수거사정도(碧樹居士亭圖)〉가 출품되어 주목받았다. 벽동에 있던 윤

| 안중식의 〈벽수거사정도〉 | 길이 6.3미터에 달하는 〈벽수거사정도〉 장축에는 벽동에 있던 윤덕영 가옥을 그린 심전 안중식의 채색화와 함께 수묵 초본이 설계 개념도로 그려져 있다. 이 그림을 통해 벽수산장에 있던 여러 채 한옥 중 하나를 엿볼 수 있다.

덕영 한옥을 그린 이 그림의 상태는 많이 훼손되었지만 길이 6.3미터에 달하는 이 장축에는 심전의 수묵 초본과 함께 창강(滄江) 김택영(金澤榮, 1850~1927)의 기문, 석운(石雲) 권동수(權東壽, 1842~?)의 제시 등이 함께 들어 있다.

김택영의 기문은 순종이 윤덕영에게 '벽수거사정'이라는 이름을 내려준 것(御書賜號 碧樹居士亭圖)을 읊은 것으로 때는 '1909년 음력 5월 상순'이라고 했다. 인왕산과 북악산을 배경으로 옥류천을 앞에 두고 열두 칸의 장대한 기역자 한옥과 육각정자가 갖은 수목과 기와 돌담에 둘러 있는 장대한 모습이다. 이 그림은 벽수산장의 한옥을 그린 것은 아니지만 지금은 흔적이 남아 있지 않은 저택의 위세를 짐작게 한다.

| 벽수산장 화재 | 벽수산장은 1954년부터 언커크 본부로 쓰였는데 1966년 6월에 화재로 전소되었다. 대형화재로 당시 신문마다 크게 보도되었다.

언커크(UNCURK)

윤덕영 사후 양자인 윤강로는 1940년에 건물과 부지 일체를 미쓰이 광산주식회사에 매각했다. 해방 후에는 적산가옥으로 분류되어 덕수병원으로 쓰였고, 한국전쟁 중에는 미 8군 장교 숙소로 이용되었다. 그리고 한국전쟁 중이던 1950년 10월 제5차 유엔 총회에서 한반도의 재건·원조·통일·민주정부 성립 등을 목표로 한국통일부흥위원단(韓國統一復興委員團, United Nations Commission for the Unification and Rehabilitation of Korea), 이른바 언커크(UNCURK)를 설치하기로 결의하여 1954년 6월부터 이 건물에 본부가 들어왔다. 그러나 1966년 4월 5일에 이 건물은 보수공사 도중 화재로 전소되고 말았다.

내가 초등학교 다니던 1950년대에 우리는 언커크가 무얼 하는 기관인지도 모르고 유솜(USOM, 미국 원조단)은 또 무엇인지 모르면서 미국에서 원조 물자로 보내주는 밀가루와 분유와 우리가 '빠다'라고 부른 마가린을 배급받았다. 아무 반찬이 없어도 밥에 빠다와 간장을 넣어 비벼 먹으면 고소했다. 학교에서 겨울이면 조개탄 난로 위에 큰 양은주전자로 물을 끓여 석회처럼 딱딱하게 굳어 있는 분유덩이를 풀어 마셨다. 그때도 지금과 같은 각설탕이 있어 부잣집 아이는 그걸 까서 타 마셨다.

미국은 1956년부터 잉여 농산물을 한국에 무상 원조했다. 미국은 1948년 이후 잉여 농산물이 계속 쌓여 미국 농업에 짐이 되었는데 이를 바다에 버리느니 원조해주었던 것이다. 이게 더 싸게 먹혔다고도 한다. 결국 이 식량 원조는 전후 한국의 식량 문제를 해결하는 데 큰 도움을 주었다. 밀가루 대량 원조는 쌀 위주의 우리 식생활도 바꾸어 밀가루 음식들이 발전했는데, 자장면이 큰 인기를 얻게 된 것도 이 영향이었다고 한다.

원조 자체는 무상이었지만 그 내용은 사실 공짜가 아니었다. 한국 정부가 원조 물자를 팔아서 마련한 돈을 어디에 쓸 것인지 결정하는 권한은 미국이 주도권을 쥐고 있는 한미합동경제위원회에 있어 원조 물자 판매 대금의 상당 부분은 미국산 무기와 제품을 사는 데 쓰였다.

게다가 1958년에는 농산물 가격이 폭락해 농민들이 큰 어려움을 겪었는데, 주요 원인은 필요한 양보다 더 많은 잉여 농산물이 들어와 곡물 가격이 크게 떨어졌기 때문이었다. 이리하여 밀과 원면이 대량으로 들어온 후 농촌에서는 목화밭과 밀밭이 사라져갔다.

이에 반해 면방직·제당·제분의 이른바 '삼백(三白)' 산업의 기업은 재벌로 성장해갔다. 기업이 원조 물자와 원조 자금을 배정받는 것은 큰 이권이었기 때문에 정경유착도 관행처럼 이뤄졌고 공무원의 부정부패가

극에 달하면서 결국 1960년 4·19혁명의 한 이유가 되었다.

화재 후 다른 곳으로 옮겨간 언커크는 1973년 12월 제28차 유엔 총회에서 만장일치 결의로 해체됐다. 벽수산장에 화재 잔재가 완전히 철거된 것은 1973년 6월이었다고 한다.

박노수미술관

벽수산장 주위에는 옛 건물 자취와 잔편들이 곳곳에 있다. 정문 기둥 4개 중 3개가 옥인동 47-27번지와 47-33번지 앞에 남아 있다. 옥인동 62번지에는 벽수산장의 벽돌담과 아치 흔적이 남아 있다. 또 돌계단 난간이나 정원에 쓰였을 돌을 가져다둔 집도 있다. 나는 이를 성심으로 찾아본 일이 없는데 파비앙은 돌아다니다 보았다며 한 아파트로 데려가 주차장 담에 오홍교 난간석 한 쌍이 있는 것을 보여주었다.

지금 벽수산장 건물로 남아 있는 것은 윤덕영의 소실 이성녀가 살던 '소실댁'의 일부다. 해방 이후 국유였던 이 집은 1955년에 개인에게 팔렸으며, 1990년에는 이를 나누어 불하하여 현재는 여러 가구가 살고 있다. '옥인동 윤씨 가옥'은 남산 한옥마을에 신축 이전되어 있다.

그리고 현재 확실히 남아 있는 것은 박노수미술관이다. 양옥과 한옥 절충식으로 지은 이 건물은 1937년경 윤덕영이 시집간 딸을 위해 지은 것이다. 한국화가 남정(藍丁) 박노수(朴魯壽, 1927~2013)가 오랫동안 살다가 타계하면서 기증한 작품과 컬렉션(고미술품, 수석, 고가구 등)으로 2013년에 구립미술관으로 건립된 것이다.

남정은 청전 이상범의 제자로 1955년 국전에서 대통령상을 받은 뛰어난 기량의 화가로 산정 서세옥과 함께 서울미대 동양화과 교수를 지냈다. 남정은 당시 수묵화로 일관하던 한국화에 강렬한 색감을 더한 신

| **박노수미술관** | 벽수산장의 일부인 이 건물은 한국화가 남정 박노수가 오랫동안 살던 곳으로 그가 타계하면서 기증한 작품과 컬렉션으로 2013년에 구립미술관으로 건립되었다.

선한 화풍으로 고고한 선비의 삶을 동경하는 문인 취향의 산수화를 많이 그렸다.

박노수미술관 1, 2층을 두루 돌아보면서 남정 작품도 보고 집 구경도 하고 난 뒤 뒷산에 올라가보았다. 아마도 추사가 쓴 송석원 암각 글씨가 그 언저리에 있었을 것 같은데 도저히 감을 잡지 못하겠다.

세종마루 정자에서

이제 서촌 답사의 마지막 코스로 남아 있는 필운대를 향해 발길을 돌리자니 자연히 다시 오거리 세종마루 정자로 나왔다. 우리는 여기서 잠시 쉬어가기로 했다. 나는 파비앙과 편하게 대화를 나누었다. 나는 불어라고 해야 뒤늦게 알리앙스 프랑세즈 불어 학원에서 초급 불어『모제 제1권』을 배우다가 힘들어 그만둔 것밖에 없는데 그는 한국어를 한국 사람처럼 말하는 것이 놀라웠다.

"파비앙, 나는 초급 불어를 배울 때 숫자가 신기했어요. 불어로 96을 '카트르-뱅-세즈(quatre-vingt-seize)'라고 하는 것이 이상했어. 이를 풀어보면 4×20+16이잖아. 언제 이렇게 계산하면서 살지 싶었어요."

"그 점에서 한국어가 참 좋아요. 그런데 외국인 입장에서 한국어 숫자도 어려워요. 하나 둘 셋으로 셀 때도 있고 일 이 삼으로 셀 때도 있잖아요. 근데 어떤 때 하나 둘 셋으로 말하고, 어떤 때 일 이 삼으로 말하는지 구별하기 어려워요."

"그게 왜 어려울까?"

"예를 들어, 시계를 볼 때 '두시 이십분'이라고 하잖아요. '두시'라고 했으면 그다음엔 '스무분'이라고 나와야 되는 거 아닌가요."

"듣고 보니 그러네. 근데 파비앙은 왜 북촌보다 서촌을 더 좋아해요?"

"두 가지죠. 첫째는 북촌은 관광객의 거리가 되었고 또 동네 사람들이 관광객 많이 오는 것을 불편해 하잖아요. 이에 비해 서촌엔 동네 사람들이 많이 보이잖아요. 장 보러도 나오고 약 사러도 나오고 머리 깎으러도 나오고……"

"인간적 체취가 살아 있어서 좋다는 말이군. 또 하나는?"

"그거야 제가 서촌 사람이니까 당연히 서촌이 좋죠."

대화를 나눌수록 그에게 이런 애향심이 배어 있는 것이 신통했다. 나는 파비앙에게 서촌을 안내하려다가 오히려 그에게 '옥류동' 암각 글씨

| **청전 이상범 한옥** | 누하동 아랫길가에는 청전 이상범이 1942년부터 1972년에 작고할 때까지 30년 동안 살았던 청전화실이 있다. 1930년대에 유행한 전형적인 도시형 한옥으로 명작의 산실이라는 역사적 가치를 지니고 있다.

와 벽수산장 돌다리 기둥까지 안내받은 것에 감사하다고 말했다.

"아닙니다. 제가 고맙죠. 오늘 저는 선생님께 크게 배운 것이 있어요. 그건 오거리 길들이 직선이 아니라 곡선이고 그것은 개천을 따라 자연스럽게 난 것이라는 점요. 저는 집만 보았지 길의 특징은 눈에 잘 들어오지 않았었거든요. 사실 저는 인사동길이 S자로 휘었다는 것을 여태 의식하지 못했어요. 제가 느끼는 인간적인 체취가 이 자연스러운 길에서 나온다는 것도요."

필운대로 가는 길

필운대로 가는 길은 사뭇 비탈진 넓은 길이다. 필운대로라는 큰길을

| 이상범의 〈추경〉 | 이상범은 1950년대에 들어와 '청전 화풍'이라는 근대 한국화의 한 전형을 보여주었는데 나는 40년대 청전 그림의 그윽한 풍경화를 아주 좋아한다.

따라 올라가다가 필운대로1길과 만나는 곳에서 인왕산 쪽으로 꺾어 들어 가면 소설가 김훈이 다닌 매동초등학교가 나오는데 이곳을 지나 배화여 고 생활관까지 가면 벼랑에 '필운대'라고 쓰여 있는 암각 글씨가 나온다.

이 길은 누하동 아랫길로 길가에는 청전 이상범 화실, 구본웅 집터, 영화 「건축학개론」 촬영장인 손호연 시인의 한옥, 서촌에서 가장 큰 한 옥인 홍건익 가옥이 나온다. 서촌엔 한옥이 많음을 자랑으로 내세우지 만 그 안으로 들어갈 수 있는 집은 별로 없다. 그러나 이 길에서는 세 채 의 한옥에 들어가 구경할 수 있었다.

청전(靑田) 이상범(李象範, 1897~1972)의 한옥은 청전이 1942년부터 1972년 작고할 때까지 30년간 거주한 곳으로, 그는 여기서 제당 배렴, 남정 박노수 등 무수한 제자를 길렀다. '청전 화풍'이라는 근대 한국화 의 한 전형을 이루어내고 배출한 창작의 산실이니 그 존재 가치는 더 말

| **「건축학개론」의 한 장면 |** 영화 「건축학개론」을 촬영한 한옥은 누하동 손호연 한옥이다. 긴 미음자 집으로 아주 단아한 구조라 툇마루에 앉아 잠시 쉬어가고 싶게 한다.

할 것이 없는데, 한편 이 집 구조는 기역자 안채와 일(一)자 행랑채로 이루어진 1930년대에 유행한 전형적인 도시형 한옥이라는 점에서 시대양식으로서 주목해볼 만하다.

영화 「건축학개론」 촬영장인 손호연 시인의 한옥은 긴 미음자 집으로 아주 단아한 구조인데 영화의 한 장면에 나오는 툇마루에 앉아 잠시 쉬어가고 싶게 하는 집이다. 필운동 홍건익 가옥은 1935년 무렵에 세워진 홍건익이라는 상인의 부잣집 한옥이다. 300평 가까운 대지에 일각문·대문채·행랑채·사랑채·안채·별채 등 한옥의 제 요소가 언덕자락 경사면을 타고 배치되어 대갓집 한옥의 그윽한 멋을 엿볼 수 있다. 이렇게 성격이 다른 세 채의 한옥을 비교해본다는 것은 재미도 있고 의미도 있다.

| 화가 이승만의 〈이상과 구본웅〉 | 화가 이승만은 삽화가로 유명하였는데 이상과 구본웅이 단짝으로 같이 다니던 모습을 그린 것이다.

이상과 구본웅

청전 이상범 화실 입구에서 몇 발자국만 더 가면 구본웅 집터가 있고 큰길 맞은편으로는 오거리에서 우리은행 효자동지점까지 뻗어 있는 큰길로 연결되는 조그만 샛길이 둘 있는데 그 아랫길로 가면 "모가지가 길어서 슬픈 짐승이여"라고 「사슴」을 노래한 노천명 집터가 있고 큰길로 나가면 소설가 이상(李箱)이 살던 집터가 나온다.

구본웅(具本雄)과 이상이 아래위 동네에 살면서 둘도 없는 단짝으로 지냈던 것은 삽화가 이승만이 그린 〈이상과 구본웅〉이 잘 보여준다. 이

| **구본웅의 〈인형이 있는 정물〉** | 구본웅이 그린 이 정물화에는 프랑스 예술잡지가 놓여 있는 것을 볼 수 있다. 서구 문명을 동경하던 1930년대 예술인의 정서가 그렇게 나타나 있는데 이상이 종로에 연 다방 '제비'에는 구본웅의 〈인형이 있는 정물〉이 걸려 있었다고 한다.

상은 스코틀랜드의 도시 인버네스(Inverness)에서 유행한 연미복을 걸치고 구본웅은 척추장애인이어서 망토를 걸친 것인데 둘이 걸어가면 아이들은 서커스단이 온 줄 알고 따라다녔다고 한다.

이상의 자전적 소설인 「봉별기」에서 기생 금홍을 처음 만난 곳은 '화가 K'와 함께 간 'B 온천'이라고 했는데 이는 1933년 3월 그가 각혈을 시작해 구본웅과 황해도 배천온천에 갔을 때를 말한다. 구본웅이 그린 〈푸른 머리의 여인〉은 금홍을 그린 것으로 추정되기도 한다.

이상이 종로에 연 다방 '제비'의 마담이 금홍이었고, 다방에는 이상이 자신을 황달 걸린 사람처럼 그린 〈자화상〉과 구본웅의 〈인형이 있는 정물〉, 수양버들과 나녀(裸女) 사이로 날아가는 제비를 그린 구본웅의 그

| 구본웅의 〈친구의 초상〉(왼쪽)과 〈푸른 머리의 여인〉(오른쪽) | 구본웅이 그린 〈친구의 초상〉은 이상의 얼굴이고 〈푸른 머리의 여인〉은 이상의 애인인 금홍이로 추정되고 있다.

림이 걸려 있었고, 축음기에서는 미샤 엘먼(Mischa Elman)의 바이올린 연주곡이 흘러나왔다고 한다. 〈인형이 있는 정물〉에 나오는 잡지는 당시 파리에서 가장 유명한 미술잡지였던 『카이에 다르』(*Cahiers d'art*)이다.(김인혜 「미술이 문학을 만났을 때: 1930~50년대 문예인들의 지적 계보」, 『미술이 문학을 만났을 때』, 국립현대미술관 2021)

그러나 파리 몽파르나스의 에콜드파리(École de Paris) 풍 카페 제비는 오래가지 못했다. 이상이 평생의 후원자인 구본웅의 소개로 변동림(훗날의 김향안)과 결혼하고 또 그의 도움으로 일본으로 건너간 지 얼마 안되어 세상을 떠나면서 모든 것이 사라졌다. 이상의 또 다른 절친인 박태원은 마담 금홍도 떠나고 나나오라 축음기도 팔아먹고 손님이라곤 볼

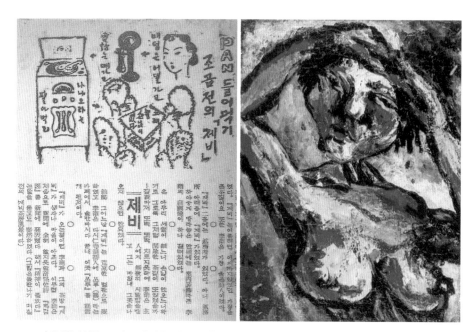

| 박태원의 삽화(왼쪽)와 구본웅의 〈여인〉(오른쪽) | 박태원이 조선일보에 삽화로 그린 제비다방 소묘에는 금홍의 얼굴이 그려져 있다. 구본웅의 〈여인〉에는 그의 강렬한 표현주의적 필치가 구사되어 있다.

수 없는 제비 다방을 『조선일보』에 삽화로 그리면서 이렇게 적었다.

'제비'는 이를테면 이제까지 있었던 가장 슬픈 찻집이요, 또한 이상은 말하자면 우리의 가장 슬픈 동무이었다.

불우하기는 구본웅도 마찬가지였다. 한국전쟁 중인 1952년 급성폐렴으로 누하동 이 집에서 46세 나이로 세상을 떠났다. 그러나 그는 벗 이상을 그린 〈친구의 초상〉〈푸른 머리의 여인〉〈여인〉이라는 주옥같은 작품들을 남겼고 그의 예술가 유전자는 후손에게 전해져 외손녀 강수진이 희대의 발레리나가 되었다.

필운대

필운대(弼雲臺)는 일찍부터 서울의 명소로 꼽혀『동국여지비고(東國興地備考)』에서 한양의 명소 8곳을 읊은 국도팔영(國都八詠)에 꼽힐 정도였다. 여항문인인 추재(秋齋) 조수삼(趙秀三)의『추재집』에서는 "도성 안팎으로 꽃을 심은 곳이 많지만 필운대와 도화동, 성북둔이 갑을을 다툰다"고 했다.

필운대에는 붉은색으로 이름을 새긴 암각 글씨가 있다. 이에 대해『동국여지비고』에서는 다음과 같이 말하고 있다.

필운대는 인왕산 아래에 있다. 백사(白沙) 이항복(李恒福)이 어렸을 때에 대 아래에 사는 원수 권율의 집에 처가살이하였으므로 (자신의 호를) 필운이라 불렀다. 석벽에 새긴 '필운대' 세 글자는 곧 백사의 글씨다. 대 곁 인가에 꽃나무를 많이 심었기 때문에 경성 사람들이 봄철 꽃구경할 곳으로 반드시 먼저 여기를 꼽았다.

그 때문에 수많은 문인들이 필운대를 노래했다. 연암 박지원, 다산 정약용, 청장관 이덕무, 심지어는 정조대왕이 읊은 필운대 시가 있다. 겸재 정선이 그린 〈필운대 상춘도〉는 그 명성의 분위기를 잘 전해준다.

그리하여 유본예의『한경지략』에서는 다음과 같이 말하고 있다.

필운대 옆에 꽃나무를 많이 심어서, 성안 사람들이 봄날 꽃구경하는 곳으로는 먼저 여기를 꼽는다. 시중 사람들이 술병을 차고 와서 시를 짓느라고 날마다 모여든다. 흔히 여기서 짓는 시를 '필운대 풍월'이라고 한다.

| **필운대** | 필운대는 일찍부터 서울의 명소로 꼽혔다. 필운대에는 붉은색으로 그 이름을 새긴 암각 글씨가 있고, 그 옆에는 후손인 이유원이 조상을 생각하며 지은 한시와 '계유감동' 9인의 이름이 새겨져 있다.

필운대 풍류

필운대라는 이름은 인왕산의 다른 이름인 필운산(弼雲山)에서 나왔다. 중종 32년(1537) 3월에 명나라 사신 공용경(龔用卿)이 황태자의 탄생 소식을 알리려고 한양에 왔을 때 중종은 그를 경복궁 경회루에 초대해 잔치를 베풀면서 그 자리에서 백악산과 인왕산을 자랑삼아 가리키면서 새로 이름을 지어달라고 부탁했다. 이름을 지어달라는 것은 최상의 문장가로 예우한다는 뜻이었다.

그럴 경우 손님은 사양해야 멋있는 건데 그는 사양하지 않고 백악산(북악산)은 도성을 북쪽에서 떠받치고 있다고 '공극산(拱極山)', 인왕산은 옆에서 보필하고 있다고 '필운산(弼雲山)'이라고 이름 지었다. 필운은 '우필운룡(右弼雲龍)'으로 '운룡(임금)을 오른쪽에서 돕는다'는 뜻이라고 했다. 이후 가끔 공극산, 필운산이라는 지명이 문집에 나오곤 한다. 그러나 공극산이라는 이름은 곧 없어졌고 필운은 산이 아니라 대에 그 이름이 남게 된 것이다.

필운대 암각 글씨 옆에는 고종 10년(1873)에 이항복의 9대손인 귤산(橘山) 이유원(李裕元)이 찾아와 조상을 생각하며 지은 한시가 새겨져 있다.

조상님 예전 사시던 곳에 후손이 찾아오니
푸른 소나무와 바위벽에 흰 구름만 깊었구나

그리고 그 옆에는 '계유감동(癸酉監董)'이라고 하여 계유년(1873)에 감독을 맡은 사람으로 동지중추부사 박효관(朴孝寬), 가선대부 김창환(金昌煥) 등 9명의 이름이 새겨져 있다. 이유원이 필운대를 정비할 때 이들이 도운 것으로 생각되고, 혹 '필운대' 글씨도 이유원이 쓴 것이 아닌가 의심하기도 한다. 그러나 이유원 이전의 기록에 백사의 글씨로 일컬어지고 있어 나는 백사의 글씨로 생각하고 있다.

중요한 것은 가객 박효관의 이름이 들어 있는 것이다. 박효관은 필운대 가까이에 운애산방(雲崖山房)을 마련해놓고 노래 부르며 제자들을 가르쳤고 1876년엔 안민영과 함께 『가곡원류(歌曲源流)』를 편찬해 오늘날 가곡 전승의 바탕을 이루는 큰 업적을 남기신 분이다.

또 이유원도 시조에 관심이 깊어 당시 대표적인 한글 시조 45수를 칠언절구의 한시로 번역했고, 20종 이상의 시조집을 조사하여 45수를 뽑아내 한시로 번역해 감상할 정도로 조예가 깊었다. 그래서 박효관 일행은 이유원의 일을 도와주면서 함께 필운대에서 가곡을 부르며 풍류를 즐긴 것이 아닌가 생각해보게 한다.

그리하여 금년(2022) 7월 13일과 14일 이틀간 국립국악원 정악단 기획공연으로 '필운대 풍류'가 예술의전당 우면당에서 열렸다. 150년 전 인왕산 자락 필운대에서 울려퍼진 풍류 음악이 오늘날 국악원 무대에서 다시 펼쳐진 것이다.

내 가슴속의 인왕산

인왕산은 2018년 5월부터 완전 개방되어 지금은 누구나 자유롭게 등반할 수 있게 되었다. 청와대의 경호·군사 목적 시설물이 배치돼 일반인 접근이 부분적으로 통제된 인왕산 지역을 완전히 개방하기에 앞서 인왕산의 폐쇄적인 군사시설을 어떻게 처리할 것인가를 함께 검토하기 위해 2018년 3월 10일 문재인 대통령과 나, 건축가 승효상이 함께 등반에 나섰다.

이때 본래 초소란 사방 경계를 하기 가장 좋은 위치에 지은 것이기 때문에 이곳을 전망대로 활용하는 것이 역사성도 살리는 방안이라고 건의하여 지금 등반객들이 가장 애용하는 '초소책방'이 탄생했다.

건축가 이충기(서울시립대 교수)의 설계로 2020년 11월에 문을 연 초소책방은 기존 초소의 철근 콘크리트 골조는 살리면서 1개 층을 증축해 지상 2층 규모의 북카페이자 전망대로 탈바꿈했다. 기존 건물이 폐쇄적이었던 것에 반해 안과 밖의 자연 경관이 경계를 이루지 않고 물 흐르듯 흐른다. 건축물 주변의 오래된 나무, 건물 뒤에 있는 바위 경관이 그대로 실내 공간으로 이어진다. 유리를 벽으로 쓴 책방에 앉아 있으면 자연 속에 앉아 있는 느낌이 든다. 세계에 이런 멋진 북카페가 어디 또 있을까 싶은 자랑스러운 공간이다.

나의 인왕산 서촌 답사는 이제 여기서 마무리하고자 한다. 인왕산 등반기도 쓰려면 못 쓸 바 없겠지만 차라리 내 마음속의 인왕산을 이야기

내 어린 때 바라보던 인왕산 부처바위와 범봉바위   임인년 초하 외산 유 홍준

| 내 마음속의 인왕산 |

하고 끝맺으련다. 인왕산은 내 고향의 산이고 내 마음의 산이다. 나는 어려서부터 인왕산을 바라보며 자랐다. 내가 다닌 청운초등학교의 교가도 인왕산부터 나온다.

　　장엄한 인왕산을 이웃하고서
　　아늑히 자리 잡은 우리의 청운
　　가르침 배우고 서로 도우며
　　청운의 빛을 따라 굳건히 나가
　　이 나라 기둥되리 청운의 희망
　　(…)

　전라도 광주 사람들이 고향을 얘기할 때면 무등산을 먼저 떠올리듯

이 나는 인왕산을 생각한다. 인왕산은 우리 집 2층 창밖으로 훤히 바라다보였다. 1960년대는 2층집도 드문 시절이어서 연이은 기와지붕들 너머로 옥인교회와 뾰족당만이 우뚝할 뿐 인왕산이 통째로 가까이 보였다. 인왕산은 338미터로 비록 북악산보다 4미터 낮지만 믿음직한 병풍바위부터 산자락 남쪽 끝자락에 의젓이 앉아 있는 부처바위까지 산이 육중하고 품이 넓다.

중학교 때 국어 교과서에 나오는 너새니얼 호손(Nathaniel Hawthorne)의 「큰 바위 얼굴」을 배울 때 소년 어니스트가 바라보며 살았다는 얼굴바위보다 우리 인왕산의 부처바위가 더 미덥고 멋있을 것이라고 생각했다. 그리고 미술사를 전공하면서 인왕(仁王)이 부처님 세계의 수호상임을 알게 되면서부터는 우리 부처바위가 서울을 수호하고 나라를 지키는 바위라고 생각했다. 거기에다 산자락에 서울성곽이 둘러 있어 더 믿음이 갔다.

금년(2022) 여름, 경운동에 있는 동학 김채식의 한문서당인 '경운초당'이 8층에서 2층으로 넓혀 이사하여 축하해주러 갔는데, 김채식은 방은 넓어졌지만 창밖으로 인왕산이 보이지 않게 된 것을 아쉬워했다. 그래서 즉석에서 책상 위에 놓인 갱지에 인왕산을 그려주었는데 다 그리고 보니 병풍바위와 부처바위에 힘이 많이 들어가 있는 게 느껴졌다. 이것이 내 가슴속에 있는 인왕산이다.

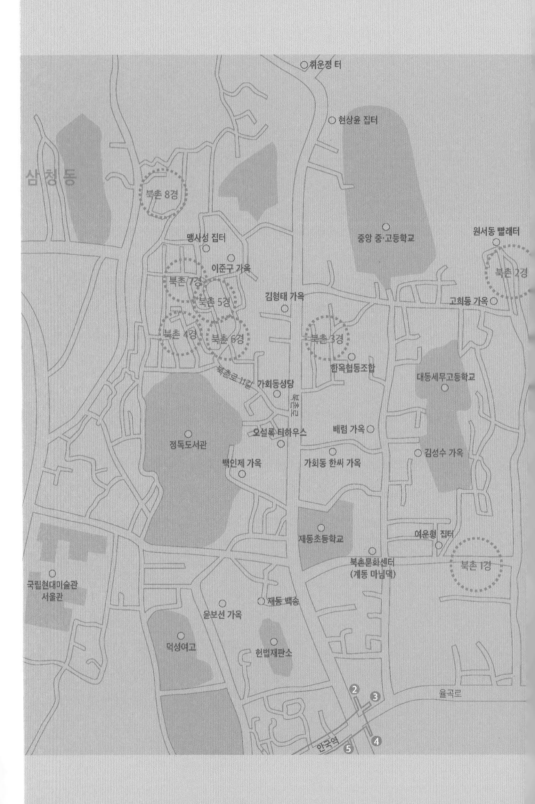

삼청동

취운정 터

현상윤 집터

북촌 8경

맹사성 집터

이준구 가옥

북촌 7경

북촌 5경

김형태 가옥

북촌 4경

북촌 6경

북촌 3경

중앙 중·고등학교

원서동 빨래터

북촌 2경

고희동 가옥

한옥협동조합

대동세무고등학교

북촌로11길

가회동성당

북촌로

오설록 티하우스

배렴 가옥

김성수 가옥

정독도서관

백인제 가옥

가회동 한씨 가옥

국립현대미술관
서울관

여운형 집터

재동초등학교

북촌문화센터
(계동 마님댁)

북촌 1경

재동 백송

윤보선 가옥

덕성여고

헌법재판소

2

3

율곡로

안국역

5

4

북촌 만보(漫步)

북촌 8경 / 재동 백송 / 박규수 대감 집터 / 갑신정변과 이곳의 변화 /
재동초등학교와 교동초등학교 / 『조선중앙일보』와 여운형 /
백인제 가옥 / 백인제의 백병원과 출판사 수선사 / 가회동성당 /
현상윤 집터 / 취운정 터와 유길준의 『서유견문』 /
맹현의 맹사성 집터 / 「북촌: 열한 집의 오래된 기억」의 맹현댁 /
개량형 한옥의 등장 / 가회동 31번지 / 건축왕 정세권

북촌 8경

북촌은 오늘날 전통 한옥이 밀집해 있는 서울의 대표적인 관광 명소
로 부각되어 있다. 그러나 북촌이 이렇게 명소로 부각된 것은 아주 최근
의 일이다. 그동안 이 일대를 개발규제 구역으로 묶어놓았던 것을 20여
년 전부터 한옥보존지구로 지정하고 적극적으로 재정비하면서 이루어
진 것이다.

이로 인해 관광객들의 소음으로 주민들이 불편을 호소하는 부작용과
급격한 젠트리피케이션으로 원래의 분위기가 변질되고 있다는 우려를
말하기도 하지만, 관광객들이 북촌을 거닐면서 즐기는 것을 보면 마치
잃어버린 전통마을을 찾아온 듯한 기쁨이 스며 있다. 특히 젊은이들이
많이 찾아와 우리 전통문화의 체취를 느끼는 모습에서 나는 기특함과

뿌듯함을 느낀다.

북촌 한옥마을은 급기야 외국인 관광객들이 서울에서 가장 가보고 싶어하는 장소 중 하나로 꼽히고 있다. 한복을 대여해 입은 외국인 관광객들이 한옥 대문 앞과 돌담 곁에서 사진을 찍으며 다니는 모습을 보면, 내가 외국 여행을 하면서 베이징의 왕푸징(王府井)이나 파리의 생제르맹데프레(Saint-Germain-des-Prés) 거리를 걸으면서 그 나라의 옛 정취를 느끼듯이 그들은 한국의 전통 한옥 문화를 즐기고 있는 것만 같다. 이에 서울시는 관광객의 편의를 위해 '북촌 8경'을 선정하고 북촌의 명소를 소개하고 있다.

북촌 1경 창덕궁 전경: 돌담 너머로 창덕궁의 전경이 잘 보인다.

북촌 2경 원서동 공방길: 창덕궁 돌담길 따라 빨래터까지 올라가는 길.

북촌 3경 가회동 11번지: 한옥들과 전통문화 체험 공방이 있다.

북촌 4경 가회동 31번지 언덕: 기와지붕들 너머의 북촌 조망.

북촌 5경 가회동 골목길(내리막): 한옥들이 맞대어 빼곡히 늘어서 있다.

북촌 6경 가회동 골목길(오르막): 한옥 돌담들이 길게 뻗어 있다.

북촌 7경 가회동 31번지: 1930년대에 지은 한옥밀집지구이다.

북촌 8경 삼청동 돌계단길: 경복궁·인왕산이 조망되는 돌층계길.

이처럼 북촌 8경이 제시하는 곳은 주로 북촌의 한옥과 골목길, 그리고 거기서 바라다보이는 전망이다. 외국인 관광객들에게 관광 포인트를 제시하는 것으로는 여기에 만족할 수 있다. 그러나 대한민국 국민에게는 모름지기 외형적인 아름다움뿐 아니라 이 전통마을에 서린 역사와 문화의 체취를 느끼게 해주는 것이 마땅할 것이다.

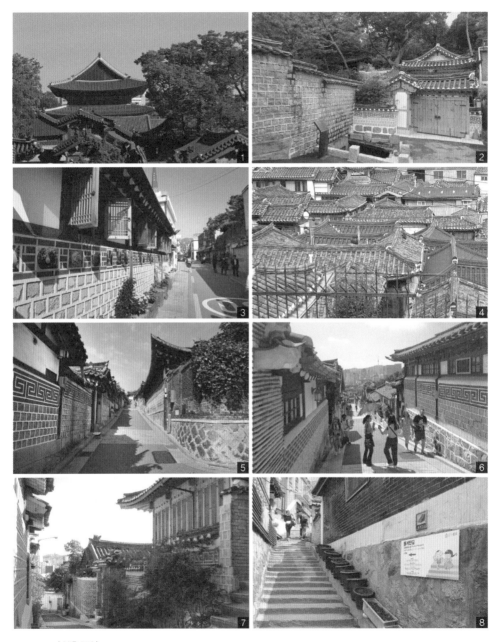

| 북촌 8경 |

개화기와 근대의 북촌

북촌이라고 하면 우리는 막연히 조선왕조 대대로 내려오는 양반 동네를 떠올리기 쉽다. 북촌이라는 말의 유래 때문이다. 예부터 한양을 동서로 가로지르는 청계천과 종로를 중심으로 남쪽 남산 아랫동네는 남촌, 북쪽 동네는 북촌이라고 불러왔다. 매천 황현은 『매천야록(梅泉野錄)』에서 이렇게 말했다.

서울의 대로인 종각 이북을 북촌이라고 부르며 노론이 살고 있고, 종각 남쪽을 남촌이라고 하는데 소론, 남인, 북인 삼색(三色)이 섞여 살았다.

실제로 당색(黨色)별로 이렇게 나뉘어 살았는데, 조선 후기로 가면서 노론의 장기 집권이 계속되어 북촌에서는 더욱 압도적 다수를 차지했다. 무명자 윤기가 성균관 유생들의 삶을 증언한 『반중잡영(泮中雜詠)』에는 성균관의 기숙사 동서 두 채 중 "서재는 노론, 동재는 3색의 자제들이 모여 지냈다"고 기록되어 있다.

그러나 지금 우리가 보고 있는 북촌은 그런 노론 양반들의 동네가 아니다. 개화기와 근대를 거치면서 북촌의 대저택들은 권력과 부의 이동으로 주인이 많이 바뀌었다. 흥선대원군의 조카인 완순군(이재완)을 비롯한 왕실 종친들, 명성황후의 처족인 여흥 민씨의 민영휘, 친일귀족 이완용의 일가친척을 비롯한 신흥 권문세가와 일제로부터 작위를 수여받은 조선귀족들의 차지가 되었다.

근대사회로 들어서면서 북촌은 더 이상 양반 마을이라고 할 수 없게 되었다. 왕조의 멸망과 함께 이미 양반이라는 신분제도가 폐지되었고,

서울이 근대적인 도시 형태를 갖추게 된 이후 각종 회사·상회·은행·학교·병원·신문사·잡지사·출판사 등에 종사하는 사람들은 양반 신분이 아니라 능력을 갖춘 근대의 지식인들로 채워졌다. 근대사회에서 주도적인 문화 담당 계층이 바뀐 것이다. 이 과정에서 북촌의 일반 주택에는 많은 신문화 창조의 주역들이 들어와 살았다.

개화파: 박규수(재동), 김옥균(화동), 유길준(계동), 서재필(화동)
동학 인사: 손병희(가회동), 최린(재동)
불교계: 한용운(계동), '유심사'(계동), '선학원'(안국동)
언론인: 김성수(계동), 이상재(재동), 최선익(가회동)
정치인: 여운형(계동), 송진우(원서동)
국학자: 이병기(가회동), 이병도(가회동), 현상윤(가회동), 송석하(원서동)
의사: 백인제(가회동)
미술인: 고희동(원서동), 노수현(가회동), 배렴(원서동), 현채(계동)

근대의 지성들이 여기에 많이 모여 살면서 북촌에서는 개화사상이 일어나고, 갑신정변이 모의되었고, 동학·대종교·불교의 종교운동이 일어났고, 3·1운동 준비가 이루어졌으며, 『동아일보』가 창간되고, 진단학회·조선어학회·조선민속학회 등이 창립되었다. 해방공간에서 암살된 대표적인 정치인인 우익의 송진우, 중도좌파의 여운형이 살았으니 북촌은 우리 개화기와 근대 지성의 심장이었다고 할 수 있다.

북촌에 이렇게 많은 이들이 모여 산 것은 도심과 가까운 이점이 있을 뿐 아니라 북촌에는 일본인들이 별로 들어오지 않았기 때문이기도 하다. 일제강점기에 일본인들이 대대적으로 서울로 이주해 와 서울 인구의 4분의 1 이상을 차지했을 때, 이들은 주로 충무로와 회현동 일대의 남촌에 자리 잡았다. 율곡로 아래쪽 운니동·경운동·안국동 등 북촌 대로변에는 동양척식주식회사나 일본인 재력가가 소유한 곳도 있었지만 일본 주민은 북촌마을로 거의 올라오지 않았다. 그래서 북촌 외곽을 제외하고는 적산가옥이 거의 없어 한옥마을의 전통을 유지할 수 있었다. 이것이 북촌의 자랑이다.

나의 북촌 답사기는 한옥마을의 아름다움을 즐기면서 이곳에 살다 간 옛 북촌 인사들이 남긴 자취를 하나씩 생각해보는 '북촌 만보(漫步)'로 엮어가겠다. 이제 만보자(漫步子)는 안국역 네거리에서 걸음을 시작한다.

헌법재판소의 재동 백송

북촌 만보의 출발은 위치로 보나 그 역사적 자취로 보나 '북촌로'를 따라 재동, 가회동 길을 걸어 올라가는 것이 정석이다. 북촌로는 응봉에서 흘러 내려오는 회동천을 복개하여 넓은 찻길이 된 북촌의 중심 도로로 안국역 네거리에서 출발하면 재동 네거리를 거쳐 감사원과 중앙고등학교 후문이 있는 언덕마루의 옛 취운정 터까지 이어진다.

북촌로로 들어서면 이내 왼쪽에 헌법재판소가 나오는데 헌법재판소야 따로 답사할 일도, 할 수도 없지만 건물 북쪽에 있는 '재동 백송'(천연기념물 제8호)을 보기 위해 반드시 들어갈 필요가 있다. 이 백송은 수령약 600년으로 우리나라에 있는 백송 중 가장 나이가 많다. 너무 노쇠해 1979년 외과수술을 하고 너무 벌어져 기울어진 두 줄기를 강철로 강하게 묶어놓은 뒤로는 건강을 많이 회복했다. 통의동 백송이 죽은 뒤 서울엔 조계사 백송과 둘만 남아 있어 장수하기를 바라는 마음이 그지없다.

이 백송나무 뒤편은 '윤보선 저택'이라 그쪽으로 비켜 바라보면 백송

| **재동 백송** | 헌법재판소 건물 북쪽에 있는 '재동 백송'(천연기념물 제8호)은 수령 약 600년으로 우리나라에 있는 백송 중 가장 나이가 많다.

은 확실히 우리 한옥과 아주 잘 어울리는 정원수라는 생각을 하게 된다. 그런데 백송나무로 들어가는 길 주위의 헌법재판소 정원 꾸민 것을 보면 발파석에 영산홍과 회양목이 심어져 있는 것이 공공기관 정원에 거의 일률적으로 나오는 모양이라 참으로 밋밋하고 지루한 인상을 준다.

왜 공공기관 건물의 정원은 다 이렇게 천편일률적으로 되었는가를 조사해보니 이것이 아름다워서가 아니라 관에서 건축비 예산을 잡을 때 조경 비용을 아주 낮게 책정하고 또 관급공사는 이렇게 해야 뒷말이 없어 '공무원표'로 귀착된 것이라고 한다. 이를 일컬어 돌과 영산홍과 회양목으로 이루어졌다고 해서 '돌·영·회'라고 한다나.

박규수 대감 집터

북촌 답사를 백송에서 시작하는 것은 백송 자체도 자체려니와 개화파의 스승인 환재(瓛齋) 박규수(朴珪壽, 1807~76)의 집이 여기 있었기 때문이다. 박규수는 연암 박지원의 손자로 할아버지의 영향으로 실학사상에 젖어 있어 16세 때 벌써 '태양, 지구, 달'에 대해 읊은 시가 남아 있다. 18세 때 효명세자의 벗이 되어 1827년 세자가 대리청정을 시작한 뒤에는 세자의 명으로 『연암집(燕巖集)』을 바치기도 했다. 그러나 1830년 효명세자가 요절하자 박규수는 세자에 대한 충성을 다짐하며 18년간 은거에 들어갔다.

42세 때인 헌종 14년(1848)에 다시 세상 밖으로 나와 문과에 급제하고 벼슬길에 올라 동부승지로 있던 54세 때(1860), 청나라 함풍제가 영·불 연합군의 북경 점령으로 열하(熱河)로 피신하여 조선 조정에서 문안사(問安使)를 보낼 때 자원하여 할아버지가 『열하일기(熱河日記)』를 쓴 그곳을 다녀왔고, 청나라가 아편전쟁을 겪을 수밖에 없었던 서세동점의 추세에 대한 넓은 안목을 갖추게 되었다.

1862년 진주에서 임술농민봉기가 일어나 이를 수습하는 안핵사로 파견되었을 때 박규수는 민란의 동기가 전정(田政), 군정(軍政), 환곡(還穀)의 가혹한 조세제도인 '삼정(三政)의 문란'에 있다고 파악하고는 경상병수사 백낙신을 탐관오리로 무겁게 처벌하고 농민 죄수들은 형벌을 가볍게 내려야 한다는 장계(보고서)를 올렸다. 이에 보수적인 유림들로부터 너무 백성 편을 든다고 반발을 사기도 했다.

1866년, 60세의 박규수는 평안도 관찰사가 되었는데 이때 미국 상선 제너럴셔먼호가 대동강을 거슬러 올라와 평양에 이르러 통상을 요구하며 인명을 살상하는 횡포를 부리자 국가의 존엄을 보이기 위해 제너럴

| **환재 박규수** | 환재 박규수는 개화파의 스승이었고 예술을 보는 안목 또한 뛰어났다.

셔면호를 불태워버렸다. 그렇다고 박규수가 쇄국을 주장한 것은 아니었다. 박규수는 중국의 양무운동에 자극을 받아 서양 문물을 받아들여 부국강병으로 나아가야 한다는 동도서기론의 입장으로 개항을 할 수밖에 없다고 주장했다. 이에 1876년 일본과 수호(修好)조약을 맺는 강화도조약의 체결을 적극 주장했다. 그리고 그해 12월, 향년 70세로 세상을 떠났다.

박규수의 안목

박규수의 재동 백송나무 집의 사랑방에는 북촌에 사는 똑똑한 양반 자제들이 모여들어 그의 훈도를 받았다. 유길준은 '어렸을 적 한시를 지어 박규수 대감에게 보여드렸더니 재주가 이토록 뛰어난데 왜 시무(時務)의 학문을 하지 않는가'라고 말씀하셨다고 회고했다. 박영효는 1931년 이광수와 한 인터뷰에서 이렇게 말했다.

개화파의 신사상은 모두 내 일가인 박규수 대감 집 사랑방에서 나왔소. 김옥균, 홍영식, 서광범 그리고 나의 형 박영교가 모두 재동 박규수 대감 집 사랑에서 모였지요.

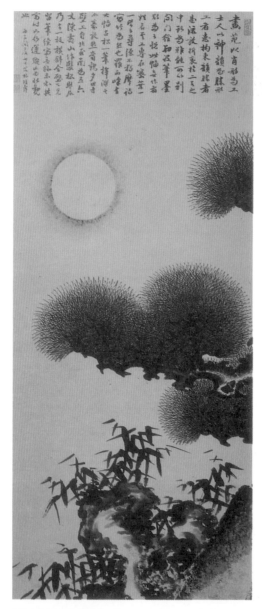

| 필자미상 〈죽석송월도〉 | 박규수는 필자미상의 이 〈죽석송월도〉에 그림의 본도를 일깨우는 평을 화제로 써 넣었다.

박규수는 예술을 보는 안목도 높아서 타계하는 바로 그해 가을에 작자 미상의 〈죽석송월도(竹石松月圖)〉에 대해 다음과 같은 평을 남기기도 했다.

무릇 그림은 예술의 하나로서 학문과 크게 다르지 않다. 그런데 지금 사람들이 그림을 홀대함은 어째서인가. 그것은 (형상이 아니라 뜻을 추구하는) 사의(寫意) 화법이 유행하면서 대상을 정확히 그리는 것을 폐기했기 때문이다. 정밀하게 그리는 공부가 부족하고 그 번거로움을 참지 못하여 단지 물줄기와 바위를 소략하게 그리고 적당히 수묵번지기에 그치면서 그것을 예스러운 간략함이라고 자처하고 있다. 이것이 고매한 선비가 여가로 그린 것이라면 소중히 여길 만하지만 사람마다 이와 같이 하여 심지어 직업화가인 화원들까지 기법과 힘쓰는 바가 여기에 그친다면 그림의 세계는 망하고 말 것이다.

문인화풍의 유행이 지나쳐 그림의 본도를 잃음에 대한 준엄한 꾸짖음이었다. 만보자가 『나의 문화유산답사기』 제2권에서 말한 바 있듯이 박규수는 이처럼 세계를 보는 눈이 넓었고, 현실을 보는 눈은 깊었으며, 예술을 보는 눈은 높았다.

갑신정변과 이곳의 변화

박규수에게 훈도를 받은 북촌의 20~30대 젊은 급진 개화파, 김옥균·서재필·홍영식·박영효 등은 급기야 쿠데타를 단행했다. 1884년 음력 10월 17일 홍영식이 책임자로 있는 조계사 옆 우정국의 개국 축하연 때

| 개화파 | 박규수의 훈도를 받은 북촌의 20~30대 젊은 급진 개화파 김옥균·박영효·홍영식·서재필(왼쪽 위부터 시계방향으로) 등은 갑신정변을 일으켰으나 삼일천하로 끝난다.

갑신정변을 일으켜 일단은 성공했다. 그러나 갑신정변이 삼일천하로 끝나면서 김옥균은 일본으로, 서재필은 미국으로 망명했다. 정독도서관 자리에 있던 김옥균과 서재필의 집은 몰수되어 6년 뒤인 1900년 관립한 성중학교(이후 경기고등학교)가 들어섰다.

홍영식은 정변 때 죽임을 당했다. 바로 이곳, 헌법재판소 자리에 있던 그의 집도 몰수되어 이듬해(1885) 선교의사 알렌(H. N. Allen)이 세운 우리나라 최초의 서양식 국립병원인 광혜원(廣惠院)이 들어섰다. 광혜원은 2주 만에 이름을 제중원(濟衆院, House of Universal Helpfulness)으로 바꾸었고, 1904년 미국 클리블랜드의 실업가 세브란스(L. H. Severance)의 재정 지원으로 남대문 밖 복숭아골〔桃洞〕에 현대식 병원을 지어 옮기면서 기부자의 이름을 따 세브란스병원이라고 했다.

그렇게 제중원이 남대문 밖으로 이사 간 뒤, 이 자리에는 1908년 순종의 칙령으로 공조(工曹) 뒤뜰(현 종로구 도렴동)에 설립된 관립한성고등여학교가 1922년에 새 교사를 짓고 경성공립여자고등보통학교라는 이름으로 들어왔다. 이 학교가 경기여자고등학교의 전신이다.

그리고 1945년 경성여보가 정동으로 이사 가면서 이 자리에는 1941년에 개교한 경성제3공립고등여학교가 창덕여자중(고등)학교로 이름을 바꾸고 들어왔고, 1973년에 창덕여중이 정동으로, 1989년에 창덕여고가 방이동으로 이사 간 뒤 1993년에 지금의 헌법재판소가 들어섰다. 이 땅에 서린 역사가 이렇게 길다 보니 만보자의 발걸음이 느릴 수밖에 없다.

재동초등학교와 교동초등학교

재동 백송을 보고 헌법재판소를 나오면 바로 재동초등학교 네거리다. 재동이라는 동네 이름은 1453년 수양대군이 왕위를 찬탈하기 위해 일으킨 계유정난 때 황보인 등 단종을 보필하던 대신들을 이곳으로 유인해 참살하면서 흘린 피가 내를 이루므로 동네 사람들이 집 아궁이에 있던 재〔灰〕를 가지고 나와 길을 덮었다고 해서 잿골〔灰洞〕이라 부르던 것이 한자명으로 재동(齋洞)이라고 표기된 것이라고 한다.

재동초등학교는 1895년 8월 10일에 개교한 우리나라에서 두번째로 오래된 초등학교이다. 첫번째는 경운동의 교동초등학교로 1894년 9월에 관립교동왕실학교로 개교하여 왕실 종친과 귀족 자제들만 입학 대상

| 재동초등학교 외벽 | 재동초등학교는 학교 외벽에 120년이 넘는 자랑스러운 역사를 소개해놓았다.

으로 했으나 이듬해부터 일반인 학생도 입학을 허가했다. 이후 두 학교가 뛰어난 인재를 많이 배출했음이 큰 자랑이 아닐 수 없어 학교 외벽에 분야별로 명사 이름을 나열해놓았는데 굉장하다. 장관, 국회의원 등 정치인은 빼고 문화예술계 인물들을 보면 다음과 같다.

교동초등학교: 심훈, 박태원, 윤극영, 오상순, 김순남, 전해종, 김상협, 조남철, 구봉서, 박신자, 강수연, 이애주, 양현석, 윤시내 등
재동초등학교: 유진오, 김유정, 황병기, 이태령, 유호, 백낙청, 김종학, 최인호, 이장호, 김민기, 양희은, 이상은, 서태지, 배두나 등

두 학교는 120년이 넘는 역사의 이런 명문이건만 오늘날 강북의 도심 공동화 현상과 저출생으로 2017년에는 입학생 수가 모두 30명에 미달

| **안국동 윤보선 가옥** | 북촌의 대저택을 대표하는 집으로 고종이 박영효에게 하사한 집이었다. 이를 1910년에 윤보선 대통령의 아버지 윤치소가 구입한 이후 지금까지 그 후손들이 원형 그대로 보존하며 살고 있다.

되어 통폐합해야 할 처지에 놓였는데, 만보자가 알기로는 정치인 동문들의 호소 내지 힘으로 서울시교육청의 '서울형 작은학교' 사업으로 구제되어 명맥을 유지하고 있다.

북촌의 대저택

북촌이 한옥마을인 만큼 북촌 답사는 한옥, 그중에서도 대저택을 구경해야 제맛일 것이다. 안동 하회마을에 가서 양진당, 충효당은 보지 못하고 돌담길만 돌아다니다 온다면 얼마나 허전할 것인가. 그러나 이게 쉽지 않다. 북촌의 대저택들은 일제강점기 도시주택 붐을 타고 잘게 분할되어 오늘날 온전히 남아 있는 것은 손에 꼽을 정도로 드물다.

대표적인 가옥이 '안국동 윤보선 가옥'(사적 제438호)이다. 이 집은

| **가회동 한씨 가옥** | 이완용의 외조카 한상룡이 1920년 무렵에 지은 대저택이다. 서양식 포치, 일본식 낭하, 내부를 보호하는 유리문 등 근대사회로 들어오면서 생겨난 도시형 개량한옥의 전형을 보여준다.

1870년 무렵에 지어진 것으로, 개화파 인사로 일본에서 망명 생활을 청산하고 돌아온 철종의 사위인 박영효(朴泳孝)에게 고종이 하사한 집이었다. 이를 1910년에 윤보선 대통령의 아버지 윤치소(尹致昭)가 구입해 대대로 이어오고 있다. 그러나 지금도 후손들이 생활하고 있어 들어갈 수가 없고 1년에 하루 북촌마을 축제 때만 공개한다고 한다.

계동에는 '김성수 가옥'이 있다. 1894년에 김사용이 지은 한옥으로 1918년 인촌(仁村) 김성수(金性洙)가 인수해 1955년 사망할 때까지 거주했다. 역시 비공개 건물이다.

현재 가회동에서 볼 수 있는 저택은 '백인제 가옥'(서울시 민속자료 제22호)과 '가회동 한씨 가옥'(서울시 민속자료 제14호) 두 채가 있다.

재동초등학교에서 조금만 올라가면 오른쪽에 로우루프(low roof)라는 카페가 나오는데 그 안쪽으로 솟을대문 너머 '가회동 한씨 가옥'이 보인다. 카페 이용자에게는 사랑채 마당에서 차를 마실 수 있게 부분 공개를 하고 있는데 이 집은 한상룡(韓相龍)이 1920년 무렵에 지은 도시형 개량 한옥이다. 한상룡은 재동에서 태어나 일본 유학을 다녀온 뒤 고종의 사촌형인 이재완(李載完)이 설립한 한성은행을 실질적으로 운영하며 두취(頭取, 은행장)를 지낸 금융인이었다. 그는 이완용의 외조카로 가회동 일대의 대지를 넓게 구입하여 두 채의 한옥 대저택을 지었다. 하나가 '백인제 가옥'이고 또 하나가 이 집이다.

이 가옥은 행랑채 앞에 넓은 마당을 두고 본채는 단을 달리하여 높직이 앉아 있다. 본채 정면에 서양식 포치(porch)를 달아 현관으로 삼고 그 위에 당호 휘겸재(撝謙齋, 겸손하게 낮추는 집) 현관을 걸었다. 본채는 안채와 사랑채를 구분하지 않고 쪽마루로 연결되어 있다.

이는 채로 분리하고 칸으로 나누는 전통 한옥이 근대사회의 생활에 맞게 도시주택으로 편리하게 변모한 것인데, 내부에서 사랑채 가구(架構)는 1고주 5량으로 대들보가 노출되어 있고 안대청은 우물마루·연등천장을 하고 있어 여전히 한옥의 분위기를 보여주고 있다.

이처럼 서양식 포치, 일본식 낭하(廊下, 복도), 내부를 보호하는 유리문, 이것이 근대사회로 들어오면서 생겨난 도시형 개량 한옥의 전형이다.

『조선중앙일보』와 여운형

발길을 옮겨 길 건너편으로 넘어가자면 북촌박물관이 바로 보이고 그 옆으로 난 골목으로 들어가면 바로 '백인제 가옥'이 나온다. 이 집은 '가회동 한씨 가옥'을 지은 한상룡이 1913년에 주변 12필지를 구입해 대지 737평에 건립한 도시형 개량 한옥으로 1935년에 언론인 최선익(崔善

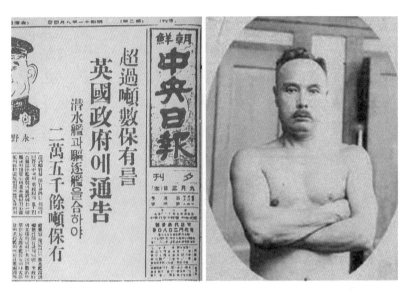

| **『조선중앙일보』와 여운형** | 몽양 여운형은 '조선을 이끌어갈 양심적인 지도자' 여론조사에서 이승만을 제치고 1위를 할 정도로 대중의 지지를 받은 인물이었다. 『조선중앙일보』 사장으로 활동하면서도 조선체육회 회장으로서 육체미를 과시한 것으로도 유명하다.

益)이 구입해 들어와 살았다.

　최선익은 개성 출신의 부호로 『조선일보』 기자로 활동하다 1926년에 창간된 『중외일보』가 재정난으로 1931년에 폐간되자 김찬성, 노정일 등과 함께 인수하여 『중앙일보』로 속간했고 1932년에는 자신이 발행인을 맡으면서 몽양(夢陽) 여운형(呂運亨)을 사장으로 추대하여 이름을 『조선중앙일보』로 바꾸고 한때 『동아일보』 『조선일보』와 함께 3대 민족신문으로 일으킨 언론인이다.

　『조선중앙일보』는 이후 윤희중이 새 출자자로 들어왔으나 계속 여운형 사장 체제로 운영되었다. 그러나 1936년 손기정 선수의 일장기를 지우고 보도해 『동아일보』와 함께 무기정간을 당했고, 재정난과 총독부에 의한 여운형 사장 강제 사임으로 1937년 11월 5일자로 발행 허가가 상실되면서 폐간되고 말았다.

몽양 여운형을 말하자면 할 얘기가 너무 많다. 여운형이 1947년 암살
되었을 때 그를 따르던 많은 분들이 정말로 안타까워했다. 1945년 잡지
『선구(先驅)』가 실시한 '조선을 이끌어갈 양심적인 지도자' 여론조사를
보면 여운형(35%), 이승만(21%), 김구(18%), 박헌영(16%), 이관술(12%), 김
일성(9%), 최현배(7%), 김규식(6%), 서재필(5%), 홍남표(5%) 순이었다.

몽양은 명연설가였고 조선체육회 회장으로 육체미를 과시한 것으로
도 유명하다. 그에게는 믿음직한 인간미가 있어 대중의 사랑과 지지를
받았다. 소설가 이태준은 「악수」라는 글에서 "맹인이라도 몽양 선생의
악수는 악수만으로도 몽양일 줄 알 것이다"라고 했다. 여운형이 살던 집
은 계동 대동세무고등학교 입구에 있었다.

백인제 가옥

최선익이 살던 이 집을 백인제 외과병원(현 인제대학교 백병원)을 세운 백
인제(白麟濟)가 1944년에 인수했다. 그리고 백인제가 1950년 한국전쟁
중 납북된 이후에도 그의 부인 최경진(崔炅珍, 1908~2011) 여사가 원형을
보존하며 살아오다가 2009년 서울시가 한옥의 보전과 진흥 정책으로
매입해 서울역사박물관이 관리하며 2015년부터 무료로 일반에 공개하
고 있다.

이 집은 행랑채를 양옆에 끼고 있는 솟을대문이 10개의 돌계단 위에
높직이 올라앉아 있어 외관부터 대저택의 위용을 보여준다. 대문을 들어
서서 오른쪽에는 정원을 두고 왼쪽에는 미음자 본채를 앉혔는데 2층 구
조의 사랑채가 정원 쪽으로 돌출되어 사랑방의 기능이 강조되어 있다.

안채의 안방·대청·건넌방·부엌 등이 긴 툇마루로 사랑채까지 연결되

| 백인제 가옥 | 백인제 외과병원(현 인제대학교 백병원)을 세운 백인제가 1944년에 인수해 한국전쟁 중 납북되기 전까지 살던 집이다. 행랑채를 양옆에 끼고 있는 솟을대문이 10개의 돌계단 위에 높직이 올라앉아 있어 외관부터 대저택의 위용을 보여준다.

어 있고 유리 미닫이문이 달려 있다. 이런 구조는 기본적으로 전통 한옥의 미음자 형 골격을 유지하면서 근대식 생활양식의 편리를 위해 개량한 것으로 근대 한옥의 특징이다. 사랑채를 돌아 뒤로 돌아가면 뒤뜰 위로 별당과 별당채를 따로 두어 대가족이 생활한 저택의 면면을 보여준다. 담 뒤쪽은 바로 정독도서관이다.

　백인제는 평북 정주 태생이다. 조상 대대로 관서 지방 명문가 출신으로 오산학교를 졸업하고 1916년 경성의학전문학교에 입학해 재학 내내 수석 자리를 놓치지 않은 수재였다. 그러나 3학년 때 3·1운동에 참가했다가 10개월간 투옥되어 퇴학을 당했다. 다행히 학교 측의 노력으로 다시 복학해 1921년 수석으로 졸업했으나 전과가 있어서 총독부의원에서

| 백인제 가옥 내부 | 오른쪽에 정원을 두고 왼쪽에 미음자 본채를 앉혔는데 안채의 안방·대청·건넌방·부엌 등이 긴 툇마루로 사랑채까지 연결되어 있고 유리 미닫이문이 달려 있다. 기본적으로 전통 한옥의 미음자 골격을 유지하면서 근대식 생활양식의 편의를 위해 개량한 근대한옥의 특징을 보여준다.

2년간 복무해야 의사면허를 받을 수 있었다. 면허가 없던 탓에 총독부 의원에 근무하면서 의사들이 기피하는 마취를 2년간 맡았는데 이때 습득한 마취 기술이 외과의사로서 대성할 수 있는 자산이 되었다.

의사면허를 취득한 백인제는 1928년 일본 동경제국대학에서 의학박사 학위를 받고 경성의전 교수로 임용되었다. 그리고 1936년부터 1년 6개월간 프랑스·독일·미국에 유학했으며, 1941년 경성의전 교수를 사임하고 서울 저동에서 백인제 외과병원을 개업했다.

1945년 9월에 경성의전에 복귀하여 외과 주임교수 겸 부속병원장(소격동 소재)에 취임하고 1945년 12월 서울의사회 초대 회장에 피선되었다. 1946년 10월 국립 서울대학교 창설과 함께 의과대학 외과 주임교수로 임명, 1947년 1월에 사임하고 그해 11월 백병원을 설립했다. 그리고 한국전쟁 중 납북되었다.

한편 백인제는 1947년에 출판사 겸 서점인 수선사(首善社)를 명동에 차리고 동생 백붕제(白鵬濟)에게 맡겼다. 백붕제는 사법·행정 양과에 합격하고 경상북도 등에서 근무하다 광복 후에는 서울에서 변호사로 일하면서 수선사를 맡아 경영했다.

수선사는 계용묵이 편집장을 맡으면서 『서재필 박사 자서전』을 비롯해 『유관순전』(전영택), 『조선신문학사조사』(백철), 『현대영시선』(양주동), 『만세전』(염상섭), 『황토기』(김동리), 『굴렁쇠』(윤석중 동요선집) 등 한국전쟁 전까지 3년간 20권 가까운 문학·교양서를 출간했다. 그러나 백붕제가 형과 함께 납북되는 바람에 수선사는 자연히 문을 닫게 되었는데 그의 둘째 아들이 '창비'의 문학평론가 백낙청이다.

오설록 티하우스

만보자는 다시 북촌로 큰길로 나와 언덕길을 따라 올라간다. 북촌박물관 앞 도로변에는 '손병희 선생 집터'라는 표지판이 놓여 있다. 조금 더 올라가면 왼쪽에 북촌로11길 입구가 나온다. 이 비탈길을 따라 올라가면 북촌 한옥밀집지구(한옥마을)다. 그러나 그곳은 이따가 내려오면서 구경하기로 하고 북촌로 길을 따라 발걸음을 더 옮기면 이내 왼쪽으로 '오설록 티하우스 북촌점'이 나온다.

이 건물은 1930년대에 지은 한옥을 건축사사무소 원오원 아키텍스의 최욱이 리노베이션한 것으로, 기둥과 서까래, 지붕 원형을 그대로 살리면서 현대적인 아름다움을 더해 한옥의 우아함과 현대 건축물의 세련미를 동시에 느낄 수 있는 공간이다.

| 오설록 티하우스 | 이 건물은 1930년대에 지은 한옥과 양옥을 건축가 최욱이 리노베이션한 것이다. 한옥의 우아함과 현대 건축물의 세련미를 동시에 느낄 수 있는 공간이다.

가회동성당

오설록에서 조금 더 가면 바로 '가회동성당'이 나온다. 가회동성당은 조선에 파견된 최초의 외국인 신부인 주문모(周文謨, 1752~1801)가 조선에서 첫 미사를 봉헌한 것을 기념해 세운 성당이다. 주문모는 중국 소주(蘇州) 출신으로 늦은 나이에 신학을 공부한 후 신부가 되었다. 1794년 당시 북경 교구장인 구베아 주교에 의해 조선 선교사로 임명되어 그해 12월 23일 천주교 신자인 윤유일 등의 안내로 조선에 입국해 북촌에 있던 최인길의 집에 머물며 1795년 부활절 미사를 집전했다. 이것이 조선에서 행해진 최초의 미사이다.

이후 주문모는 반년간은 별다른 어려움 없이 선교활동을 수행했다.

그러나 과거 천주교도였던 한영익의 밀고로 체포령이 내려지고 그의 입국 사실이 조정에 알려지면서 입국을 도왔던 윤유일·최인길·지황 등 3명의 천주교도가 처형되었다.

주문모는 강완숙의 집으로 피신해 생활하면서 명도회(明道會)라는 교리연구회를 조직하여 그 조직원들로 하여금 교리연구와 선교에 힘쓰도록 했다. 또 한편 체포의 위험 속에서도 충청도 내포와 전라도 전주 등을 다니며 지방 선교활동을 했다. 이러한 활동으로 조선의 천주교도는 한때 1만여 명에 이르렀다.

그러나 1801년 신유사옥이 일어나자 많은 신도들이 체포되었다. 천주교가 박해를 받자 주문모는 본국으로 돌아가려고 황해도 황수까지 갔으나, 여기서 마음을 바꾸어 다시 서울로 돌아와 1801년 3월 의금부에 자수하고 5월 서울 새남터에서 순교했다. '황사영 백서(帛書) 사건'은 신유박해를 피해 제천으로 피신한 황사영이 옹기가마에 숨어 주문모의 처형 사실과 박해 내용을 비단(帛)에 깨알 같은 글씨 13,311자의 장문의 편지로 써서 북경의 구베아 신부에게 보낸 편지가 빼앗긴 사건이었다.

1949년에 한국 천주교 초기 신앙의 중심지였던 이 지역에 가회동성당이 설립되었고, 한국전쟁 전후 복구에 나선 '주한 미군 민간 원조단'(AFAK) 협조로 1954년 3층 시멘트 블록 건물(연건평 134평)의 성당을 건립했다. 이후 성당이 노후해 2013년 11월에 새 성전을 봉헌한 것이 지금의 가회동성당이다.

새 가회동성당은 건축사사무소 오퍼스의 우대성이 설계해 지하 3층, 지상 3층, 대지 면적 1,150제곱미터, 연면적 3,738제곱미터 규모로 지어졌는데 전통 한옥과 현대 성당 건물인 양옥이 복합적으로 구성되어 있는 건물로 2014년 한국건축문화대상에서 본상을 수상한 것을 비롯해 2014년 올해의 한옥상, 서울시 건축상 최우수상 및 시민공감 건축상 등을 수상하고 2016년에는 '서울 우수 한옥' 인증을 받았다.

이 가회동성당은 건축 자체로도 유명하고 북촌 답사에서 큰 볼거리인데 2017년에 가수 비와 배우 김태희가 여기에서 혼례식을 올려 더욱 큰 유명세를 타고 있다.

김형태 가옥

가회동성당에서 조금만 더 올라가면 길 모서리에 높은 축대 위로 추녀가 날렵하게 하늘을 향해 치솟은 당당한 한옥이 보인다. 이 집은 서울시 민속자료 제30호로 문화재 지정 당시 소유자 이름을 따 '김형태 가

| **김형태 가옥** | 1938년에 지어진 집으로 1999년 북촌로 확장으로 대지의 일부가 잘려 나가면서 이처럼 높은 축대가 만들어졌다. 사랑채, 안채, 문간채로 구성되어 가옥을 여러 채로 나누는 전통 한옥의 구성을 유지하고 있다.

옥'으로 불리고 현재는 '한옥 스튜디오 경성사진관'이 사용하고 있다.

김형태 가옥은 1938년에 지어진 집으로 1999년 북촌로 확장으로 대지의 일부가 잘려나가면서 이처럼 높은 축대가 만들어졌다. 사랑채, 안채, 문간채로 구성되어 가옥을 여러 채로 나누는 전통 한옥의 구성을 유지하고 있다. 그래서 당시 북촌에 지어진 도시형 한옥과는 달리 건축의 품격이 높은 집이다.

마당을 중심으로 사랑채는 기역자 형, 안채는 디귿자 형, 문간채는 일(一)자형으로 배치되어 어느 방향에서도 아름다운 처마를 볼 수 있다. 특히 당시로서는 새로운 건축 재료인 함석 물받이를 넓게 받혀놓아 추녀의 곡선이 강조되어 보인다. 벽돌·유리·금속 등 새로운 재료를 사용한 것도 1930년대 도시 한옥의 변화된 모습을 보여준다.

안내판에 의하면 명성황후가 궁에 들어가기 전에 이 집 사랑채에서 살았다고 하는데 그 근거가 어디에 있는지 알 수 없고, 다만 이 집이 있는 가회동 16번지 일대는 원래 조선 왕실 종친으로 대한제국 시기에 종부사장(宗簿司長)을 지낸 이달용(李達鎔)이 소유했던 토지로서, 1930년대에 여러 땅으로 나뉘어 개발된 것이라는 사실만 확인되었다.

| 현상윤 | 현상윤은 존경을 받는 교육자이자 국학자였다.

현상윤 집터

만보자는 다시 걷는다. 북촌로 비탈길을 따라 계속 올라가면 오른쪽으로 이목화랑이 나오고 여기서 조금 더 가면 기당(幾堂) 현상윤(玄相允, 1893~1945)이 살던 '현상윤 집터'라는 표지판이 나온다. 현상윤은 일본 와세다대학 유학 시절 송진우, 김성수 등과 가깝게 지낸 인연으로 귀국 후 중앙학교 교사가 되었는데 1919년 3·1운동 때 천도교와 기독교의 연합 및 민족 대표와 학생 단체 사이의 연락책을 맡아 활동하여 2년간 옥살이도 했다.

이후 중앙고등보통학교 교장과 고려대학교 초대 총장을 지내면서 『조선유학사(朝鮮儒學史)』『조선사상사(朝鮮思想史)』 등을 펴낸 존경받는 학자였다. 한국전쟁 때 납치되어 북한으로 끌려가던 도중 9월 15일에 미군의 폭격으로 사망했다고 전해지는데 유해가 '재북 인사릉'에 안장되어 있다. 현상윤의 장손이 '초코파이'의 동양그룹 현재현 전 회장이다.

| **취운정의 옛 모습** | 여흥 민씨 세도가 민태호가 1870년대 중반에 지은 정원으로 북촌의 가장 유명한 명소였다.

취운정 터와 유길준의 『서유견문』

다시 발길을 옮겨 비탈길을 올라가면 고갯마루에 중앙고등학교 후문
이 나오고 길 건너 감사원이 보인다. 갑자기 시야가 넓어지면서 북악산
자락에 감싸인 삼청동 골짜기가 내려다보인다. 옛 사람이 이렇게 전망
좋은 곳에 정자 하나 마련하지 않았을 리 없는데 여기엔 여흥 민씨의 세
도가 민태호가 1870년대 중반에 지은 '취운정(翠雲亭)'이 있었다.

민태호가 갑신정변 때에 개화파에 의해 참살당한 뒤에는 그의 아들
로 민승호(명성황후의 오빠)에게 입양된 민영익의 차지가 되었는데 이곳은
유길준(兪吉濬, 1856~1914)이 『서유견문(西遊見聞)』을 집필한 곳이어서 더
욱 유명해졌다.

유길준은 1881년 어윤중의 신사유람단 수행원으로 참가해 우리나라
최초의 일본 유학생이 되었다. 이때 일본의 문명개화론지이자 교육사상

| 유길준과 『서유견문』 | 취운정은 유길준이 연금되어 있는 동안 『서유견문』을 집필한 곳으로 유명하다.

가인 후쿠자와 유키치(福澤諭吉)가 경영하는 게이오의숙(慶應義塾)에서 한동안 수학했다.

1882년 임오군란이 일어나고, 민영익이 미국으로 가는 보빙사(報聘使)의 단장을 맡으면서 수행원으로 참가할 것을 권유하자 이듬해 학업을 중단하고 귀국했다. 그때 유길준의 나이 27세로 일행 중 유일하게 영어와 일어를 쓰고 말할 줄 알았다. 사절단 업무가 종료된 후에 유길준은 귀국하지 않고 미국에 머물며 수학하여 우리나라 최초의 미국 유학생이 되었다.

그러나 1884년 갑신정변이 실패했다는 소식을 듣고는 자신이 해야 할 일이 있을지도 모른다는 생각에 신변의 위협을 감내하고 1885년 12월에 귀국했다. 유길준은 여지없이 갑신정변 개화파 일당으로 몰려 체포되었다. 다행히 그의 재능을 아끼던 한규설의 도움으로 극형을 면

할 수 있었고 한규설은 자신의 집에 그를 머물게 했다. 그러자 보빙사로 함께 갔던 민영익이 유길준에게 자신의 취운정에서 연금생활을 하는 편의를 제공했다. 그 기간이 무려 6년이나 되었다. 이때 유길준은 그동안 메모해온 것을 바탕으로 『서유견문』을 집필해 1895년에 출간했다. 이 책은 우리나라 최초로 국한문혼용체를 구사하여 서양 근대문명을 소개한 유길준의 '나의 서양문화답사기'였다.

조선귀족회의 취운정

이후 취운정의 주인은 여러 차례 바뀌었으나 정자만은 오랫동안 남아 있었는지 『동아일보』 1924년 6월 28일자에는 '가회동 취운정'이라는 제목으로 다음과 같은 기사가 실려 있다.

지금부터 약 70~80년 전, 창덕궁 전하의 장인 되시던 민표정공(민치록)이 한창 세도를 부릴 때 취운정 정자와, 사모정 정자와, 백락동 정자를 지어놓고 꽃피는 봄날과 달 밝은 가을에 한가한 사람들과 더불어 취흥을 돋구던 곳이라고 합니다. 창상(滄桑)은 변하는 법이라 어찌한 사람의 즐김이 오랠 수야 있겠습니까. 그후 대원군의 첩 되시는 소위 백락동 마마님이 몇 해 동안 살다가 죽은 뒤 일시 이왕 전하(영친왕)의 어료(御寮)가 되었다가 다시 한성구락부가 되었다가 나라가 망할 때에 소위 귀족들의 활 쏘고 노는 터가 되었다가 창상은 다시 변하여 '조선귀족회'의 소유가 되었다가 요사이는 시민의 소유지가 되었더니 며칠 전부터는 동맹휴학하는 학생들의 회의지가 된 듯합니다. 세월이 변함에 따라 주인은 갈리지만은 취운정 정자는 의구히 옛날을 말하는 듯하고 청린동천 바위 밑에서 흐르는 약물만 졸졸……

여기서 언급한 '조선귀족회'에 대해서는 북촌에 왜 조선귀족들이 소유한 집이 많은가를 이해하기 위해서라도 알아둘 필요가 있다.

조선귀족회

조선귀족은 1910년에 강제 한일합병 조약이 체결됨에 따라 일제가 일본의 화족 제도를 준용하여 내린 '조선귀족령(朝鮮貴族令)'에 의거해 대한제국의 고위급 인사와 한일합병에 공로가 있는 자들에게 봉작하고자 만들어낸 특수 계급이다.

처음 작위를 받은 수작자는 76명(후작 6명, 백작 3명, 자작 22명, 남작 45명)이고 1924년에 추가로 수작한 이항구, 수작자의 작위를 계승한 81명의 습작자 등 총 158명이 조선귀족으로 작위를 받았다. 처음 수작한 76명 가운데 작위를 거절하거나 반납한 사람은 윤용구, 한규설, 민영달, 유길준 등 8명이다.

최고의 수혜자인 후작으로는 이재완·이재극·이해창·이해승·윤택영·박영효 등과 백작에서 승작된 이완용이 있으며, 백작으로는 이지용·민용린과 자작에서 승작한 송병준·고희경 등이 있다.

수작자 중에는 반일활동이나 형사처벌로 박탈되거나 습작되지 않는 경우가 있었다. 김사준·이용직·김윤식·윤치호·민태곤 등은 반일적 활동을 했거나 충순이 결여되었다고 작위가 박탈되었다. 김가진은 작위를 반납하지 않고 상해임시정부로 망명했고 습작이 이루어지지 않았다.

또 민영린과 김병익은 아편 흡입죄로 실형을 받은 이유로, 조민희는 도박으로 파산을 선고받은 이유로 예우가 정지되었으며, 이지용은 도박으로 실형을 선고받아 예우가 잠시 정지되었다가 해제되었다. 조동희는 집안 내 재산 분쟁으로 두 차례 예우 정지와 해제를 반복했다.

일제가 조선귀족에게 베푼 경제적 혜택은 어마어마한 것이었다. 후작 50만 엔에서 남작 25,000엔에 해당하는 '은사(恩賜)공채증권'이 교부됐다. 이 공채에는 연리 5%의 이자가 매년 3월과 9월에 조선은행 또는 우체국에서 지불됐다.

그리고 조선귀족회 차원에서 조합을 설립해 조선총독부로부터 임야 및 삼림 불하 과정에서 무상으로 대부 및 불하를 받았다. 또한 일제는 이들의 경제적 몰락을 방지하기 위해서 1927년에 '조선귀족세습재산령'을 제정하여 세습재산을 설정하고 보호받을 수 있게 했다. 가회동 일대의 대저택들이 왜 조선귀족들의 소유가 되었는지 여기서 알 수 있다.

조선귀족 수작자와 습작자는 1948년 9월에 제헌국회에서 제정한 '반민족행위처벌법' 제2조와 제4조 1항에 의해 당연범으로 처벌 대상이 되었다.

가회동 이준구 가옥

취운정 터에서 맹현으로 가자면 다시 북촌길을 내려와 '이해박는집'이라는 한옥 치과 오른쪽으로 난 비탈길을 따라 올라가야 한다. 이 길로 들어서면 북촌이 한옥마을이라는 것에 무색하게 양옥의 대저택들이 나온다. 오른쪽 길로는 경비원이 서성이고 인적이 보이지 않는데 왼쪽 길 초입엔 높은 축대 위 담장 너머로 오래된 서양식 건물의 지붕만이 보인다. 화강암을 벽돌처럼 쌓은 돌집으로 지붕엔 뾰족한 삼각형 박공이 돌출되어 있다. 이 집은 서울시 문화재자료 제2호로 지정된 '가회동 이준구 가옥'이다. 이준구는 문화재 지정 당시의 소유주 이름이다.

이 집은 1938년 무렵에 지어진 것으로 일제강점기 상류계층의 서양

| 이준구 가옥 | 1938년 무렵에 지어진 이 집은 화강암을 벽돌처럼 쌓은 돌집으로, 일제강점기 상류층의 서양식 가옥 형태를 보여준다.

식 가옥 형태를 잘 보여주는 2층 양옥이다. 건축 자재로 개성 송악에서 나는 신돌이라는 화강암이 쓰였다고 한다. 건물 내부는 서양식으로 꾸며져 있고 다락방도 있다고 하는데 비공개 건물인지라 만보자는 들어가 본 일이 없다.

이 집의 주소는 가회동 31-1번지로 당시의 세도가 민영휘의 맏아들 민대식(閔大植) 일가의 소유였다. 민대식은 이 필지뿐 아니라 가회동 31번지 일대에 많은 토지를 소유하고 이 집과 비슷한 서양식 주택을 여러 채 건축했던 것으로 알려져 있다.

| 고불 맹사성 집터 | 옛 지도를 보면 북촌에는 홍현·송현 등 고개 현(峴) 자가 붙은 지명이 여럿 있는데 실제로 그 옛날에는 언덕진 고개들이었다. 그중 청백리 재상으로 추앙받는 고불 맹사성 집터가 있는 언덕을 맹현이라 했다.

맹현의 맹사성 집터

옛 지도를 보면 북촌 일대에는 맹현(孟峴)·홍현(紅峴)·관현(觀峴)·안현(安峴)·송현(松峴) 등 고개 현(峴) 자가 붙은 지명이 여럿 있는데 실제로 그 옛날에는 언덕진 고개들이었다. 정독도서관 앞 고개는 땅 빛깔이 붉은색이어서 '붉은 재' 홍현이라 했고, 현대건설 앞은 관상감이 있어서 관현, 종로경찰서 앞 고개는 안국방에 있어서 안현, 이건희미술관이 들어설 자리는 솔밭으로 이루어져 송현이라고 했는데 맹현은 고불(古佛) 맹사성(孟思誠) 대감이 살던 곳이라고 해서 붙은 이름이다.

북촌 동양문화박물관이 있는 돌축대 모서리에는 '고불 맹사성 집터'라는 표시가 있다. 맹사성은 맹대감으로 불리며 황희 정승과 함께 조선

최고의 재상으로 추앙받고 있다. 맹대감은 소탈한 성품의 청백리로 '언제나 나의 벗은 백성'이라는 자세로 관직을 살았다고 한다. 말년에 은퇴해 아산으로 낙향해서는 외출할 때 소를 타거나 걸어다녀 평범한 노인처럼 보였다고 한다.

맹대감은 특히 음악에 조예가 깊어 아악(雅樂) 정비의 총괄책임자였다. 조선 초기 예악의 정비는 계몽군주 세종대왕과 천재적인 실무자 박연의 노력으로 이루어졌지만 이를 행정적으로 뒷받침한 것은 맹대감이었다고 한다. 그래서 서거정의『필원잡기(筆苑雜記)』에 따르면 맹대감은 언제나 피리 하나를 가지고 다녔으며 공적·사적 일로 맹대감에게 오는 사람이 동구(洞口)에 와서 피리 소리를 들으면 맹대감이 있는 줄 알았다고 한다.

맹사성 이후에도 맹씨 후손들이 대대로 살아 숙종 때 대사간과 황해도관찰사를 지낸 맹만택(孟萬澤)이 맹현에 살았다. 이는 이건명(李健命)이 쓴 그의 행장에서 "공은 가회방의 친척 아저씨〔族叔〕집에서 태어났는데 지금은 공의 저택으로 되었다"는 구절로 확인된다.

「북촌: 열한 집의 오래된 기억」의 맹현댁

조선 말기 맹현 일대는 흥선대원군의 둘째 형인 흥완군(이정응)의 양아들인 완순군 이재완과 그의 아들인 이달용이 대저택을 짓고 살았다. 이재완은 음서로 벼슬을 시작했다가 과거에 합격한 뒤 왕실 친족으로 벼슬이 높이 올라 갑신정변 때 병조판서를 지냈고, 정1품 숭록대부까지 올랐다. 일제는 이재완을 대한제국 종친으로 우대하여 조선귀족 중 가장 높은 후작을 주고 윤택영 다음으로 많은 336,000원의 은사공채를 내려주었다.

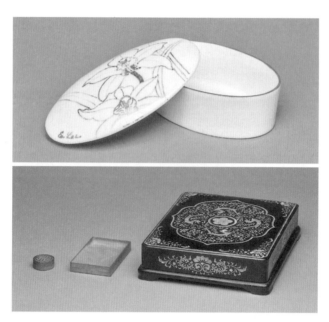

| **맹현댁 유물** | 조선 말기 맹현 일대에는 왕실 친족인 완순군 이재완의 가족이 대저택을 짓고 살았고 사람들은 이 집을 맹현댁이라고 불렀다. 2019년 서울역사박물관 전시 「북촌: 열한 집의 오래된 기억」에서는 맹현댁에 대대로 내려오는 복식·가구·식기 등이 소개되었다.

이재완의 맹현 집에는 아들, 손자, 증손자까지 함께 살아 이 저택을 맹현댁이라고 불렀다고 한다. 아들은 이달용, 이규용이고 손자는 사진작가 이해선(李海善, 1905~83)과 서울대 사회학과 교수를 지낸 이해영(李海英, 1925~79)이다. 이 맹현댁은 1930년대 토지 분할 매각으로 점점 축소되다가 한국전쟁 후 안국동, 계동으로 흩어져 살고 결국은 대저택이 사라졌다.

2019년 서울역사박물관에서는 「북촌: 열한 집의 오래된 기억」이라는 대규모 전시회가 열렸는데 그중 한 파트인 '왕실 종친의 삶'에는 이 집안에서 대대로 내려오는 복식·가구·식기 등이 마치 고궁박물관 유물처럼 전시되었다. 더욱이 며느리 안동 김씨와 풍산 홍씨는 궁중요리의 맥을 이어 『서울의 전통 음식: 북촌 맹현 음식물을 중심으로』(이귀주 지음, 고려대출판부 2012)에 구절판·냉채·메밀국수 등이 소개될 정도다.

나는 누구나 그렇듯 왕손이니 귀족이니 하며 능력이 아니라 신분으로 부와 사회적 지위를 누리는 것은 사라져야 밝고 건강한 민주사회가 된다고 생각하고 있다. 그러나 문화유산의 관점에서 볼 때 왕족과 귀족이 누린 고급문화 자체는 귀중한 문화적 자산이다. 그들이 만들어낸 거의 독점적인 세련된 문화 형식을 나 같은 서민도 누릴 수 있게 확산되는 것이 사회가 발전하는 길이라고 생각한다.

이러한 나의 주장에는 얼마든지 반론이 있을 수 있고, 또 오해의 소지도 많다. 그러나 「북촌: 열한 집의 오래된 기억」에서 맹현댁의 생활문화가 빠졌다면 그것은 평범한 민속이거나 가난한 문화의 나열이 될 수도 있었던 것이다. 내가 북촌의 한옥마을 대갓집을 보면서 한옥의 아름다움을 예찬하고 맹현댁이 사라진 것을 아쉬워하는 이유도 그런 생각에서 나온 것이다. 이는 유럽의 왕족과 귀족문화가 시민문화로 확산되어가는 과정에서도 그대로 보이는 바다.

각설하고 맹현은 진짜 고개다운 고개여서 여기는 가회동과 삼청동을 가르는 기준이 되고 있다. 맹현에서 내려다보는 전망은 대단히 아름다워 북촌 8경 중에서 4경부터 8경까지가 모두 이 주위에 모여 있다. 만보자는 이제 그 한옥마을의 진수를 보기 위해 한옥 지붕들이 이마를 맞대고 있는 고샅으로 발걸음을 옮긴다.

일제강점기의 주택난

북촌 한옥마을의 상징은 가회동 31번지 일대의 '북촌 한옥밀집지구'이다. 한결같이 화강암 외벽이 담장 구실을 하며 연이어지는데 사이사

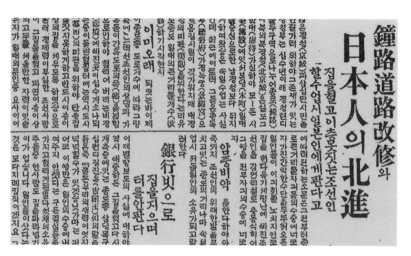

| 북촌의 주택난과 부동산 개발 붐 | 1925년 6월 18일자 『조선일보』에는 종로 도로 개수와 일본인들이 북쪽 동네로 진출하려 한다는 기사가 실려 있다. 조선인들은 이들의 북진을 막기 위해 은행 빚을 내면서까지 토지를 지키고 주택을 지었다고 한다.

이로 기와지붕 추녀가 하늘을 향해 날개를 펴고 있다. 비탈이 제법 가팔라 오르막길, 내리막길을 걸어다니자면 한옥마을의 집체미에 흠뻑 빠져들게 한다.

그러나 이 한옥들은 전통 한옥이 아니라 1935년에 집중적으로 지어진 도시형 개량 한옥들로 당시 '집장사'라고 불린 주택청부업자들이 지은 것이다. 이때 한옥밀집지구가 생겨난 것은 1920년대에 일어난 심각한 주택난의 해소 방안으로 넓은 대지의 한옥을 철거하고 분할하여 여러 채의 집을 대량으로 공급하는 부동산 개발 붐이 일어난 결과이다.

경성(서울) 인구는 1920년 25만 명에서 1930년 39만 명으로 폭증했고 1935년에는 44만 명에 이르게 된다(신용하 「국내에서의 투쟁」, 『한국독립운동사 3』, 한국일보사 1989). 이리하여 『중외일보』는 1929년 11월 8일자에 '주택난 중의 경성'을 말하면서 "총 호수 4만 9천 호 속에 3만 호가 월세 세민(細民), 주택난 중의 경성"을 큰 제목으로 뽑았다.

이에 1930년대에 들어와서 신흥주택 건립이 붐을 이루어 많은 집이 지어졌지만 주택난은 여전히 해결되지 않아 『동아일보』 1939년 4월 21일자는 '집 없이도 사는 경성인'이라는 제목하에 "물경(놀랍게도) 1만 1천 동 부족, 아무리 신축해도 부족이 연 2천 호, 주택난 실정의 첫 통계"라며 다음과 같이 보도했다.

이(통계)에 의하면 지난 3월 말 현재 (경성)부내 주택 총수는 82,701동, 여기 거주자 148,656세대인데 차가(借家) 호수는 15,515호이고 가옥 소유자는 조선인 50,504인, 일본 내지인 8,319인, 기타 155인, 법인 523인이다. (…) 경성 인구 증가율은 연 3만 인의 증가로 적어도 매년 4천 동의 신축이 필요한데 지난 13년간 신축 가옥은 3,432호, 시가지 계획으로 철거된 가옥이 1,649호이니 결국 연 2,000호의 부족 상태다.

대형 필지의 분할

1910년 일제는 강제합병 직후부터 토지조사사업을 추진했다. 토지 소유 증명 제도를 확립해 지세 수입을 높이고, 조선왕조 관청과 궁실의 국유지를 총독부 소유로 확보하고, 미간지를 무상으로 점유하는 식민지 약탈의 핵심 사업이었다. 이로 인해 북촌의 대형 필지인 대저택·관청·미간지는 총독부 소유가 되어 조선귀족과 일본인 소유로 많이 넘어가게 되었다. 이 상황을 김경민은 『건축왕, 경성을 만들다』(이마 2017)에서 이렇게 말했다.

당시 경성부 토지 면적은 대략 1천만 평 정도였는데, 이 중 국공유지를 제외한 사유지는 대략 440만 평으로 전체의 44%에 이르렀다.

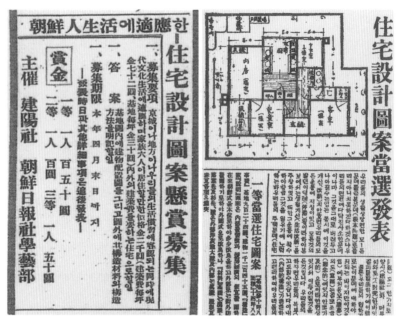

| 주택 설계안 188 현상 모집 광고(왼쪽)와 당선작 결과 발표(오른쪽) | 주택 붐이 일어나면서 새로운 도시형 한옥을 어떻게 지을 것인가가 사회적 과제로 떠올랐다. 조선인 생활에 적합한 주택 설계안 공모전 개최 또한 이러한 과제를 해결하기 위한 노력의 일환이었다.

이 중 조선인 소유는 약 159만 평인데 비해 일본인 소유 토지는 164만 평이 넘었다.

가회동 대형 필지는 북쪽 구릉지의 가회동천이 흐르는 계곡 동서에 있었는데 이는 대개 왕족과 권문세가의 소유였다. 총독부에서 토지조사 사업을 실시한 결과 1912년 북촌 일대 모필지가 1,732곳에 약 23만 평인데, 이 중 천 평 이상의 대저택은 46곳으로 전체 면적의 64%를 차지하고 있었다.(『북촌』, 서울역사박물관 2019)

이것을 작은 필지로 분할해 주택지로 개발한 것을 시중 은행, 토지신탁회사, 건축청부업자들이 사들여 도시 한옥의 대량생산을 주도했다.

| **북촌 한옥밀집지구** | 오늘날 우리가 볼 수 있는 한옥밀집지구의 풍경은 정세권의 건양사, 김동수의 공영사 등 도시한옥의 대량생산을 주도한 건축업자들의 작품이다.

이에 따른 건설업자들도 이미 많이 생겨났다. 1930년대엔 일본인 건설업자 수가 1,500명에 달할 정도로 일본 자본이 크게 진출해 관급공사를 독점하다시피 했다.

　당시 조선의 대표적인 건축업체는 정세권의 건양사(建陽社), 김동수의 공영사(公營社), 마종유의 마공무소(馬工務所), 오영섭의 오공무소(吳工務所), 이민구의 조선공영주식회사(朝鮮公營株式會社) 등이 있었다. 그중 정세권은 1929년 2월 7일자 『조선일보』에 주택을 판매하는 '방매가(放賣家)' 광고를 게재할 정도로 큰 사업가였다.

| 북촌 제4경을 볼 수 있는 곳 | 북촌로11나길 8-7번지에는 집주인이 '쉬는 곳'이라는 표지판을 붙여놓은 지점이 있다. 이곳 돌계단 위에 서면 북촌 제4경이 펼쳐진다.

개량형 한옥의 등장

주택 붐이 일어나면서 새로운 도시주택의 형태가 중요한 사회적 과제로 떠올랐다. 당시 주택은 일본식 주택, '문화주택'이라 불린 서양식 주택, 그리고 한옥이었다. 문제는 작은 규모의 도시형 한옥을 어떻게 지을 것인가였다. 언론에서는 이 문제를 계속 다루었다. 『동아일보』는 1923년 1월 1일자 「주택은 여하히 개량할가」, 1931년 3~4월에 연재된 박동진의 「우리 주택에 대하야」, 1932년 8월에 연재된 「주(廚, 주방)에 대하야」 등을 당면 과제로 실었다. 이때 건양사의 정세권은 다음과 같은 원칙을 말했다.

개량이라면 별것이 아니라, 종래 협착하던 정원을 좀더 넓게 하며, 양기가 바로 잘 들어와야 하고, 공기가 잘 유통되어 한난건습의 관계

192

| 북촌 제4경 | 좁은 면적에 맞추어 우리 전통 한옥의 구조를 미음자 구조로 압축한 개량한옥들이 머리를 맞대고 밀
집해 있음을 볼 수 있다.

등을 잘 조절하는 것입니다. 외관도 미술적인 동시에 편히 쓰기에 견
고하고 활동에 편리하며 건축비와 생활비 절감에 유의함이 본사(本
社)의 사명인가 합니다.

이런 건축의 이상을 위해 1929년 3월 정세권의 건양사는 『조선일보』
와 공동으로 '주택 설계도안 현상 모집'을 개최하여 600건의 응모작 중
당선작을 발표했다. 이런 아이디어를 종합하여 정세권은 하나의 표준
개량 한옥 설계도를 완성했고, 그 특징은 다음과 같다.

좁은 면적에 맞추어 효율적인 배치와 내부 구조의 변경을 통해 독립
채로 구성된 전통 한옥의 안채·사랑채·행랑채를 트인 미음자 형으로 압
축했다. 종래 한옥의 중정식 배치를 대청마루에 유리문을 달아 거실로
만들어 거실을 중심으로 방들이 모여 공간을 둘러싸는 중당식으로 바꾸

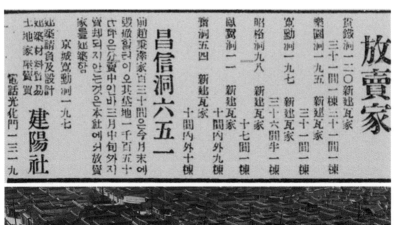

| **'방매가' 광고(위)와 개량 한옥들(아래)** | 건축업체 건양사를 운영한 정세권은 1929년 2월 7일자 『조선일보』에 주택을 판매하는 '방매가' 광고를 게재하였다. 아래 사진은 안암동의 옛 모습이다.

었다. 가회동 31번지 개량 한옥들은 이렇게 지어진 것이다(이경아 「정세권의 중당식 한옥에 대한 연구」, 『대한건축학회 추계학술발표대회 논문집』 2015).

가회동 31번지의 개량형 한옥 밀집지구를 가장 잘 볼 수 있는 곳은 북촌 4경인데 찾기는 쉽지 않다. 회화나무와 마주한 비탈길을 오르다가 오른쪽으로 꺾어 들어가서 북촌로11나길 8-7번지 대문 돌계단에서 내려다보이는 기와지붕들이 북촌 4경이다. 집주인이 친절하게도 '쉬는 곳'이라는 표지판을 붙여놓았다.

가회동 31번지

민영휘의 아들 민대식이 가지고 있던 가회동 31번지의 소유권은 1935년 9월 6일 광산왕 최창학이 설립한 대창산업주식회사에 넘어갔고, 대창산업은 32번지까지 구입하여 합필한 다음 필지를 분할해 판매했다. 정세권은 이를 1936년 말부터 사들여 남북 방향의 골목을 중심으로 순환체계를 갖추고 담장이 따로 없는 남향의 디귿자 형 평면의 개량 한옥을 지어 오늘날 보는 바와 같은 한옥밀집지구를 만들었다.

| 정세권 | 정세권은 가회동 31번지 일대를 사들여 조선인을 위한 근대적 주택개발에 힘쓴 큰 사업가이자 '건축왕'이었다.

이에 비해 가회동 11번지는 비교적 한옥의 다양성이 있다. 이곳은 한상억이 11번지부터 매입한 뒤 주변 10번지, 26번지 등을 대대적으로 사들여 4,339평의 대지를 확보하고 건축청부업자 이재현과 함께 개발한 곳이다. 북촌로와 계동길을 연결하는 도로를 개설하고 북촌로부터 순차적으로 개발했기 때문에 균등하게 분할하지 않고 지형과 도로에 맞게 나누어 자연스러움을 유지하고 있다. 이 가회동 31번지와 11번지 일대가

오늘날 관광객들이 찾아오는 한옥밀집지구다.

건축왕 정세권

정세권(鄭世權)은 1888년 경상남도 고성 하이면에서 태어났다. 진주 사범학교 3년 과정을 1년 만에 수료하고 졸업 직후인 1905년 참봉에 제수되었다. 1910년에 하이면 면장이 되었으나 2년 만에 사임하고 한동안 하이면에서 생활하다 1919년 서울로 올라와 1920년 9월 9일 건양사를 설립했다.

정세권은 사업가적 기질을 발휘해 경성 전역의 부동산 개발을 주도했다. 특유의 통찰력으로 토지를 매입해 대단위 부동산 개발 프로젝트를 기획 및 실행하며 도시 개발과 주택 공급에 영향력을 행사한 근대적 부동산 개발업자였다. 그는 1929년 『경성편람(京城便覽)』에서 매년 300여 가구의 주택을 신축했다고 밝혔다. 또 한옥을 더욱 개선하여 1934년에는 '건양주택'이라는 이름의 새로운 개량 한옥 브랜드를 만들어내고 그대로 건설했다. 당시는 개발업자들을 흔히 청부업자, 집장사라고 불렸지만 정세권은 북촌·익선동·성북동·혜화동·창신동·서대문·왕십리·행당동 등 서울 전역에 한옥 대단지를 건설하면서 '건축왕'이 되었다.

1920년대에 일제는 청계천 남쪽 지역에 급증하는 일본인을 모두 수용할 수 없게 되자 정부기관을 국공유지에 먼저 입지시킨 뒤 청계천 북쪽으로의 일본 세력 확장을 주도했다. 『동아일보』1927년 1월 5일자에는 당시 연희전문학교 이순탁 교수의 기고문이 실렸는데 "경성 조선인이 일본인보다 비록 3배가량 많이 있다 하더라도" "조선인의 경성이 아니라 일본인의 경성이다"라고 말할 정도였다.

이렇게 일본인들이 북촌으로 진출하려던 추세에 정세권은 도시형 개량 한옥을 대량으로 공급함으로써 조선인의 주거지역을 확보해 오늘날 북촌 한옥마을을 지켜낸 것이다. 그는 부동산 개발로 자수성가한 식민지 민족자본가이자 민족운동가였다. 당대의 지식인들과 교류하며 일제에 맞서 신간회·조선물산장려운동·조선어학회 등에 참여하며 언론인 안재홍, 국어학자 이극로 등과 동지적 관계를 유지했다.

조선물산장려운동은 명망가들의 계몽운동 차원에서 일어났지만 정세권의 참여로 실천력을 가진 운동으로 발전했다. 정세권은 낙원동 300번지에 조선물산장려회관을 지어 기증했고 재정을 담당했다. 또 이극로의 열정적 국어운동에 감명받아 화동 129번지에 조선어학회관을 지어주고 역시 재정적으로 지원했다.

이처럼 민족운동을 지원하면서 일제의 탄압으로 구금되어 고문을 받기도 하고 뚝섬의 토지 3만 5천여 평을 강탈당하기도 하면서 정세권의 주택사업은 자연히 쇠락의 길에 빠졌다. 8·15해방 이후에는 행당동에 거주했는데 한국전쟁 중인 1950년 9월 28일 서울수복 때 비행기 폭격으로 다리를 크게 다쳤다. 그리고 1950년대 말 고향 고성으로 낙향하여 지내다가 1965년 향년 78세로 세상을 떠났다. 금년(2022) 5월 3일 경남 고성군은 정세권의 생가를 정비한 준공식과 함께 전시회를 열어 그의 위업을 기렸다.

북촌의 명성을 위하여

가회동 31번지 일대의 북촌 8경을 거닐다보면 한옥밀집지구 옆 동네에는 금박연, 전통공예체험관, 한옥협동조합, 전통발효공방, 누비공방, 매듭공방 등 우리가 안으로 들어가볼 수 있는 한옥들이 많다. 이는 서울

| 우리가 들어가볼 수 있는 한옥 | ①계동 배렴 가옥 ②락고재 ③북촌한옥청 ④북촌문화센터(계동마님댁)

시가 한옥 30여 채를 보유하여 공공건물과 전통 공방으로 대여해준 것
이다. 계동에 있는 북촌문화센터는 '계동마님댁'이라는 번듯한 한옥을
매입해 사용하고 있다.

그 결과 북촌은 최근 20년 사이에 전통이 있는 한옥마을로 새로 태어
나 관광객들의 발길이 끊이지 않는다. 전통 한옥마을로서 북촌이 이룩
한 명성을 유지하고 더 발전시키기 위해서는 관(官)이 주도하는 것보다
북촌 사람들이 아름답게 가꾸는 것이 중요하다. 희망적인 사실은 그사
이 아름다운 한옥들이 북촌에 재탄생했다는 점이다.

서울시는 2016년부터 21세기 들어와 신축하거나 리모델링한 시내 한
옥 중 우수한 것을 골라 '서울 우수 한옥 인증제'를 시행하고 있는데, 첫
해에 가회동의 채연당·지우헌·가회동성당, 계동의 한옥 호텔인 락고재
등 14곳이 선정되었다.

한옥의 현대적 계승에 전념하고 있는 건축가들의 의미있는 성취가 가회동에서 많이 이루어졌다. 2007년 한국내셔널트러스트가 '아름다운 한옥'으로 선정했고 디자이너 양태오가 사무실과 살림집으로 쓰고 있는 능소헌과 청송재는 건축가 김영섭의 작품이다. 서울산업대 나성숙 교수의 봉산재, 건축가 최욱이 지은 가회동 오설록 티하우스, 건축가 황두진의 무무헌 등이 있다.

이 아름다운 한옥을 내부까지 구경하는 것은 많은 사람들의 바람이다. 이에 잡지 『행복이 가득한 집』은 2016년부터 '행복작당'이라는 오픈하우스 행사를 진행했다. 『행복이 가득한 집』 발행인의 가옥인 지우헌에서 출발해, 건축가들이 지은 한옥을 중심으로 하여 취죽당, 이음 더 플레이스 박실 작가의 한옥인 시리재, 한옥 호텔인 자명서실, 락고재 컬처라운지 애가헌, 노스텔지어 서울(히든재, 블루재, 힐로재) 등을 둘러보는 프로그램이다. 이 행복작당은 큰 호응을 얻어 지금도 해마다 열리고 있다.

이렇게 북촌의 한옥은 자기 변신을 이루며 한옥마을의 전통을 한편으로는 지키면서 한편으로는 재창조해나가고 있다. 이리하여 만보자는 북촌 답사의 소감을 이렇게 말한다.

"아! 아름다워라. 우리 한옥이여!"

고서점 거리의 책방비화

인사동이라는 곳 / 일제강점기 인사동의 탄생 /
태화관과 기미독립선언서 / 출판사와 서점의 등장 /
백두용과 전형필의 한남서림 / 이겸로의 통문관 /
해방공간과 한국전쟁 후 인사동 서점 /
1960년대의 인사동 고서점 / 고서점과 헌책방 /
인사동 서점의 단골손님들 / 나와 통문관

인사동이라는 곳

서울의 대표적인 문화예술의 거리는 인사동(仁寺洞)이다. 세계의 수도에는 한결같이 연륜을 자랑하는 독특한 문화예술 거리가 있다. 베이징의 류리창(琉璃廠)은 고미술품 상가로, 도쿄의 간다(神田)는 고서점 거리로, 뉴욕의 소호(SoHo)는 화랑가로, 파리의 생제르맹데프레(Saint-Germain-des-Prés)는 문학인들이 드나들던 카페로, 모스크바의 구(舊) 아르바트(Arbat)는 유서 깊은 건물에 기념품 가게가 가득한 차 없는 거리로 유명하다. 이에 비할 때 서울의 인사동은 그 모두가 한곳에 모여 있는 전통문화 거리다.

인사동의 남북으로 길게 뻗어 있는 큰길가에는 고서점, 고미술 상점, 화랑, 미술 전시장, 표구점, 필방, 화방과 전통 한지, 민예품, 공예품, 관

| 인사동 거리 | 서울의 대표적인 문화예술의 거리는 인사동이다. 남북으로 뻗어 있는 인사동길은 가볍게 S자로 굽어 있어 더욱 인간적 체취가 느껴진다.

광상품 가게들이 줄지어 있고, 동서로 실핏줄처럼 뻗어 있는 여러 갈래 골목길 안쪽에는 전통식당, 전통찻집, 카페, 실비집, 퓨전 맛집들이 즐비하다. 그리고 인사동 거리에는 이를 이용하는 내국인과 외국인 관광객들이 밤낮으로 가득하다. 외국인 관광객들은 문화예술의 전통과 현대가 공존하고 남녀노소로 가득한 이 거리를 구경하면서 볼거리가 너무도 많다며 '메니스 앨리(many's alley, 풍성한 거리)'라고 감탄을 발한다.

더욱이 인사동의 진면목은 사람 사는 살내음이 흥건히 배어 있는 공간으로 지금도 여전히 문화예술인들의 사랑방 역할을 하고 있다는 점이다. 고은 시인은 이런 인사동을 다음과 같이 노래했다.

인사동에 가면 오랜 친구가 있더라/얼마 만인가/성만 불러도/이름만 불러도 반갑더라/(⋯)오로지 빈손을 잡고/그냥 좋기만 하더라/

(…)/인사동에 오면/그런 날들 가슴에 묻어/고향 같은 골목들 그냥 좋기만 하더라/(…)/서로 나눌 지난날이 있더라//밤 이슥히 손 흔들어/헤어질 친구가 있더라(『인사동』)

이처럼 인사동 거리에는 항시 문예의 향기와 인간적 체취가 넘쳐난다. 인사동 거리의 이런 모습은 어느 날 갑자기 생긴 것이 아니다. 하나씩 하나씩 쌓이고 쌓여 오늘에 이른 것이다.

나이 드신 분들은 인사동에 있던 고서점들이 문을 닫고 화랑들이 떠난 자리에 카페와 관광상품 가게들이 들어서는 급격한 젠트리피케이션으로 문기(文氣)가 없어져가고 있음을 아쉬워하나, 젊은이들은 오히려 어르신들이 만들어놓은 문예의 향기 속에서 자신들을 맞이해주는 공간으로 이곳을 즐기고 있다. 이처럼 인사동은 세대에 세대를 거치면서 변하고 변하면서 오늘의 매력을 유지하고 있으니 가히 서울답사 일번지로 삼을 만하다.

인사동이라는 동네 이름

인사동은 지난 100년간 계속 변해왔다. 그렇기 때문에 인사동을 어느 시점에서 말하느냐에 따라 그 이미지가 다르다. 우선 인사동이라는 동네 이름부터가 그렇다. 우리가 인사동이라고 할 때는 통상 안국동 네거리(북 인사마당)에서 종로2가(남 인사마당)에 이르는 이른바 '인사동길' 좌우 골목 안 전체를 생각하지만 행정구역으로 인사동은 인사동 네거리 남쪽의 일부분일 뿐이다.

우리나라 동네 이름에는 법정동(法定洞)과 행정동(行政洞) 두 가지가 있다. 법정동은 전통적인 동네 이름으로 대부분 1914년 행정구역 개편

시 정해진 그대로 오늘에 이르고 있다. 행정동은 행정 편의상 몇 동네를 한데 묶은 이름이다. 한동안 이를 동회(洞會)라고 했는데 1960년대 후반부터는 행정동이라고 부른다.

인사동 지역의 법정동은 인사동 네거리 북쪽으로는 견지동, 관훈동, 경운동, 운니동이 있고, 남쪽으로는 공평동, 인사동, 낙원동이 있다. 이 모두를 아우르는 행정동은 종로1·2·3·4가동이다.

그러니까 사람들이 가장 많이 모이는 인사동길 북쪽 좌우는 관훈동이다. 언젠가 내가 즐겨 찾아가던 관훈고서방에서 친구인 이태호 교수에게 전화를 걸면서 '인사동 관훈고서방에 재미있는 고지도가 있으니 보러 오라'고 하자 이를 듣고 있던 고(故) 심충식(2010년 작고) 사장이 나에게 '이 동네는 관훈동이라 관훈고서방이라고 했는데 사람들은 꼭 인사동 관훈고서방이라고 부른다'며 빙그레 웃으시던 모습이 생각난다.

이런 관행은 1984년 도로명이 처음 제정될 때도 문제가 되었다. 인사동길은 종로2가 네거리(인사동 63번지)에서 안국동 네거리(관훈동 136번지)에 이르는 도로를 말하는데 이 길은 길이 700미터, 너비 12미터로 길이가 짧고 폭이 좁아 당시 가로명(街路名)을 붙이는 기준(길이 1,000미터, 너비 15미터)에 미달되었다. 그러나 이미 시민들이 관습적으로 불러온 대로 도로명을 부여하기로 해 '인사동길'이라는 이름이 붙여졌다. 옛날 같으면 어림없는 것인데 우리나라 행정이 이처럼 관습을 그대로 받아들일 정도로 유연해졌다는 것이 고맙다.

그리하여 동서로 뻗은 관훈동, 견지동의 작은 골목들에도 '인사동1길' '인사동10길' 등 일련번호가 부여되어, 고만고만한 맛집들이 들어서 있는 인사아트프라자 옆 골목은 '인사동8길', 민예품 가게가 몰려 있는 수도약국 동쪽 길은 '인사동10길'이 되어 있다. 이제는 인사동이 공식적으로 이 동네 전체를 아우르는 대표 이름으로 자리를 굳히게 된 것이다.

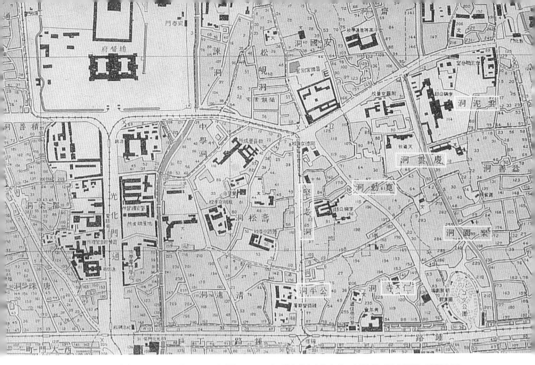

| 〈경성시가도〉 |　1927년 조선총독부가 제작한 1:7,500지도인 〈경성시가도〉에 표시된 운니동, 경운동, 관훈동, 견지동, 낙원동, 인사동, 공평동.

　　그러면 사람들이 왜 관훈동, 견지동을 통상 인사동이라고 부르게 되었을까. 그것은 지금 같은 전통문화 거리로 출발한 것이 법정동 인사동에서 시작되었기 때문이다.

조선시대의 관훈방과 견지방

　　조선왕조 시대 한양의 행정구역은 오늘날 구(區)에 해당하는 부(部)로 구분하여 동부·서부·남부·북부·중부 등 5부로 나뉘어 있었다. 그리고 각 부는 오늘날 동(洞)에 해당하는 방(坊)으로 동네를 나누었는데, 그때 이 지역은 중부의 관인방(寬仁坊)과 견평방(堅平坊)이었다. '인사방'이라는 이름은 없었다.

　　관인방과 견평방은 경복궁과 창덕궁 사이의 남쪽에 위치하는 도심에

| 우정총국 | 1884년 10월 견지동 조계사 옆에 우리나라 최초의 우편 업무 관청인 우정총국이 들어선 건물이다.

해당되어 관공서와 양반 저택, 그리고 시장이 들어서 있었다. 관공서로
는 공신(功臣) 관련 업무를 관장하는 충훈부(忠勳府, 관훈동 130-3번지)가
관훈방에 있었고, 궁중회화를 전담하는 도화서(圖畵署, 견지동 39-7번지)와
궁중의 의약에 관한 일을 관장하는 전의감(典醫監, 견지동 39-7번지)이 견
평방에 있었다. 또 개화기로 들어와서는 1884년(갑신년) 10월에 우리나
라 최초의 우편업무 관청인 우정국(郵政局)이 견지동 조계사 옆에 세워
졌다.

　양반집으로는 지금은 사라졌지만 율곡 이이의 집(인사동 137번지), 정암
조광조의 집(낙원동 9번지), 종두법을 시행한 지석영의 집(낙원동 12번지), 충
정공 민영환의 집(견지동 27-2번지) 등이 있어 집터 앞에 작은 표지석이 세
워져 있다.

　현재 남아 있는 옛 한옥으로는 휘문고등학교를 세운 민영휘가 아들

206

| **민병옥 가옥** | 인사동에 몇 남지 않은 옛 한옥으로 이 집을 개조해 '민가다헌'이라는 레스토랑이 운영되기도 했으나 현재는 문을 닫았다.

민병옥을 위해 지어준 민가다헌(閔家茶軒, 경운동 66-7번지)과 철종의 사위로 개화파 인사였던 박영효의 저택이 남산 한옥마을로 옮겨진 뒤 그 자리에 새로 지은 경인미술관(관훈동 30-1번지)이 있을 뿐이다.

일제강점기 인사동의 탄생

갑오개혁 이듬해인 1895년에 행정구역을 대대적으로 개편할 때 동네를 잘게 쪼개면서 이 지역은 원동(園洞)·대사동(大寺洞)·승동(承洞)·탑동(塔洞)·이문동(里門洞)·향정동(香井洞)·수전동(水典洞) 등으로 나누어졌다.

대사동은 원각사(현 탑골공원)라는 큰 절이 있었기 때문에 붙여진 이름이고, 향정동은 향나무가 있는 우물이 있어서 생긴 이름이다. 승동에는

1893년 미국인 선교사 무어(S. F. Moore)가 세운 승동교회(인사동 137번지)가 지금 그대로 있다. 이문동은 풍속사범을 다루는 이문(里門)이라는 관아가 있었던 동네인데 그 무렵 문을 연 이문설농탕(견지동 88번지)은 지금도 건재하며 120년 전통을 자랑하고 있다.

그러다 1910년 일제강점기로 들어서면서 1914년, 전국의 행정구역을 대대적으로 개편할 때 이 지역은 크게 견지동, 관훈동, 인사동으로 개편되었다. 이때 처음 등장한 인사동이라는 이름은 기존 관인방의 인(仁)자와 대사동의 사(寺)자를 조합해서 생긴 것으로, 인사동 네거리의 동쪽 낙원동까지 포괄하는 넓은 지역이었다.

태화관

일제강점기 초기 인사동의 가장 큰 명소는 태화관(泰和館)이었다. 태화관은 인사동 네거리를 동서로 관통하는 인사동5길의 서쪽 들머리에 있는 태화빌딩 자리에 있었다. 태화관은 대한제국 시절에 궁내부 전선사장(典膳司長)으로 궁중음식과 왕실 잔치를 도맡았던 안순환(安淳煥, 1871~1942)이 운영한 요릿집이었다.

안순환은 1910년 강제 한일합병으로 조선왕조가 멸망해 궁에서 나오게 되자 지금의 동아일보사 자리에 2층 양옥을 짓고 명월관(明月館)이라는 국내 최초의 유흥 음식점을 차렸다. 대단한 호황을 누리던 중 명월관이 불타면서 1918년에 이 자리로 옮겨온 것이다.

본래 이 집은 헌종의 후궁인 경빈 김씨가 헌종 사후 궁에서 나와 살면서 순화궁(順和宮)으로 불리던 곳으로 1907년 경빈 김씨 사후 흥선대원군의 사위이자 이완용의 형인 이윤용이 한동안 살았다. 그러다 1911년 이완용이 매입하여 살다가 1913년 옥인동 저택이 완공되어 그리로 이

| 태화관 | 일제강점기 초기 인사동의 가장 큰 명소는 안순환이 운영한 요릿집 태화관(泰和館)이었다. 태화관은 인사동 네거리를 동서로 관통하는 인사동5길의 서쪽 들머리에 있는 태화빌딩 자리에 있었다.

사하면서 세놓은 것을 1918년에 안순환이 들어와 태화관을 차린 것이었다. 전하기로는 이완용은 집에 벼락이 떨어져 놀라서 급히 이사했다고 한다.

기미독립선언서

태화관은 1919년 3월 1일 오후 2시 민족대표 33인(지방에 있는 4인은 불참)이 기미독립선언서를 낭독한 기념비적인 장소이다. 이날 태화관을 예약한 것은 손병희(孫秉熙, 1861~1922)였다. 손병희에게는 몇 해 전에 후처로 들인 기생 출신 주옥경(朱鈺卿, 1894~1982)이 있었는데 그녀는 14세에 평양기생학교에 들어가 기예를 배우고 19세에 서울로 올라와 명월관에서 근무했다. 기명은 산월(山月)이었다.

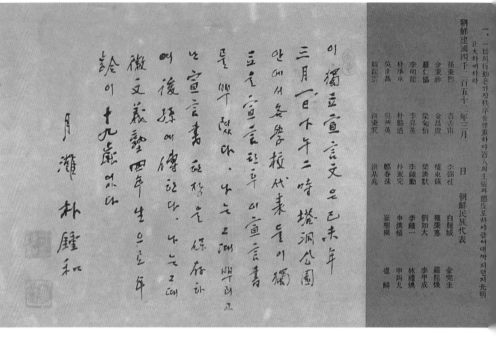

| **기미독립선언서** | 1919년 3월 1일 오후 2시 민족대표 33인은 태화관에서 기미독립선언서를 낭독했다. 월탄 박종화가 자필로 쓴 부전지가 붙어 있는 기미독립선언서 초판 원본이다.

　　주옥경은 마음씨가 곱고 노래와 서화에 능해 손님들의 귀염을 받았다고 한다. 그는 기둥서방이 없는 기생 모임으로 무부기(無夫妓) 조합을 만들어 초대 회장을 맡았다. 그리고 21세 되는 1914년에 손병희와 결혼해 명월관을 떠났지만 그런 인연으로 손병희는 태화관 사교1호실을 무리 없이 집결 장소로 잡은 것이다.

　　독립선언 시각인 오후 2시가 가까워지자 손병희는 태화관이 일본경찰에게 피해를 입지 않도록 최린(崔麟)을 시켜 안순환이 직접 조선총독부에 전화를 걸어 "민족대표 일동이 태화관에서 독립선언식을 거행하고 지금 축배를 들고 있다"고 고발하게 했다. 그리고 오후 2시 만해(萬海) 한용운(韓龍雲)의 선언서 낭독에 이어 손병희의 선창으로 "대한독립

만세"를 제창했다. 그리고 전화를 받고 급히 달려온 80여 명의 일본 경찰에게 모두 연행되었다.

기미독립선언서는 35,000부를 찍었는데 첫 문장 "오등(吾等)은 자(玆)에 아(我) 조선의 독립국임과 조선인의 자주민임을 선언하노라"에서 조선(朝鮮)이 '선조(鮮朝)'로 잘못 인쇄되어 재판(再版) 때는 이를 바로잡았다. 현재 기미독립선언서 초판 원본은 몇 부가 전하고 있는데 그 중에는 월탄(月灘) 박종화(朴鍾和)가 자필로 다음과 같이 쓴 부전지가 붙어 있는 것이 유명하다.

이 독립선언문은 기미년 3월 1일 하오 2시 탑동공원 안에서 각 학교 대표들이 독립을 선언한 후 이 선언서를 뿌렸다. 나는 그때 뿌리고 난 선언서 한 장을 보존하여 후손에 전한다. 나는 그때 휘문의숙 4년생으로 연령이 19세였다. 월탄 박종화

태화관 건물은 3·1운동 2개월 뒤인 5월 화재로 소실되었다. 이어서 6월에는 독립선언서를 인쇄한 보성사(普成社, 조계사 극락전 앞마당 회화나무 부근)도 화재로 불타버렸다. 일본경찰은 실화라고 발표했지만 그걸 믿는 사람은 없었고 모두 일제의 방화에 의한 것으로 의심했다. 보성사 터 인근 수송공원에는 보성사 사장 이종일이 기미독립선언서를 손에 쥐고 있는 동상이 세워져 있다.

손병희는 수감생활 중 뇌일혈로 쓰러져 10월에 병보석으로 출옥했으나 병석에 있다가 2년 뒤인 1922년 5월에 세상을 떠났다. 28세 나이에 남편을 잃은 주옥경은 내수단(內修團)이라는 천도교 여성단체를 만들고 계몽운동을 펼치다가 1927년 손병희의 셋째 사위인 소파 방정환의 권유로 일본에 유학하고 귀국 후 천도교 포교와 여성운동에 전념해 광복회 부회장, 천도교 종법사 등을 역임했고 1982년 88세로 세상을 떠났다.

인사동 일대는 태화관 이외에도 3·1운동의 발상지인 탑골공원, 천도교의 총본산 천도교 중앙대교당, 3·1운동 때 학생들이 만세운동을 벌였던 승동교회 등 3·1운동의 자취가 여럿 있다.

태화빌딩 앞에는 '3·1 독립선언 유적지' 안내 표지판이 있으며 2019년에는 3·1운동 100주년을 맞이하여 천도교·기독교·불교 종교인 연합으로 세운 기념비가 있다. 그리고 태화빌딩과 하나로빌딩 사이에는 순화궁 표지석이 있으며 하나로빌딩 안으로 들어가면 로비에 '서울의 중심점 표지석'이 있다. 이는 한양도성 사대문 안의 정중앙 지점이라는 것을 널리 알리기 위해 1896년(건양 원년)에 표석을 세운 것이다.

| 3·1운동 100주년 기념비와 서울의 중심점 표지석 | 태화빌딩 앞에는 3·1운동 100주년 기념비가 있으며 하나로 빌딩 로비에는 1896년에 세운 서울의 중심점 표지석이 있다.

출판사와 서점의 등장

일제강점기 초창기의 신문화 거리는 일본인들이 혼마치(本町)라 부른 오늘날의 충무로를 중심으로 형성되었다. 이곳에 골동상(고미술상), 문방구, 지물포, 서점 등이 모여 있었다. 이것이 점차 회현동, 남대문로, 광교, 종로, 인사동으로 퍼져갔다.

성모병원 초대 원장으로 아름다운 백자를 수집해 국립중앙박물관에 기증하신 수정 박병래 박사가 『백자에의 향수』에서 증언하기를 당시 고미술상은 충무로와 회현동에 모여 있어 퇴근 후 10여 가게를 두루 돌아보고 나면 이병직, 이한복 등 애호가들은 광교에 있던 장택상의 집에 모여 하루 수집한 것을 함께 품평하곤 했다고 한다.

신문화운동 초기 출판사와 서점도 을지로, 광교에 자리 잡고 있었다.

| **한성도서주식회사와 한남서림** | 백관수의 『경성편람』에 실린 한성도서주식회사(왼쪽)는 고서와 신서를 모두 취급하고 출판을 겸하기도 했다. 백두용의 한남서림(오른쪽)은 인사동 서점가의 상징이었다.

대표적인 근대 출판사는 을지로의 신문관(新文館, 을지로2가 11번지)과 광교의 회동서관(滙東書館, 남대문로1가 18번지)이다.

신문관은 육당 최남선이 1908년에 설립한 출판사다. 최초의 근대 잡지 『소년(少年)』과 『청춘(靑春)』을 창간했고, 최초의 문고라 할 육전(六錢)소설과 십전(十錢)총서를 발간하며 우리 문화 계몽사업에 열성을 보였다. 그리고 1910년에는 최남선과 박은식이 중심이 되어 조선광문회를 설립하고 고전문학과 역사 연구를 추진해 『삼국사기(三國史記)』 『동국통감(東國通鑑)』 등 우리 고전을 간행했다.

회동서관은 고제홍이 '고제홍 서사'란 이름으로 시작한 서점을 1907년에 아들 고유상이 물려받으면서 '회동서관'으로 이름을 바꾸고 출판업도 시작한 민간 출판사이자 서점이었다. 회동서관은 이해조가 번역한 『화성돈전(華盛頓傳)』(조지 워싱턴 전기)의 출간을 시작으로 1927년까지 간

| 육전소설들 | 육당 최남선은 1908년에 신문관을 설립하고 저렴한 문고판이라고 할 육전소설과 십전총서를 발간하며 우리 문화 계몽사업에 열성을 보였다.

행한 책의 종수가 201종이 확인될 정도로 출판활동을 통한 신문화운동의 기수로서 일익을 담당했다. 특기할 만한 사항은 고전소설을 제외한 모든 출판물들은 출판계약에 의거해 인세를 지불했다는 점이다.

이 출판사와 서점 들이 이내 인사동 쪽으로 내려오기 시작했다. 충무로에 있는 서점들은 대개 일본인들이 경영하는 일본서적 전문이었지만 인사동에는 우리나라 책을 전문으로 하는 서점들이 속속 들어와 1920년대로 들어오면 인사동에는 서점들이 10여 곳을 헤아리게 된다.

인사동의 조선인 서점상

백관수가 펴낸 『경성편람』(홍문사 1929)에 실린 인사동, 관훈동, 견지동의 조선인 서점은 다음과 같다(주소는 당시 번지).

| **『경성편람』의 서울 지도** |　경성(서울)의 모든 상점을 품목별로 빠짐없이 소개한 백관수의 『경성편람』에 실린 서울 지도에는 인사동길이 명확히 대로로 되어 있다.

조선도서 주식회사(견지동 60), 한성도서 주식회사(견지동 32), 주식회

사 이문당(관훈동 130), 대창서원(견지동 80), 문광서림(관훈동 28), 한남서

림(관훈동 18), 시문학회(인사동 63).

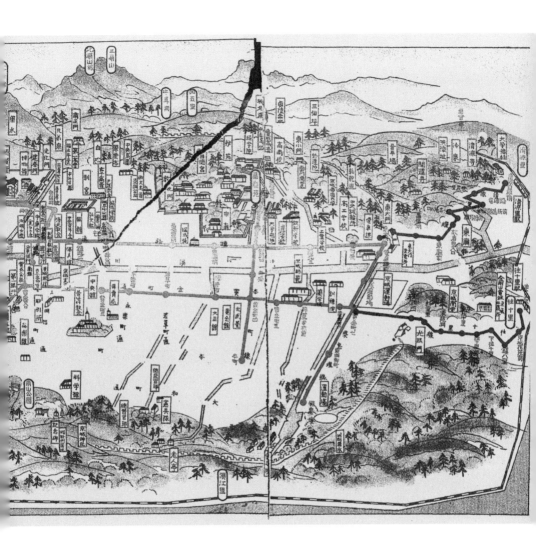

　이 서점들은 고서와 신서를 모두 취급하고 출판을 겸하기도 했다. 대
표적인 예가 한성도서 주식회사이다. 한성도서는 1920년 3월에 이봉
하·장도빈 등이 설립했다. 당초 일간신문의 발간을 계획했으나 허가를

받지 못하자, '우리의 진보와 문화의 증장을 위하여 시종 노력하기를 자임하노라'는 선언과 함께 일반 도서 출판과 잡지 발행으로 목적을 바꾸었다. 여기에서 최남선의 『백두산 근참기(白頭山覲參記)』, 김동환의 『국경의 밤』 등 수많은 문학작품과 일반 서적이 출간되었다. 그러나 한성도서는 1946년 1월에 화재를 입은데다 이승만 대통령 시절에 정부에서 해방 전의 저작권을 모두 무효화시키면서 또 큰 타격을 입어 1956년까지 종로에서 서점만 유지하다 끝내 재기하지 못하고 문을 닫았다.

1925년 무렵이면 우리가 지금 걸어다니는 인사동길로 흐르던 개천이 복개되어 본격적으로 상가가 들어서기 시작한다. 본래 북악산에서 정독도서관이 있는 화동을 거쳐 덕성여고와 서울공예박물관(옛 풍문여고 터), 안국동 네거리를 지나 관훈동, 인사동을 관통해 종로2가까지 흐르는 안국천이라는 개울이 있었다.

이 개울이 복개되어 큰 도로로 바뀐 정확한 연대는 확인되지 않는다. 다만 서울역사박물관 박현욱 학예실장의 조사에 따르면 조선총독부에서 실시한 '서울시 제1기 하수도 개수 계획'(1919~24) 때 청계천의 지천 대부분이 암거화된 것으로 보인다(『조선토목사업지』, 조선총독부 1937, 1240면). 그리하여 1917년 서울 지도를 보면 안국천은 물길이 선명하게 보이지만 1924년 지도에서는 동쪽에 배수로만 표시되어 있고 가운데는 도로로 나타나 있다. 그리고 당시 서울의 모든 상점을 품목별로 빠짐없이 소개한 『경성편람』에 실린 서울 지도에는 인사동길이 명확히 대로로 되어 있다.

백두용과 전형필의 한남서림

인사동길에 들어선 고서점 중 기념비적인 서적상은 한남서림이다. 한남서림은 1910년경 백두용(白斗鏞, 1872~1935)이 문을 연 서점으로 고서만을 전문적으로 다루었고 우리나라 역대 명인들을 유형별로 소개한 『동국문헌록(東國文獻錄)』(상하 2책, 1918), 역대 명필의 필적을 모은 『해동역대명가필보(海東歷代名家筆譜)』(전6권, 1926)를 비롯해 많은 고전들은 펴냈다.

특히 간송(澗松) 전형필(全鎣弼, 1906~62)은 이곳을 통해 많은 고서화를 수집했다. 간송은 거상의 후예로 잡지 『삼천리(三千里)』에서 발표하는 국내 고소득 순위에 언제나 10위 안에 드는 재력가였다. 1930년 와세다대학 졸업 후 위창 오세창의 지도하에 우리 문화재 수집에 전념했는데, 1933년에 겸재 정선의 화첩인 〈해악전신첩(海嶽傳神帖)〉(보물 제1949호)을, 1934년에 혜원 신윤복의 화첩인 〈혜원전신첩(蕙園傳神帖)〉(국보 제134호)을 이곳 한남서림에서 입수했다(이민희 『백두용과 한남서림 연구』, 역락 2020).

백두용이 세상을 떠난 이듬해인 1936년, 간송은 한남서림을 인수해 오세창이 길러낸 문화재 중개상 이순황에게 경영을 맡기고 본격적으로 고서화를 수집하는 창구로 삼았다. 간송문고의 약 10,000권 고서는 이때 수집한 것이라고 한다.

그리고 1943년, 간송은 한남서림을 인수한 덕분에 마침내 『훈민정음해례본(訓民正音解例本)』이라는 국보 중의 국보를 손에 넣게 되었다. 그때 중개상은 값으로 1천 원을 요구했는데 당시 1천 원은 서울의 큰 기와집 한 채 값이었다고 한다. 이에 간송은 이 작품의 가치는 그 정도가 아니라며 "내가 그 10배인 1만 원과 자네 수고료로 1천 원을 얹어줌세"라고 하고는 1만 1천 원을 지불했다고 한다. 한남서림은 1959년에 매각되어 현재 그 자리에는 '명신당필방'이라는 문방사우 전문점이 들어서 있다.

| **이겸로 선생** | 내가 처음 통문관을 찾아간 것은 1960년대 말 대학생 때였다. 한국미술사를 전공하면서 조선시대 화가들의 전기를 쓰기로 마음먹고 통문관에 열심히 드나들던 나를 선생은 기특하게 생각하고 과분한 은혜를 베푸셨다.

이겸로의 통문관

1930년대로 들어오면 인사동의 서점가 역사에서 중추적 역할을 하는 통문관(通文館)의 산기(山氣) 이겸로(李謙魯, 1909~2006)가 인사동에 등장한다. 이겸로는 평안남도 용강 출신으로 15세에 서울로 와 종로의 일본인 서점에 취직해 10년 정도 일하다가 25세 때인 1934년에 지금의 수도약국 자리에서 한 일본인이 경영하던 금문당(金文堂)이라는 서점을 인수하고는 상호를 금항당(金港堂)이라고 바꾸었다.

산기 선생 살아생전에 내가 '금항당이 무슨 뜻입니까'라고 묻자 빙그레 웃으시면서 빚을 내어 서점을 인수하긴 했는데 간판을 새로 달 돈은 없고, 그렇다고 금문당이라고 그대로 둘 수는 없어 문(文)만 항(港) 자로 바꾼 것인데 획이 많은 글자를 달아야 고친 자국이 남지 않아 항으로 바꾸었을 뿐이었다고 하며 웃으셨다. 그리고 한국전쟁 후 피난에서 돌아

| 1934년 스물여섯 살에 통문관을 연 이겸로 선생 |

온 뒤 지금 자리에 있던 한옥에 다시 문을 열면서 통문관이라고 이름을 내걸었다.

산기 선생은 단 한번도 학자 티를 내지 않고 언제나 자신을 '통문관 주인'이라고 칭했지만 불세출의 서지학자셨다. 서지학자로서 산기 선생의 모습은 그의 저서 『통문관 책방비화』(민학회 1987)에서 여실히 볼 수 있다.

산기 선생은 전문 학자가 없던 시절에 우리나라 고활자·목판화·능화판(菱花板)·시전지(詩箋紙)를 모아 이를 하나의 장르로 제시하셨다. 영남대 박물관이 자랑하는 한국의 고지도 800여 점과 능화판 200여 점, 그리고 희귀 고활자본들은 바로 통문관 컬렉션을 당시 이선근 영남대 총장이 인수한 것이다.

그리고 선생은 민족문화 창달이 우리의 길이라고 믿고 살아온 심지군은 민족주의자셨다. 그래서 8·15해방이 되자 첫 책으로 절판된 이윤재의 『성웅 이순신』을 복간(1946)했고, 고유섭의 『한국미술사 급 미학논고(韓國美術史及美學論攷)』(1963)를 비롯한 많은 국학 서적을 간행하기도 했다. 1967년 통문관은 영남대에 매각한 유물 대금으로 지금의 5층 건물을 지으면서 2층은 국학자들의 사랑방으로 삼았다. 그래서 국어국문학회가 통문관에서 출범했다. 그리고 산기 선생은 뜻있는 젊은이들과 함께 민학회(民學會)를 만들어 대표를 맡기도 했다.

해방공간과 한국전쟁 후 인사동 서점

8·15해방은 인사동 서점가에 엄청난 호황을 불러 일으켰다. 해방과 동시에 어머어마한 양의 책이 간행되어 서점으로 쏟아져 들어왔다. 검열 때문에, 그리고 한국어 사용 금지로 암흑기를 보냈던 문화인들의 욕구가 일시에 폭발한 것이다. 당시의 상황은 『동아일보』 1946년 3월 23일자에 소오생(小梧生)이라는 필명으로 실린 다음 글에 잘 나타나 있다.

8·15 이후의 장관은 실로 유흥계와 쌍벽으로 출판계였다. (…) 입이 있어도 말을 못 하였고, 붓이 있어도 글을 못 써온 40년 통한이 뼈에 사무쳤거든, 자유를 얻은 바에야 무엇을 꺼릴 것인가? 눌렸던 것이 일시에 터진 것이니 세고당연(勢固當然, 진실로 당연한 형세)이라, 한동안 그대로 방치해 무방하리라.

실로 무수한 명저들이 이때 출간되었다. 시집·수필집·소설·평론·이론서 가릴 것 없이 하루에도 몇 십 권씩 신간이 나오는데 당시 출판의 유통 구조는 허약했고 서점은 인사동에 집중되어 있었으니 호황을 누릴

| **1970년대의 인사동 거리** | 1960년대까지 인사동은 고서점의 거리였고 70년대에 화랑이 들어서면서 그 문예의 향기는 더욱 다채로워졌다.

수밖에 없었다. 이때 나온 책들의 중요한 특징 중 하나는 종이의 질이 나쁘다는 것이다. 속칭 '말똥종이'라고 하는 마분지에 인쇄된 것이 많았다. 그나마도 1946년 후반에는 용지난이 더욱 심해지고 출판 비용도 급격히 상승했기 때문에 호기 있게 창간한 100여 개의 잡지들이 대부분 2호를 못 내고 폐간되었다.

그러나 이런 서점가의 호황은 1950년의 한국전쟁으로 끝나고, 서점들은 갖고 있던 재고들이 잿더미가 되어 전 재산을 잃어버리고 말았다. 그리고 3년 뒤인 1953년 7월 휴전협정이 이루어진 뒤 인사동 서점가는 폐허 속에서 다시 출발하게 되었다. 이번에는 책들이 폐지처럼 부대 자루에 실려 인사동으로 쏟아져 들어왔다고 한다. 그런 쓰레기 속에서『월인석보(月印釋譜)』『월인천강지곡(月印千江之曲)』같은 보물을 찾아내기도 했다.

| **1980년대의 인사동 거리** | 1980년대부터 인사동을 드나들기 시작한 외국인 관광객들은 이곳을 '매니스 앨리'라고 부르며 민예품을 즐겨 사가곤 했다.

인사동 고서점 · 필방 · 표구사

1960년대로 들어서면서 인사동은 고서점의 거리로 다시 회복되었다. 안국동 네거리부터 시작해 학예사·통문관·승문각·영창서관·문고당·한국서적센타·고문당 등등이 줄지어 들어섰고 1970년대엔 호고당·시산방, 1980년대엔 관훈고서방·문운서림 등이 뒤를 이었다. 화랑의 등장은 1970년 현대화랑이 처음이니 1960년대에는 아직 화랑이 없었지만 통인가게·고옥당을 비롯한 고미술상, 구하산방·동양당필방 등 필방과 박당표구·상문당·동산방·아주세화사 등 표구사들이 자아내는 문예의 향기가 고서점들이 풍기는 문기와 함께 인사동을 품위있는 거리로 만들었다.

무엇보다도 인사동을 찾아오는 분들은 대개 책을 사러 나오는 학자

| ①관훈고서방 옛 모습 ②문우서림의 김영복 대표와 민속학자 심우성 ③예나르의 양의숙 한국고미술협회장 ④명신당필방 |

분이거나 화구와 표구를 맡기는 화가, 고미술상을 찾는 애호가 들이었다. 이런 분위기는 1970년대에 들어와 '미술 붐'과 함께 절정에 달하는데 1960년대까지는 어디까지나 고서점의 거리였다.

그렇다고 인사동 서점들이 고서만 취급한 것이 아니었다. 신서만 파는 서점도 있었고 신구 가리지 않고 파는 서점도 있었다. 실질적으로는 중·고등학교 교과서와 참고서 판매가 가게 운영의 주요 수입원이기도 했다. 요즘 젊은이들은 잘 모르는 가난한 시절의 얘기인데 그때는 새 학년 교과서를 살 형편이 안 되는 사람은 헌 교과서를 사는 일이 많았다.

그런데 당시 서울의 중·고등학교는 거의 다 인사동 인근에 모여 있었다. 풍문여고·덕성여고·경기고·중앙고·대동상고·휘문고 등이 북촌에 있었고, 조계사 서쪽 동네인 수송동에는 중동고·숙명여고·수송공고가 있었다. 청운동에 있는 경복고와 경기상고, 세종로 네거리 가까이 있는 경기여고·이화여고·서울고, 내수동의 보인상고까지, 헌 교과서를 사려면 학생들은 모두 인사동으로 왔다.

그래서 서점 장사는 학기초마다 6개월 치 벌이를 다 했다고 한다. 이처럼 헌 교과서로 공부할 수밖에 없던 일은 내가 중·고등학교를 다니던 1960년대에도 비일비재했다. 그런 와중에 못된 녀석은 집에서 새 교과서 대금을 받고는 헌책을 산 다음 차액을 챙기기도 했다. 그러다 1960년대에 청계5가와 6가 사이에 '헌책방'이 대대적으로 들어서 싸게 파는 바람에 인사동 고서점에서는 교과서 헌책을 파는 일이 없어지게 되어 다시 '고서점'으로 품위를 유지하게 되었다.

고서점과 헌책방

고서점과 헌책방에 대해서는 재미있는 얘기가 있다. 농부 철학자 윤구병(尹九炳)은 9형제 중 막내로 형님이 일병이부터 팔병이까지 있는데, 바로 위 윤팔병(尹八炳, 1941~2018)은 본래 밑바닥 인생을 전전한 넝마주이의 왕초이자 빈민운동의 대부였다. 그러나 그는 독학으로 한문과 일어를 익혔고 사회과학서도 많이 독파해 인생관과 사회관이 뚜렷했다. 그리고 학생운동 하다 수배당해 도망다니는 속칭 '도발이'들을 먹여주고 재워주고 용돈도 준 의리로 유명하다.

윤팔병은 1985년 넝마주이 70여 명을 데리고 강남의 10여 개 아파트 단지에서 나오는 재활용품을 모으는 넝마공동체 작업장을 열었다. 어느 날 그가 그림마당 민으로 나를 찾아왔다. 넝마를 인간 취급하지 않아

| 『넝마공동체』 창간호와 윤팔병 | 윤팔병은 1985년 넝마주이 70여명을 데리고 재활용품을 모으는 넝마공동체 작업장을 열었고 『넝마공동체』라는 잡지를 창간했다. 『넝마공동체』 창간호 표지는 이철수의 채색 목판화 〈거인의 아침〉이 장식했다.

『넝마』라는 잡지를 내려고 하는데 표지화 좀 추천해달라는 것이었다.

그래서 민중미술 그림 중 강렬한 이미지를 하나 골라주었더니 즉각 '그림에 서정성이 없다'고 싫다며 컬러가 있는 걸 원했다. 그래서 박불똥의 컬러 사진 작품을 보여주었더니 "불똥이는 좀 관념적이구먼" 하고 또 거절했다. 그래서 결국 이철수를 추천해 그가 그린 〈거인의 아침〉이라는 채색 목판화가 『넝마』 창간호를 장식했다.

확실히 철학과 인생이 있는 분이었다. 이후 나는 그를 '팔병이형'이라고 불렀는데 1990년대 어느 날 강남의 영동고등학교 앞을 지나다가 '고서집'이라는 서점이 있어 들어가보았더니 팔병이 형이 주인 책상에 앉아 있는 것이었다.

반갑게 인사하고 무슨 책이라도 하나 사드리고 싶었지만 참고서, 잡지, 싸구려 소설들로 꽉 차 있고 내가 볼 책은 없었다. 그래서 그냥 인사

만 드리고 가려는데 팔병이형 뒤쪽 책꽂이에 서울대 도서관에서 규장
각 소장본을 영인본으로 펴낸 두툼한 장정의 『국조인물고(國朝人物考)』
3책이 꽂혀 있는 것이었다.

그래서 내가 "형님, 저 책이나 내가 사드리고 싶은데요" 하니 정색을
하고 안 판다는 것이었다. 그래서 "내가 값을 후하게 쳐드릴 건데요" 했
더니 팔병이형은 찬찬히 이렇게 말했다.

"여보게, 자네가 보다시피 여기 있는 책들은 수준이 낮아요. 그래서
손님이 잘 보이는 내 머리 위에 이 거룩한 책을 꽂아둔 거예요. 이게 있
으면 '고서점'이고 이게 없으면 '헌책방'이 되는 거야. 뭘 좀 알고나 산다
고 해."

윤팔병 형의 생애 마지막 직함은 '아름다운 가게 이사'였다.

인사동 서점의 단골손님들

인사동 고서점에 드나드는 단골손님은 크게 세 부류로 나뉜다. 첫째
는 국학 관계 학자들이다. 국어국문학의 이희승·이병기, 역사학의 김상
기·이선근·이홍직·민영규·김약슬·김용섭, 한학의 임창순, 동양철학의
안병주, 미술사의 황수영·최순우·진홍섭·김원용 등등 내가 굳이 직함
이나 저서를 말하지 않아도 대개 다 알 만한 학계의 원로들로 지금은 거
의 타계하셨다. 이분들이 인사동 서점가에서 구입한 책들은 가람문고
(이병기), 일석문고(이희승), 동빈문고(김상기), 신암문고(김약슬) 등의 이름으
로 여러 대학 도서관에 소장되어 있다.

둘째는 서지학자, 애서가, 장서가들이다. 김두종 박사의 『한국고인쇄

기술사(韓國古印刷技術史)』『한국의학사(韓國醫學史)』는 인사동에서 구입한 수천 권의 자료를 바탕으로 저술된 것이다. 이 자료들은 한독의약박물관에 기증되었다.

장서가 남애 안춘근은 장서 만 권(고서 7천 권, 신서 3천 권)을 한국정신문화연구원(현 한국학중앙연구원)에 기증했다. 태평로에 있던 성암고서박물관은 조병순이 20여 년간 고서 수집에 몰두해 1974년에 설립한 박물관인데, 고서적이 3만여 권, 고문서가 3만 점이나 됐다. 이분들은 이 많은 책을 모두 인사동 고서점에서 구입했으니 그 발길이 얼마나 바빴겠는가.

세번째 부류는 근현대사를 전공하는 역사학자와 국문학자 들이다. 이분들은 일제강점기와 해방공간에서 간행된 금서들과 잡지들을 열심히 찾아다녔다. 그것은 곧 논문을 위한 사료 수집이기도 했다. 내가 인사동 서점에서 가장 많이 만난 분은 성균관대 임형택 교수였다.

나와 인사동 고서점

나는 대학 2학년 때인 1968년부터 인사동 서점가에 드나들었다. 처음에는 8·15해방 되던 을유년에 창립한 을유문화사에서 '조선문화총서'(훗날 '한국문화총서'로 개명)로 펴낸 고유섭의 『조선탑파의 연구』, 통문관에서 펴낸 같은 저자의 『한국미술문화사논총』(1966)을 사러 간 것이었다.

그후 나는 어떤 책을 사기 위해서가 아니라 무슨 책이 있나 보러 인사동 서점가를 순회했다. 그러다 윤희순의 『조선미술사연구』(1946)를 샀을 때는 너무도 기뻤다. 그러나 당시 월북 작가와 학자의 저서는 금서였기 때문에 드러내놓고 팔지 않았다. 인간적 신뢰가 통해야 구할 수 있었다. 지금은 말해도 될 것 같은데 나에게 김용준의 『근원수필』, 이태준의 『문장강화』, 김동석의 『부르조아 인간상』 같은 말똥종이 책을 구해준 분은 학예사 사장님이었다.

서점과 학자 사이에도 인연 또는 궁합이 있는지, 내 친구 이광호는 고문당(대표 김기윤)에서만 책을 구했다. 나는 『화인열전』『완당평전』을 집필할 때 자료로 수집한 고서와 간찰 들은 대부분 호고당(대표 김재갑)에서 구했다. 특히 호고당은 일부러 나를 위해 자료를 열심히 찾아주셨다. 그런 중 나와 깊은 인연을 맺은 분은 통문관 이겸로 선생이다.

나와 통문관

내가 처음 통문관을 찾아간 것은 1960년대 말 대학생 때였다. 한국미술사를 전공하면서 조선시대 화가들의 전기를 쓰기로 마음먹고 자료 수집을 위해 통문관에 열심히 드나들었다. 선생은 그런 나를 기특하게 생각해 과분할 정도로 은혜를 베푸셨다. 당신이 비장하고 계시던 조선시대 회화 비평의 고전이라 할 남태응(南泰膺)의 「청죽화사(聽竹畫史)」 육필본을 내게만 복사해주셨다.

서화가의 필적은 물론이고 책을 조사하다 그림 화(畫) 자만 나오면 내게 편지를 보내곤 하셨다. 당신은 노년에 귀가 어두워 보청기를 끼셨기 때문에 전화는 하지 않으셨다. 한번은 영남대 교수 시절 선생에게서 편지를 받았는데 핑크빛 딱지가 아롱거리는 예쁜 시전지에 옛사람의 글투로 이렇게 쓰여 있었다.

일주일이면 한 번, 못 돼도 한 달에 한 번은 뵙던 얼굴인데, 이 봄이 다 가도록 만날 수 없었으니, 저술에 전념함이 깊으신 것인지 영남의 꽃이 좋아 아니 올라오심인지. 다름 아니오라 책을 정리하다가 우리 회화사 연구에 도움이 될 듯한 자료가 나와 한 부 복사하여 동봉하오

| **류열 박사를 만난 이겸로 선생** | 1946년 해방을 맞은 기념으로 통문관은 류열 박사의 『농가월령가』를 펴낸 바 있는데 이겸로 선생은 저자에게 미처 주지 못한 책과 인세를 2000년 8월 남북 이산가족 상봉 때 전해주었다.

니 잘 엮어서 좋은 작품을 만드심이 어떠하실지. 부처님 얼굴 살찌고 아니고는 석수장이 손에 달렸다고 합니다. 하하하, 이만 총총.

선생은 또 대단히 정확한 분이셨다. 책마다 뒷면에 연필로 가격을 매겨놓은 정찰제였고 남에게 진 신세를 그냥 넘기는 법이 없었다. 2000년 8월 남북 이산가족 상봉 때 이야기다. 당시 월북 국어학자 류열 박사가 딸을 만나기 위해 남한에 왔다. 통문관은 해방을 맞은 기념으로 1946년에 류열 박사의 『농가월령가』를 펴낸 바 있었는데 산기 선생은 류열 박사가 왔다는 신문 기사를 보고는 일행이 방문한다는 롯데월드 민속관 앞에서 기다렸다가 류열 박사를 보고는 냅다 달려가 『농가월령가』 2부와 50만 원이 든 흰 봉투를 불쑥 건넸다.

"내가 통문관이오. 선생 책을 펴냈지만 기별이 끊겨 책도 못 드리고 원고료도 못 드렸수. 옜수. 받아주슈."

선생은 아침이면 인왕산 치마바위 아래 있는 옥인동 자택에서 마을 버스를 타고 출근하셨다. 그래서 통문관 2층 전시실을 상암(裳巖)산방 이라 했다. 어느 날 내가 상암산방으로 찾아뵈었더니 선생은 낡은 책을 한 장씩 인두로 반반하게 펴고 계셨다. 선생은 나에게 앉으라는 눈짓을 보내고는 "이 일 좀 끝내고"라고 하시며 연신 접힌 책장을 펴면서 이렇게 말씀하셨다.

"내가 돌보아주던 낡은 책들이 내 노년을 이렇게 돌봐주고 있다오."

통문관에는 '적서승금(積書勝金)'이라는 편액이 걸려 있었다. 책을 쌓아두는 것이 금보다 낫다는 뜻이다. 이렇듯 선생은 누구 못지않은 애서가이자 훌륭한 서지학자, 국학자셨다. 2006년 10월 15일, 향년 97세로 세상을 떠나시며 선생은 유언으로 수목장을 해달라고 하셨다. 진실로 인생을 잘 사신 인사동의 큰 어른이셨다.

그리고 10년이 지난 2015년 11월 어느 날이었다. 당시 나는 화요일 저녁마다 조계사 문화관에서 '화인열전'을 주제로 공개 강좌를 열고 있었는데, 미소를 머금은 동안(童顔)과 걸음걸이가 이겸로 선생을 빼닮은 백발 어른이 내게로 다가와서는 "내가 통문관 셋째요"라는 것이었다. 고려대 중문과의 이동향 명예교수였다. 이교수는 요즘 선친 유품을 정리하다 이게 나왔다며 얇은 서첩 두 권을 내게 건네주었다.

표지를 보니 한 권은 이광직이라는 문인이 단원 김홍도의 그림에 대해 쓴 『단원화평(檀園畵評)』이고, 또 하나는 그림과 글씨의 기원에 관해

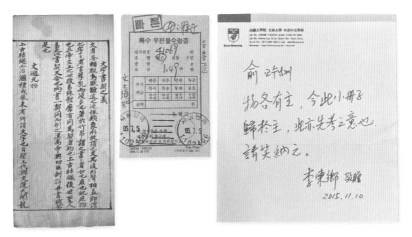

| 『문사수지』에 붙어 있는 우체국 영수증과 이동향 교수가 필자에게 보낸 편지 | 통문관 이겸로 선생이 필자에게 보내려고 했다가 미처 보내지 못한 것을 훗날 아드님이 내게 전달하면서 보낸 한문 편지이다.

쓴 『서화연원(書畫淵遠)』이라는 필사본이었다. 책장을 넘기자 표지 안쪽에는 안국동 우체국 수령증이 붙어 있는데 놀랍게도 '수취인 유홍준'으로 쓰여 있었다. 깜박 잊고 부치지 않으셨던 모양이다. 그 책갈피에는 이동향 교수가 내게 쓴 한문 편지가 들어 있었다. 번역하면 이렇다.

　　물각유주(物各有主, 모든 물건에는 주인이 있는 법)인데, 이제 이 소책자가 주인에게로 돌아갑니다. 이 또한 선친의 뜻입니다. 청컨대 웃으면서 받아주시기 바랍니다.

　이런 인연으로 나는 지금 이겸로 선생을 기리는 '산기문화재단'의 이사직을 맡아 한국학저술상을 후원하고 고문서학을 지원하는 사업을 하고 있다.

　오늘날 인사동의 고서점들은 모두 폐업하고 떠났지만 오직 통문관만이 손자인 이종운 씨가 가업을 이어받아 남아 있다. 그러나 서점을 찾아오는 손님들의 발길이 거의 끊겨 문을 닫고 있는 때가 많다. 어제도 통문관 문은 굳게 닫혀 있었다.

민예사랑과 현대미술의 거리

인사동의 미래유산 / 통인가게 이야기 /
인사동의 고미술상과 민예품 가게 / 아자방, 고금당, 시산방 /
화랑가의 형성과 현대화랑 / 명동화랑 김문호 / 전시회 풍년 /
1970년대 인사동의 묵향 / 미술 붐 시대의 화랑가 / 금당 살인 사건 /
1980년대 대여 전시장의 등장 / '그림마당 민'의 탄생 /
오늘날의 인사동 화랑가

인사동의 미래유산

국보와 보물 등 국가지정 문화재는 100년 이상 된 유적, 유물을 대상
으로 하고 있다. 그 대신 서울시는 100년은 못 되었지만 미래에 전달할
가치가 있는 50년 이상 된 근현대 건물을 '미래유산'으로 선정해 보호하
고 있다. 인사동에서 '서울시 미래유산'으로 지정된 노포(老鋪)로는 통
문관, 통인가게, 선천집, 수도약국 등이 있다.

수도약국(인사동길 40)은 8·15해방 직후인 1946년에 고 임명용이 개업
해 1983년부터는 셋째 아들 임준석 씨가 같은 장소에서 2대째 가업을
이어오고 있다. 수도약국은 한때 조제를 잘하는 것으로 이름 높았고 '장
안에 없는 약은 수도약국에 가서 찾아보라'는 말이 나올 만큼 전국적인
명성을 갖고 있었다고 한다. 인사동길 중간에 자리 잡고 있기 때문에 그

| **수도약국** | 수도약국(인사동길 40)은 8·15해방 직후인 1946년에 고 임명용이 개업해 셋째 아들 임준석 씨가 같은 장소에서 2대째 가업을 이어오고 있는 노포(老鋪)로 인사동길 한가운데 위치하여 길 안내의 중심 건물이다.

위치가 지닌 상징성이 크며 그때나 지금이나 인사동길 안내는 수도약국을 기준으로 하고 있다.

선천집(인사동14길 5)은 인사동 한정식집의 원조 격이다. 올해(2022)로 92세가 되는 평안도 선천(宣川) 출신의 박영규 여사가 1971년에 문을 열었다. 이후 인사동 골목에는 맛있고 정감있고 품위있는 한정식집들이 많이 들어섰는데, 특히 선천집은 학자·화가·문인·언론인·출판인 등 이른바 문화예술인들의 회식 장소로 많이 이용되어 1970년대에 미술평론가협회, 목우회 등 미술단체와 여러 문인 단체들의 정례회의가 열리는 사랑방 역할을 해왔다.

통인가게(인사동길 32)는 1924년에 고 김정환이 통인동에서 개업한 '백년 가게'다. 1961년에 인사동으로 들어와 지금 자리에 있던 한옥으로 옮겨온 뒤 1973년에 현재의 건물을 짓고 아들 김완규 씨가 대를 이어 오늘

| **선천집** | 선천집(인사동14길 5)은 인사동 한정식집의 원조 격이다. 올해(2022)로 92세가 되는 평안도 선천(宣川) 출신의 박영규 여사가 1971년에 문을 연 이래로 많은 문화 예술인들의 모임이 여기서 이루어지고 있다.

에 이르고 있다. 통문관이 오늘날까지 홀로 남아 고서점의 거리였음을 말해주듯이 통인가게는 인사동길이 고미술의 거리였음을 상징적으로 보여주고 있다.

통인가게 이야기

통인가게는 번듯한 건물에 깔끔한 전시로 일찍부터 외국인 관광객들이 많이 찾아왔다. 1974년 미국 체이스맨해튼은행 은행장인 데이비드 록펠러가 한국을 처음 방문했을 때 여기에서 금강산 민화를 구입해 갔다. 이때 미술품을 안전하게 미국으로 가져갈 수 있게 해달라고 부탁한 것을 계기로 '통인익스프레스'라는 물류회사를 설립해 크게 번창하여 고미술품 거래의 불황으로 많은 고미술상이 인사동을 떠나는 추세 속에

| **통인가게 모습** | 통인가게는 번듯한 건물에 깔끔한 전시로 일찍부터 외국인 관광객들이 많이 드나들었다. 현재는 본 건물 앞마당 자리에 승효상이 설계한 한옥 누대 건물이 길가에 바짝 붙어 있다.

서도 계속 이 자리를 지키고 있다.

통인가게는 1층에는 도자기를 비롯한 현대 공예품도 판매하고 있고, 지하층에서는 통인화랑이라는 이름으로 현대 작가의 전시회도 열고 있지만 5층에는 여전히 고미술품이 상설전시되어 있다. 특히 통인가게는 원가의 계산이 모호한 고미술품에 정찰제를 고수해 유물마다 값이 적힌 라벨이 붙어 있다. 그리고 절대로 깎아주는 일이 없다. 이 냉정한 정찰제가 오히려 미술상의 중요한 덕목인 신용이 되었다.

통인가게는 『인간문화재』(어문각 1963)의 저자인 예용해 선생과 잡지 『뿌리 깊은 나무』의 한창기 선생 등 안목 높은 고미술 애호가들의 단골이었다. 통인가게라는 이름도 한창기 선생이 지어준 것이다. 통인가게에서 민예품을 많이 구입한 예용해의 컬렉션은 국립민속박물관과 서울공예박물관 두 곳에 기증되었고, 한창기 컬렉션은 고향인 순천시에 기증되어 낙안읍성의 '뿌리 깊은 나무 박물관'에 전시되어 있다. 본래 건물 앞에는 작은 마당이 있어 보기에도 아늑했는데 인사동길이 관광 거리가 되면서 지금 그 자리엔 승효상이 병산서원 만대루를 본받아 설계한 한옥 누대 건물에 제과점 태극당이 들어와 있다.

인사동의 고미술상과 민예품 가게

인사동이 미술의 거리가 된 것은 1960년대부터 고미술상이 먼저 들어오기 시작하고 이어서 1970년대에 현대미술을 다루는 화랑들이 속속 개관하면서부터이고, 1980년대에 미술상들은 그 전성기를 맞이했다.

일제강점기에 고미술상들은 충무로와 회현동에 많이 모여 있었으나, 1970년대 이후로는 상권이 인사동으로 바뀌었다. 박물관과 대수장가를 상대로 주로 고려청자와 조선도자를 거래하던 고미술상 중 예당(대표 신기한), 보흥당(대표 이선우)만 충무로에 있었지 거의 다 인사동에 있었다.

고옥당(대표 김정웅), 금당(대표 정해동), 동방화랑(대표 서정철), 송천당(대표 김두환), 고정실(대표 이용수), 고흥(대표 장기상), 호고재(대표 오사섭), 성보사(대표 정찬승), 고도사(대표 김필환), 청사당(대표 김대하), 구하산방(대표 홍기대), 해동화랑(대표 김태형) 등등. 민화 연구가인 고 김철순 선생도 인사동 네거리에 서울화랑을 열고 민화 전문 화랑으로 경영했다. 김철순 선생의 소장품은 사후 전주시립미술관에 기증되었다.

고미술계의 오랜 불황으로 한 시대 고미술계를 움직였던 고미술상들은 문을 닫거나 인사동을 떠나고 현재 거상(巨商)으로는 인사동10길에 있는 동예헌(대표 안백순)과 수운회관 1층에 있는 다보성(대표 김종춘) 정도만 남아 있다.

그러나 고미술상은 거상들만 있었던 것이 아니다. 예랑방, 전예원, 두초이, 백자화랑, 구봉화랑, 공명당, 한국공예사, 예나르, 장생호, 인(人), 보고사, 나락실, 아라재, 단청, 민예사랑, 소들내 등 옛 가구와 아기자기한 민예품을 전시한 가게들이 인사동에 널리 포진해 있었다. 문턱이 높은 고미술상과 달리 점포 안으로 아기자기한 고미술품이 비쳐 보이는 민예품 가게들이 있기에 인사동길은 미술의 거리로서 고풍을 유지할 수

| 인사동 고미술상 | ① 동예헌 ② 다보성 ③ 장생호 ④ 갤러리 인

있었다.

그러나 1990년대 들어와 인사동이 관광 명소로 바뀌면서 예랑방, 전예원 등은 일찍 인사동을 떠났고, 얼마 전까지만 해도 있던 나락실은 창덕궁 앞으로 옮겨갔고, 민예사랑은 문을 닫고 김포로 갔고, 소들내는 주인이 서거하면서 문을 닫았다.

관광거리가 되면서 민예품 가게들은 인사동길 대로변에서 밀려나 인사동10길을 비롯한 샛길에 흩어져 있지만 인사동의 저력은 여전해서 2020년 '인사동 문화축제' 팸플릿에 실린 민예품 가게를 헤아려보면 30여 곳에 이른다.

| 인사동10길 | 인사동길은 민예품 가게들이 포진한 미술의 거리였다. 지금은 인사동 큰길이 관광거리로 바뀌면서 단청, 갤러리 천을 비롯하여 여러 민예품 가게가 인사동10길 곳곳에 자리 잡고 있다.

가야, 란, 모임, 천(千), 해인, 미고, 아리수, 희원, 인(人), 고아트, 고은 당, 고현아트, 공인화랑, 관고재, 기린갤러리, 단청, 대영, 류화랑, 모모갤 러리, 보고사, 소유, 소통, 신화랑, 여래원, 예나르, 장생호, 토성, 해와달, 현조당, 흙고미술

이러한 민예품 가게들이 건재하고 여기를 드나드는 점잖고 멋을 아 는 미술 애호가들이 거리를 채우고 있기에 아직까지 인사동이 문화의 거리로서 품격을 지니고 있는 것이다.

아자방, 고금당, 시산방

인사동의 고미술상 중에는 상인이 아니라 문인이 운영하는 작은 점포도 있었다. 대표적인 예가 시조시인 초정 김상옥(金相沃, 1920~2004)의 아자방(亞字房)이다. 김상옥은 경남 통영 출신으로, 1940년 가람 이병기 추천으로 『문장(文章)』을 통해 등단한 시조시인이다. 시·서·화 모두에 능했고 고미술, 그중에서도 백자에 대한 애정과 안목이 깊었다.

아자방은 1969년부터 약 10년간 인사동길에서 오랫동안 점포를 유지했다. 김상옥은 성품이 맑아 많은 문인, 화가가 여기에 자주 드나들었는데 단골손님으로는 추사에 심취했던 시인 김구용과 그 친구들, 화가로는 박노수와 남관 등이 있었다. 김상옥이 〈청화백자 운학문 병〉을 노래한 「백자부(白磁賦)」에는 그의 끔찍한 백자 사랑이 가득하다.

> 찬 서리 눈보라에 절개 외려 푸르르고
> 바람이 절로 이는 소나무 굽은 가지
> 이제 막 백학(白鶴) 한쌍이 앉아 깃을 접는다.
> (…)
> 불 속에 구워내도 얼음같이 하얀 살결
> 티 하나 내려와도 그대로 흠이 지다.
> 흙 속에 잃은 그날은 이리 순박하도다.

고미술을 사랑한 문인들의 '낭만적'인 점포도 있었다. 역사학자 성대경(成大慶, 1932~2016) 선생은 한때 인사동 한쪽에 고금당(古今堂)이라는 고서화 전문점을 열었다. 1970년대 중반 박정희 유신정권 시절 강제 해직되어 학교에 발을 붙일 수 없었기 때문이다. 서예작품과 옛 문인들의

| 김상옥·성대경 | 인사동의 고미술상 중에는 상인이 아니라 예술인이 운영하는 작은 점포도 있었다. 김상옥의 아자방이 대표적이다. 성대경의 고금당은 고서화 전문점으로 학자들의 사랑방 역할을 했다.

간찰을 주로 다루었던 고금당은 자연히 국학, 동양학 교수들을 비롯한 많은 학자들이 드나드는 사랑방 역할을 했는데 이 가난한 학자들이 점포 운영에 큰 도움이 되지 못했음은 안 봐도 알 수 있는 일이다.

민화 화가인 유양옥(柳良玉, 1944~2012)은 고미술품뿐 아니라 미술 전문서적까지 다룬다는 낭만적 포부를 갖고 시산방(詩山房)을 열어 문화예술인들의 사랑방 역할을 했지만 집세를 감당하지 못해 오래가지 못했다. 또 훗날 KBS 진품명품의 감정위원인 김영복 씨가 문우서림(文友書林)을 열어 그 뒤를 이었지만 역시 오래가지 못하고 인사동이 관광 거리로 변하면서 문을 닫았다.

화랑가의 형성과 현대화랑

1970년대로 들어서면 화랑들이 속속 등장해 인사동은 명실공히 미

술가(美術街)를 형성하게 된
다. 우리나라에서 현대미술
을 다루는 화랑이 등장한 것은
1970년 현대화랑(현 갤러리 현대)
이 지금의 박영숙도예점(인사
동길 30) 자리에서 문을 연 것이
최초였다. 이후 화랑의 등장
과정을 보면 1970년 12월 명동
에 명동화랑(고 김문호), 1971년
조선호텔에 조선화랑(권상능),
1972년 사간동에 진화랑(유
진), 1974년 인사동에 동산방
화랑(고 박주환)과 백송갤러리,
1975~76년 사이 인사동에 문

| 현대화랑 | 1970년 인사동에서 처음 문을 열 때 현대화
랑의 모습이다.

헌화랑, 양지화랑, 경미화랑 등이 들어섰다. 그리하여 1976년에 한국화
랑협회를 창립하고 초대 회장으로 명동화랑의 김문호를 선출했다. 이것
이 우리나라 화랑의 출발이다.

1970년 4월 현대화랑이 인사동에 문을 열 때만 해도 화랑이라는 단어
가 익숙하지 않아서 당시 한 신문에서는 '그림을 판답니다'라고 소개했다.
마치 1980년대에 '이태원에 피자집이 생겼답니다' 같은 투의 기사다.

그해 9월, 현대화랑에서는 '박수근 유작 소품전'이 열렸다. 당시 나는
대학 4학년으로 직전 학기에 김윤수 선생님이 미술사 시간에 '결국 우
리 근대미술이 남긴 것은 박수근과 이중섭으로 요약된다'고 하신 것이
머릿속에 깊게 박혀 있었는데, 선배인 화가 임세택 형이 함께 구경 가자
고 해서 따라나섰다. 임세택은 1980년대 구기동에 있던 서울미술관의

| **이중섭 유작전** | 1972년 2월 현대화랑에서 열린 '이중섭 유작전'의 개막식 모습이다.

주인이다.

　1층이 아래위로 나뉜 미니 2층으로 된 전시장에는 박수근 유화 소품과 스케치 들이 빼곡히 걸려 있었다. 과연 박수근의 그림에는 고단했던 우리네 삶의 표정이 고스란히 담겨 있었다. 함께 간 임세택 형은 유화 두 점을 구입했다. 유화 소품은 20,000원이었다. 나도 갖고 싶었다. 스케치는 5,000원이라고 했다. 그때 나는 학교 앞에서 가정교사를 해 일주일에 두 번 가르치고 5,000원을 받고 있었다. 그런데 또 장충동 부잣집 딸 가정교사를 소개받아 일주일에 하루 2시간만 가르치고 7,000원을 받는 행운이 있었다. 그래서 눈 딱 감고 〈창신동 산동네〉 스케치 한 폭을 샀다.

　그리고 세월이 지나 1984년 어느 날 통문관 할아버지가 나를 보자 "이건 그대가 꼭 살 것 같아 잘 두었다오"라며 서랍에서 누런 대학노트

| **통문관 내부** | 통문관 할아버지 이겸로 선생은 나를 기특하게 생각하시고 은혜를 베풀곤 하셨다. 1984년 어느 날에는 서랍에서 '박수근 삽화 스크랩북'을 꺼내주셔서 현대화랑에서 산 박수근 스케치와 맞바꾸었다. 통문관 서가 어딘가에는 지금도 귀한 자료가 숨어 있을 것이다.

를 꺼냈는데 '박수근 삽화 스크랩북'이었다. 30면이나 되는 이 스크랩북에는 잡지에 실린 작은 컷들이 장마다 대여섯 컷씩 붙어 있었다. 박수근이 이렇게 많은 삽화를 그린 줄 몰랐다. 그래서 나는 이 스크랩북과 현대화랑에서 산 박수근 스케치를 맞바꾸었다.

이후 나는 이 스크랩의 그림이 월간 『장업계(粧業界)』라는 화장품 업계의 홍보용 정기간행물에 그린 컷임을 밝혀내고 호암미술관의 박수근 특별전 때 「박수근의 삽화에 대하여」라는 글을 발표했다. 그리고 2002년 양구 박수근미술관 명예관장을 맡으면서 이 스크랩북을 거기에 기증했다.

세월이 많이 흐른 어느 날 현대화랑 박명자 회장은 개관전인 박수근 유작 소품전 자료를 정리하다가 작품을 사 간 사람 이름을 적어놓은 메모지에서 내 이름이 있는 것을 보고 깜짝 놀랐다며 "이 유홍준이 당신이 오"라고 물었다. 내가 맞는다고 하자 박회장은 왜 여태 그 얘기를 하지 않았냐며 나를 세 번이나 다시 쳐다보았다.

명동화랑 김문호

1970년대 화랑가가 형성되던 초창기에 현대미술의 좋은 현역 작가를 발굴해 우리 현대미술을 발전시키겠다는 화상의 이상을 끝까지 포기하지 않은 분은 명동화랑의 고 김문호(金文浩) 선생이었다. 명동화랑은 1970년 12월, 서울 명동성당 건너편에서 '오늘의 30대전'을 열며 개관했고 1972년 8월에는 인사동으로 이전하면서 열정적으로 현대미술 화가의 전시회를 열었다.

명동화랑은 비구상 회화에 대한 인식이 낮았던 1970년대에 추상 계열의 젊은 작가들에게 전시 공간을 제공했다. '한국 현대미술 1957~1977' '추상─상황 및 조형과 반조형전' '이우환전' '박서보전' '김창열전' '권진규전' 등을 열었다. 특히 조각가 권진규의 개인전과 유작전은 그의 작품세계를 알리는 중요한 계기가 되었다. 전시회는 언제나 적자였지만 1974년에는 현대미술 전문 잡지인 『현대미술』도 창간

| 1970년대 **명동화랑** | 김창열 전시회가 열릴 때 명동화랑 모습이다.

"나는 참된 동반자이길 바랐다"

明東화랑 金文浩씨 遺稿중에서

| 『계간미술』 김문호 특집 | 김문호 선생이 세상을 떠난 해인 1982년 『계간미술』 여름호는 '나는 참된 동반자이길 바랐다'라는 제목으로 현대미술의 불모지에서 진정한 화상이었던 김문호 선생의 글들을 모아 추모 특집을 마련했다.

했다. 그러나 이 또한 자금난으로 2호를 내지 못했고 명동화랑은 경영난으로 1975년 1월 문을 닫았다.

이에 1975년 7월 오태학·김동수·김형근·송영방 등 인기있는 화가들이 작품 50점을 기증하며 '명동화랑 재기전'을 열어주어 1976년에 관훈동에서 재개관했다. 김문호 선생은 바로 이해에 출범한 한국화랑협회 초대 회장을 맡았다. 그러나 재정난으로 또 문을 닫고 또다시 열고를 거듭하다 1980년 관훈미술관 옆에서 다섯번째로 재개관했다. 1982년 명동화랑은 의욕적으로 '재불작가 3인전'을 준비해 5월에 오픈할 계획이었다. 그러나 한 달 전인 4월에 갑자기 김문호 선생이 세상을 떠나면서 이 전시회를 마지막으로 명동화랑의 간판은 내려갔다.

돌아가신 그해 『계간미술』(1982년 여름호)은 '나는 참된 동반자이길 바랐다'라는 제목으로 현대미술의 불모지에서 진정한 화상이었던 김문호 선생의 글들을 모아 추모 특집을 마련했다. 여기에 실린 김문호 선생의 유고 메모에는 죽음을 예감한 듯한 아래의 글이 쓰여 있었다.

내 향토의 동심에 한 방울 모빌 오일이 되려고 한 기원은 마침내 끝내 매듭을 못하고 ― 패지(敗地)에 딩굴어 떨어졌다.

그리고 10여 년이 지난 1994년 화랑협회는 화랑미술제 행사의 일환으로 '김문호 명동화랑 사장 추모 자료전'을 열었으며, 또 20년이 지난 2013년 화랑미술제에서는 조각가 권진규와 그를 후원했던 김문호 사장을 조명하는 '명동화랑과 권진규' 전이 개최되며 화상으로서 그의 공로를 잊지 않고 있다.

화랑가 제1세대들의 열정

1970년대 후반으로 들어서면 인사동에 화랑들이 그야말로 우후죽순으로 문을 열었다. 1977년에 선화랑(대표 고 김창실), 송원화랑(현 노화랑, 대표 노승진), 가람화랑(대표 송향선), 1978년에 예화랑(대표 고 이숙영·김태성), 그리고 동숭동에 샘터화랑(대표 엄중구)이 개관했다. 그리하여 화랑협회는

| 화랑가 제1세대 | ①조선화랑 권상능 ②동산방화랑 박주환 ③선화랑 김창실 ④현대화랑 박명자

이들을 모두 회원으로 받아들여 제1회 화랑협회전을 개최하고 협회지
『미술춘추』를 발간하는 등 급속한 발전을 보였다.

　당시 화랑들이 우후죽순으로 태동할 때 동산방화랑의 박주환 회장은
인사동 화랑가의 어른으로 이를테면 '군기반장' 같았다. 그는 인사동 화
랑가를 순회하면서 작품을 대하는 태도, 그림을 거는 방식 등 미세한 매
너에 대해 화랑들을 훈육하곤 했다. 박주환 회장에게 야단맞지 않고 큰
화랑이 없다고 해도 과언이 아니다. 또 그때는 젊은 화상들이 선배의 말
씀을 잔소리로만 듣지 않고 잘 따랐다. 70년대 화랑가엔 그런 유대감이
있었다.

　1980년대에 들어 대구의 대림화랑(현 우림화랑)이 인사동으로 왔고,

1981년에 공화랑(대표 공창호), 1982년에 국제화랑(대표 이현숙), 1983년에 미화랑(대표 이난영)과 가나화랑(대표 이호재), 1988년에 학고재(대표 우찬규)가 문을 열었다. 인사동 이외 지역으로는 1981년 여의도에 표화랑(대표 표미선), 1983년 강남에 박여숙화랑(대표 박여숙), 1992년 소격동에 예맥화랑(대표 정근희) 등이 문을 열었다. 이것이 내가 알고 있는 우리나라 화랑가의 설립 과정이다.

나는 80년대에 거의 인사동에서 살다시피 했다. 1984년 1월 본격적으로 미술평론 활동을 하겠노라고 중앙일보사 『계간미술』 기자를 사직했다. 백수를 자원한 것인데 그때 선화랑 김창실 사장이 내게 『선미술』 주간을 맡아달라고 하여 인사동에 본거지가 생긴 것이다. 『선미술』은 계간지로 부피도 얇아 성심여대 제자인 곽은희와 둘이서 재미있게, 열심히 만들었다. 1986년 12월 내가 록펠러 재단의 아시아문화협회 초청을 받아 6개월간 미국으로 갈 때까지 인사동에서 근무했다.

내가 『선미술』 주간으로 있던 1984년 가을, 송원화랑이 주도하여 '화상들을 위한 한국미술사' 조찬 강좌를 열고 나를 강사로 초빙했다. 이 강좌에는 35세 전후로 내 나이 또래인 송원화랑, 가람화랑, 국제화랑, 상문당이 참여하여 3개월간 진행되었다. 매주 수요일 아침 7시에서 9시까지 강의를 듣고 간단한 아침식사 후 각자 화랑에 가서 일을 보는 것이었다. 이 모임을 '솔밭강좌'라 이름한 초기 화상들은 그때 새벽에 나와 난롯불 피우고 슬라이드 강의를 듣던 일을 즐거운 추억으로 간직하고 있다.

전시회 풍년

1970년대 화랑가의 등장으로 인사동에는 전시회가 풍년을 이루었다. 현대화랑은 박수근 유작 소품전에 이어 1972년 2월에는 이중섭전을 열었는데 공전의 대히트를 쳐서 사람들이 줄을 지어 기다리며 전시회를 보았다. 박명자 사장은 그때 입장 수입금은 이중섭의 것으로 돌려야 한다며 이중섭의 〈부부〉라는 작품을 사서 국립현대미술관에 기증했다. 이듬해엔 천경자전을 열었는데 이 또한 성황을 이루었고, 1974년에는 변관식전이 '소정 동양화전'이라는 이름으로 열렸다. 이 일련의 전시회들은 우리 사회에 미술 관객이 적지 않다는 것을 시범적으로 보여준 셈이었다. 이후 1970년대 후반 인사동에는 전시회가 더욱 풍성해졌다.

새로 문을 여는 화랑들은 거창한 이름으로 '개관전'을 열었다. 동양화(한국화)를 필두로 미술 붐이 일어나던 시절이어서 화랑들은 앞다투어 '동양화 6대가전' '원로화가 신작 초대전' '동양화 신춘 초대전' '동양화 40대 작가전' 등을 선보였다. 초창기 화랑들의 전시회는 대개 이런 이름으로 고객을 불러 모았다.

그리고 미술 붐에 편승해 이당 김은호, 산정 서세옥, 남정 박노수, 유산 민병갑 등 한국화 대표 작가들의 초대전이 끊이지 않았다. 동양화 붐은 1980년대로 들어서면 유화로 옮겨가 박수근·이중섭·김환기·도상봉·오지호 등이 인기를 얻어 이들의 개인전과 '서양화 거장전' '3인의 서양화전' 같은 이름의 기획전이 열리곤 했다. 그리하여 인사동길은 전시회 플래카드가 펄럭이는 명실공히 미술의 거리가 되었다.

현대미술뿐 아니라 고미술 붐의 주요 대상이었던 목가구와 민화를 앞세운 고미술 전시회도 줄을 이었다. 동산방화랑이 무낙관(無落款) 고화로 기획한 '조선시대 일명회화전' '조선 후기 명화전' '옛 그림에의 향수'를 필두로 대림화랑의 '겸재 정선전' '소치 허련전' 그리고 훗날의 학고재 '19세기 문인들의 서화', 공화랑의 '조선시대 명화전' '안목과 안복' 등 의미있고 볼 만한 전시회들이 열렸다. 그리고 정기적으로 열리는 '고미술 협회전'에 이르기까지 인사동에서의 전시는 우리 미술사의 현장이 되었다.

| 인사동 화랑들 | ①노화랑 ②선화랑 ③동산방화랑 ④가람화랑

1970년대 인사동의 묵향

인사동이 미술 거리가 되면서 드나드는 사람들이 많아지고 또 달라졌다. 화가로는 언제나 정장에 나비넥타이를 맨 도상봉, 항상 낮술에 취해 있는 장욱진, 그림 속에 나오는 꼬부랑깽 할아버지 같은 소정 변관식 등이 거리를 누볐다. 또한 우리나라 현대서예의 쌍벽이라 할 일중 김충현과 여초 김응현, 그리고 중풍을 맞아 오른손을 쓸 수 없게 되자 왼손으로 글씨를 쓰는 좌수서(左手書)로 유명한 검여 유희강의 서실이 인사동에 있었기 때문에 이들 제자를 비롯한 많은 서예인들이 모이기도 했다.

여기에다 전시회를 보러 화랑에 오는 애호가와 미술학도, 고서점을 드나드는 학자, 문인, 학생이 함께 어울리면서 인사동길은 품위 있는 문화예술의 거리가 되어갔다.

미술에는 필연적으로 표구와 화방, 필방이 따른다. 인사동에는 일찍부터 박당표구·상문당·동산방·대한표구사·낙원표구 등 표구의 대가들이 있었다. 당시 표구사는 동양화 판매도 겸하여 아주서화사·문화서화사·고려서화사 등 서화사가 붙은 이름이 많았다. 양화 표구로는 미술품 감정사 최명윤이 명동에서 견지동으로 자리를 옮긴 서울화방이 유명했다. 연화랑, 세로방도 인사동에 있었다.

필방은 붓·벼루·먹·종이 등 문방사우를 판매하는 곳으로 1913년에 명동에서 문을 연 유서 깊은 구하산방(九霞山房)이 1969년에 인사동으로 들어왔다. 구하는 구천(九天, 하늘)의 운하(雲霞, 구름과 안개)라는 뜻이다. 이어서 동양당필방·명신당필방 등 많은 필방과, 원주한지 등 화선지와 전통 한지를 파는 상점들이 생겨나면서 인사동길엔 더욱 문기와 묵향이 흘렀다.

1970년대 미술 붐의 사회적 배경

1970년대에 인사동에 이처럼 고미술상과 화랑 들이 모여 미술가를 형성하게 된 것은 전에 없던 '미술 붐'이 일어났던 때문이다. 이때 갑자기 고미술 붐이 일어난 것은 크게 세 가지 요인이 작용했던 것 같다.

첫째는 그 무렵 우리 사회에 경제적 여유가 있는 중산층이 형성되어 미술품 수요층으로 등장한 것이다. 둘째는 고급 아파트가 생기면서 인테리어가 필요했는데 우리 고가구가 현대주택에 아주 잘 어울렸던 것이다. 셋째는 바야흐로 후진국에서 벗어나 문화생활에 대한 욕구가 일어나기 시작한 것이다. 국립중앙박물관의 박물관대학, 건축가 김수근이 공간사랑에서 연 문화 강좌 등 여러 형태의 교양 강좌를 통해 우리 문화와 미술에 대해 새로운 개안이 생긴 것이다.

특히 아파트 문화는 삶의 형식을 획일화하면서 한편으로는 서로 비교하게 되는 면이 있었다. 옆집, 친구네 아파트의 입구에 놓인 반닫이, 거실에 놓여 있는 돈궤 테이블, 모서리에 있는 사방탁자 등은 보기에도 아름답고 품위있어 보였다. 그러면 곧 발길을 인사동으로 돌렸다.

대부분 중년층 귀부인들로 삼삼오오 모여다니며 고미술품을 사갔다. 이들이 주로 사간 것은 고가구였다. 특히 반닫이와 문갑, 탁자, 소반 등이 인기가 있었다. 〈까치와 호랑이〉 같은 민화도 인기가 있었다. 이때 조자룡·김철순·김호연 같은 민화의 대가들이 맹렬하게 민화를 수집했다. 화가 이우환·권옥연·김종학·변종하·김기창·서세옥·송영방 등도 목기와 민화를 많이 수집했다.

이 고미술 붐이 곧바로 동양화(한국화) 붐으로 이어졌다. 가구가 인테리어로 들어오면서 자연히 허전한 벽면도 동양화로 장식하게 된 것이다. 어느 아파트 거실의 소파 뒤에 가로로 길게 걸려 있는 청전 이상범의 〈설경산수〉 횡액은 거실에 품위를 부여했다. 딸아이 피아노 위에 걸려 있는 도상봉의 〈라일락〉은 보기에도 사랑스러웠다. 생활사적으로 볼 때 1970년대의 미술 붐은 중산층의 형성과 고급 아파트 문화에서 일어난 것이었다.

미술 붐 시대의 화랑가

미술 붐으로 모처럼 미술시장이 형성되기 시작했지만 화랑도 애호가도 준비가 덜 된 상태인지라 부작용도 많았다. 우선 그림을 찾는 고객들이 예술적 판단보다 화가의 이름값과 경력에 많이 의존해 '한국화 6대가'인 청전·소정·의재·이당·심향·심산의 작품이 인기를 얻었다. 그리고 미술대학 교수급, 국전 심사위원급, 초대작가급 등으로 가격이 형성되었다.

또 작품의 크기로 가격을 매기는 이른바 '호당가격제'가 생겨 작품값을 넓이로 정하는 우스운 관행이 생겼다. 더욱 심각한 것은 작품값을 정하는 데 화가가 주도권을 갖고 있었다는 점이다. 화랑은 미술시장을 주도하는 것이 아니라 작품값의 30퍼센트를 마진으로 받는 식이었다. 이에 화랑들은 경쟁적으로 인기화가의 초대전을 유치하기 바빴다. 화랑이 화가를 지원한다든지 신진화가를 발굴한다든지 하는 본연의 임무는 뒷전으로 밀려나 있었던 것이다.

더욱 심각한 문제는 인기화가들 자신에 있었다. 화가들이 소비 취향에 맞추어 그림을 그린 것이다. 당시 소비자는 예쁜 구상화를 선호했지만 현대미술의 추세는 추상화에 있었다. 그래서 인기화가들은 국전에는 추상화 대작을 출품하고 화랑에는 소비자 취향에 맞춘 구상화 소품을 내다 팔았다. 말하자면 작품과 상품을 구별하는 식이었다. 인기화가들의 이런 이중적인 모습은 미술 붐이 끝난 1980년대에도 완전히 사라지지 않았다.

금당 살인 사건

미술 붐과 함께 미술품은 고가품이라는 사회적 인식이 퍼지면서 1979년 6월에는 '금당 살인 사건'이라는 끔찍한 일이 일어났다. 사업에 실패해 사채에 쪼들린 박철웅(당시 38세)이 인사동길을 배회하다가 금당이라는 상호를 보고 저 정도 골동상이면 큰돈을 갖고 있겠다고 생각하고는 인질극을 벌였다.

일면식도 없는 정사장에게 전화로 '시가 3억 원 상당의 도자기와 그

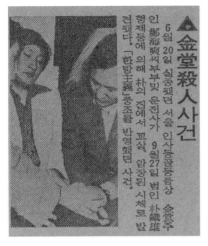

림을 보여주겠다'며 자기 집으로 데려가 의자에 묶어놓고 협박해 부인에게 전화를 걸어 500만 원을 가져오게 하여 돈을 챙긴 뒤 완전범죄를 꾀해 정사장과 부인, 그리고 운전기사까지 모두 죽인 뒤 집 담장 밑에 묻고 조경수로 위장했다.

이 사건으로 애꿎은 인사동 고미술상, 골동품 중개상 약 3,400명이 조사받았고 이 중 76명은 본 사건과 관계없는 별

| 금당 살인 사건 | 1980년 2월 20일자 『조선일보』에 실린 '금당 살인 사건' 기사. 연행되는 박철웅의 사진이 실려 있다.

건으로 구속되어 인사동 고미술 상가가 초토화되었다.

경찰은 석달 동안 연인원 2만 명을 동원해 백 일 만에 범인을 잡았고 범인에게는 사형이 선고되었다. 이 사건 종료 후 서울시경국장은 용의자로 몰렸던 고미술 관계자 2천 명에게 사과편지를 보냈다고 한다. 범인은 옥중에서 기독교에 귀의해 참회록『내 목에 밧줄이 놓이기 전에』(2판 제목은『나는 사형수』)를 펴냈고 선고 2년 6개월 뒤 사형이 집행되기 전 신장과 안구 기증을 서약했다고 한다.

1980년대 대여 전시장의 등장

1970년대에 화랑이 등장하면서 전에 없이 전시회가 러시를 이루었지만 신진작가들에게는 좀처럼 전시 기회가 돌아오지 않았다. 서울의 경우 나라에서 대관하는 전시장으로 대학로의 문예진흥원 미술회관(현 아

르코 미술관)이 있을 뿐이었다.

그러다 1970년대 말부터 대여 전시장이 등장했다. 인사동에는 1979년에 대관을 전문으로 하는 관훈미술관, 동덕여대에서 운영하는 동덕미술관이 안국동 네거리에서 개관했고, 1983년에는 박영효 고택을 리노베이션해 개관한 경인미술관이 문을 열었다. 그리고 수운회관 옆에 아랍문화회관, 관훈동 한가운데에 백악미술관 등이 속속 개관했다.

한편 구기동에는 김윤수 선생이 관장으로 있었던 서울미술관이 문을 열고 '프랑스 구상회화전' '신학철전' '문제작가전' 등 참신한 전시회를 개최했다. 서교동에 문을 연 화가 장경호의 한강미술관은 대여 전시장을 넘어 대안 공간으로서 젊은 작가들의 기획전을 많이 열었다.

그리하여 1984년 6월에는 무려 105명의 젊은 작가들이 서울의 전시장 세 곳을 빌려 '삶의 미술전'을 열었다. 7월엔 서울 한강미술관에서 '거대한 뿌리전', 8월에는 부산·마산·대구를 순회하는 '시대정신전', 9월에는 '서울미술공동체전', 11월에는 '푸른 깃발전'이 열렸다. 이미 1980년대 초에 결성된 '현실과발언' '임술년' '실천그룹' '두렁' '광주시민미술학교' 등의 연례 전시도 이어졌다.

이는 젊은 작가들이 미술계 전면에 등장한 것이었다. 미술계가 현대 추상미술 계열과 상업화랑의 인기 구상회화로 양분되어 있던 상태에서 젊은 작가들이 일으킨 조형적 반항은 아주 뜨거운 것이었다.

이런 새로운 미술운동에 앞장선 것은 1979년, 일군의 젊은 작가와 평론가 들이 결성한 '현실과발언'이라는 미술 그룹이었다. 그해 대학로 미술회관에서 가진 창립전은 개막 당일 당국이 갑자기 전시를 불허하고 전기를 차단하는 바람에 촛불을 켜고 보는 것으로 끝났다. 그러나 동산방화랑이 이들을 초대해 이듬해 현실과발언은 제대로 된 창립전을 가질 수 있었는데, 이들의 창립취지문에는 다음과 같은 구절이 들어 있다.

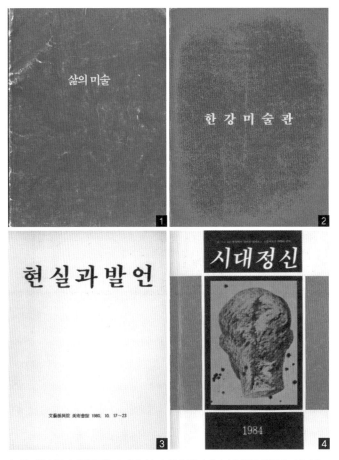

| 젊은 미술인들의 기획전들 | ① 삶의 미술 ② 한강미술관 개관전 ③ 현실과발언 ④ 시대정신

　　돌아보건대 기존의 미술은 보수적이고 전통적인 것이든, 전위적이고 실험적인 것이든, 유한층의 속물적인 취향에 아첨하고 있거나, 혹은 밖으로부터 예술 공간을 차단하여 고답적인 관념의 유희를 고집함으로써 진정한 자기와 이웃의 현실을 소외, 격리시켜왔고 심지어는 고립된 개인의 내면적 진실조차 제대로 발견하지 못해왔습니다.

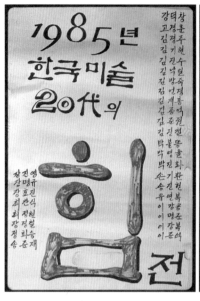

| '힘전' 포스터와 '힘전 사태' | 1985년 7월 박진화, 손기환, 박불똥 등이 기획한 '한국 미술 20대의 힘'전은 당국의 탄압으로 전시장이 폐쇄되어 젊은 미술인들이 항의 집회를 하고 있다.

현실과발언은 기폭제에 불과했다. 20대, 30대 젊은 작가들의 기존 미술에 대한 조형적 반항이 곳곳에서 전시회로 나타났다. 1984년은 젊은 작가들의 뜨거운 열기가 한껏 고조된 시기였다. 그리고 이듬해인 1985년 7월 박진화, 손기환, 박불똥 등이 기획한 '한국 미술 20대의 힘' 전에서는 젊은 작가의 조형적 반항이 가히 폭발적으로 나타났다.

그동안 군사독재정권의 사찰 당국은 미술은 문학에 비해 그래도 '순수하다'고 관망하다가 급기야 탄압을 가하기 시작했다. 전시회를 봉쇄하고 출품 작가를 연행해 즉결심판에 회부하는 '힘전 사태'가 발생했다. 이때부터 독재정권은 본격적인 미술 탄압을 시작하면서 젊은 작가들의 작품 경향을 불온하다는 의미가 내포된 '민중미술'로 규정하고 이들의 전시장 대관을 막았다.

| 그림마당 민 | 1980년대에 민족미술인협의회에서 운영한 그림마당 민에서는 민중미술계열의 많은 젊은 작가들의 개인전과 단체전, 기획전이 열렸다.

'그림마당 민'의 탄생

이에 민중미술 계열의 미술인들은 1985년 손장섭 대표, 고 김용태 사무국장을 위시로 민족미술인협의회(민미협)를 결성했다. 그러나 중요한 것은 전시공간의 확보였다. 이에 고 김용태, 화가 김정헌 그리고 나 셋이서 합심하여 그해 12월에 수도약국 골목 들머리에 있는 허름한 건물의 35평 지하 공간을 보증금 500만 원에 월세 70만 원으로 세 얻었다. 미술운동에서 전시장을 확보해 작품을 발표한다는 것은 문학운동에서 잡지사를 갖고 있는 것만큼이나 중요한 일이었다.

전시장 이름엔 당연히 '민족'이나 '민중'이라는 단어를 붙이고 싶었지만 이는 불온의 상징이어서 정보기관의 사찰 대상이 될 것이 뻔했기 때문에 그냥 '그림마당 민'으로 정하고 민씨 성을 가진 대표를 내세워 위

| **그림마당 민 전시회 풍경** | 그림마당 민의 전시회 개막식에는 이와 같은 굿판이 함께 어우러지곤 했다.

장하기로 했다. 그리하여 민중예술가들과 두루 가까이 지내던 나의 미학과 동창인 고 민혜숙을 대표로 하고 나는 운영위원장을 맡으면서 그림마당 민이 탄생했다.

개막전은 1986년 2월 민중미술가들의 작품을 한자리에 모은 '40대의 22인전'이라는 아주 '부드러운' 제목으로 출발했다. 이렇게 그림마당 민은 민중미술가들의 기대와 축복 아래 개관전을 대성황리에 치렀다. 그리고 그해 6월 개관 첫 초대전으로 기획된 오윤의 '오윤판화전' 역시 대성공이었다. 많은 사람들이 찾아왔고 모두들 그의 뛰어난 예술성에 감동했다. 그림마당 민은 오윤의 판화집 『칼노래』도 출간했다. 그러나 오윤은 이 첫 개인전에 이은 부산 순회전을 마친 지 열흘 만에 간암으로 세상을 떠났다.

오윤은 당시 간암 3기였다. 언제나 피곤한 얼굴로 까맣게 타들어갔

| 박불똥의 〈우리나라 대통령이 부(π)럽다〉 | 이 작품은 전두환 대통령이 박종철 표찰을 달고 전경에게 끌려가는 희대의 풍자화로 한동안 사무실에 숨기듯 걸려 있다가 민주화 이후 공개되었다.

다. 그런 오윤이 세상을 떠나기 6개월 전부터 살색이 다시 희어지고 아픔도 다 가셨다고 했다. 그래서 그림마당 민을 위해 산속에 파묻혀 열성으로 작품을 제작해 개인전에 70점을 출품할 수 있었던 것이다. 조물주는 암 환자에게 마지막엔 편안히 쉴 수 있는 시간을 준다더니, 오윤은 그 기간에 생애 처음이자 마지막 개인전을 준비한 것이다. 오윤의 죽음은 많은 사람에게 슬픔을 안겼는데 시인 정희성은 「판화가 오윤을 생각하며」를 지어 장례식에서 조시로 바쳤다.

눈물이 나지 않는다
나이 사십에 세상을 뜨며
친구들이 둘러앉아 슬퍼하는 걸
저도 보고 싶진 않겠지

| **오윤의 〈춤3〉 〈칼노래〉** | 6월 개관 이후 그림마당 민의 첫 초대전으로 기획된 오윤의 '오윤판화전'은 대성공이었다. 많은 사람들이 찾아왔고 모두들 그의 뛰어난 예술성에 감동했다. 그림마당 민은 오윤의 판화집 『칼노래』도 출간했다.

살 만한 터를 가려

몇 개의 주춧돌을 부려놓고

잠시 숨을 돌리며

여기다 씨 뿌리고

여기다 집을 짓고

여기다 큰 나라 세우자고

그가 웃으며 말하는 것처럼

아직도 나는 생각한다

이것이 나의 믿음이다

그는 바람처럼 갔으니까

언제고 바람처럼 다시 올 것이다

| 오윤 | 1985년 김정헌의 공주교도소 벽화 개막식에 나와 함께 참가한 오윤이 공주박물관(구관) 마당에 있는 돌호랑이 조각에 올라앉아 포즈를 취한 모습이다. 그리고 얼마 뒤 오윤은 세상을 떠났다.

'그림마당 민'의 성공과 한계

그림마당 민은 처음에는 그런대로 돌아가는 것처럼 보였다. 한해 두해 지나면서 그림마당 민은 일주일 단위로 전시회를 열면서 많은 젊은 작가들의 개인전과 단체전, 그리고 기획전을 보여주었다. 그러나 해가 갈수록 운영에 차질이 생겨 매달 건물 임대료를 마련하는 데 민혜숙 대표와 내가 혼신의 힘을 다하지 않을 수 없었다. 건물도 낡아서 비만 오면 전시장이 물바다가 되는 바람에 매번 그걸 닦고 치우는 게 일이었다. 홍선웅·곽대원·류연복·유은종·최석태 등이 정말로 고생들 많이 했다.

게다가 함께 사용하던 민미협 사무실이 따로 독립해 나가고부터는 인건비 부담이 생겼다. 대관료만으로는 감당할 수 없었다. 나는 신촌 우리마당에서 하고 있던 '젊은이를 위한 한국미술사' 강좌를 그림마당 민으로 옮겨와 수강료를 받아 임대료를 내기도 했다.

게다가 당국의 감시와 탄압은 여전했다. 1987년 3월 민미협에서 기획한 '반(反) 고문전' 때의 일이다. 박불똥의 작품 〈우리나라 대통령이 부(끄)럽다〉는 전두환 대통령이 박종철 표찰을 달고 전경에게 끌려가는 희대의 풍자화였지만 전시회 주최 측은 자체 검열 결과 그림마당 민이 폐쇄될 수 있다고 판단되어 전시장이 아니라 사무실에 숨기듯 걸었다. 이 작품은 그해 연말에 열린 박불똥의 개인전 '졸작전' 때 공개 전시됐다.

그런 탄압 속에서도 그림마당 민에선 정말로 많은 민중미술전이 열렸다. 해마다 열린 '통일전' 같은 전시에서는 고 이애주의 춤과 김남수의 굿이 더해져 열기가 뜨거웠다. 그림마당 민은 나중엔 화가 고 문영태가 발 벗고 나서서 운영을 맡으면서 조금 사정이 좋아진 때도 있었다. 그러나 어렵기는 매일반이었다.

문민정부가 들어선 1993년 그림마당 민은 시대적 소명을 다하고 문을 닫았다. 민미협 회원들의 열띤 논쟁 끝에 그림마당 민이 문을 닫게 될 때 나는 영남대 교수로 대구로 내려가게 되면서 그동안 매일 출근하다시피 했던 인사동을 떠나게 되었다. 그러나 그림마당 민은 우리 민중미술운동사 내지는 20세기 한국현대미술사의 상징적 공간으로 길이 남을 것이다.

오늘날의 인사동 화랑가

1980년대의 고미술상과 화랑 들이 거의 다 인사동을 떠났고 대안 공간으로서 그림마당 민이 간판을 내렸다고 하지만 그렇다고 미술 거리로서 인사동의 전통이 끊어진 것은 아니다. 동산방화랑·선화랑·노화랑·관훈미술관·백악미술관·경인미술관·가나아트 등 자가 건물을 갖고 있는 화랑과 전시장 들은 지금도 건재하며 미술 거리로서의 권위와 무게 중심을 잡고 있다.

변한 점이 있다면 미술계의 구조와 전시 환경에 큰 변화가 일어난 것이다. 21세기로 들어서면 우리 경제 규모가 커진 만큼 미술계도 변해 시장 규모가 전에 없이 커졌다. 갤러리 인사아트, 인사아트센터, 아라아트센터 등의 전시장은 규모와 시설 면에서 앞 시기와 비교할 수 없이 우수하고, 연중 휴관 없이 대관·기획 전시회를 열고 있다.

여기에다 경매회사가 활성화되어 서울옥션, 케이옥션, 마이아트옥션이 미술판을 바꾸어놓았다. 이에 기성 화랑과는 달리 신진작가들을 발굴하는 작은 화랑들이 넓게 포진하게 되었다. 이들을 '갤러리스트(gallerist)'라고 한다. 갤러리스트들의 활약으로 미술계는 또다른 전시문화를 갖게 되었다. 그리하여 2020년 인사동 문화축제에 참여한 화랑의 수는 무려 60여 곳에 이르고 있다. 인사동 샛길에 퍼져 있는 60여 곳의 화랑과 약 40곳의 민예품 가게와 고미술상은 인사동이 전통과 현재가 공존하는 문화예술의 거리로 명성과 자랑을 유지하는 뿌리가 되고 있다.

우리는 누구나 인사동의 자랑스러운 전통이 끊임없이 발전해가기를 원한다. 또한 행여 옛 전통이 변질될까 염려하는 마음이 있다. 나는 인사동의 전통이 유지되는 것은 화랑과 민예품 가게의 활성화가 핵심이라고 생각한다. 고서점의 맥이 끝난 것처럼 이들마저 철수하면 인사동은 옛이야기로만 남을 것이다. 어떻게 하면 화랑과 민예품 가게를 불황에서 살려낼 수 있을까?

이에 대한 해답은 많은 사람이 화랑과 민예품 가게에 들러 작품을 감상하고 구입해 애장하는 문화가 일어나야 한다는 것이다. 문화를 창조하는 것은 생산자(예술가)지만 이를 발전시키는 것은 소비자(고객)이다.

| **생투앙벼룩시장** | 프랑스 파리의 클리냥쿠르라고 불리는 생투앙벼룩시장에는 고미술상이 줄지어 있다.

그런 의미에서 제2의 미술 붐이 일어나야 한다. 미술품과 민예품을 애
장하는 것은 자신의 삶을 풍요롭게 하는 문화 행위이면서 그것이 곧 미
술문화 발전에 기여하는 구체적인 방법이라는 사회적 분위기가 형성되
어야 한다.

런던 노팅힐의 포르토벨로와 파리 생투앙의 클리냥쿠르

서양의 유명한 여행 가이드북을 보면 문화유산·관광지·호텔·식당
등과 함께 반드시 소개되는 것이 그 도시의 앤티크 거리, 혹은 벼룩시
장이다. 런던에서는 영화 「노팅힐(Notting Hill)」에도 나온 포르토벨
로 마켓(Portobello Road Market)이 가장 유명하다. 파리에는 클리냥
쿠르(Clignancourt)라고 불리는 생투앙(Saint-Ouen) 벼룩시장, 방브

| **노팅힐** | 영국 런던에서는 영화 「노팅힐」에도 나온 포르토벨로 마켓이 가장 유명한 미술품, 민속품 시장이다.

(Vanves) 벼룩시장, 몽트뢰유(Montreuil) 벼룩시장 등 3대 벼룩시장이 있다. 거기에 가면 그 나라 미술품과 민속품을 무진장 만날 수 있다. 해외에 갔을 때 이런 곳에서 기념품을 사는 것은 여행의 큰 즐거움 중 하나다.

올(2022) 6월 나는 초청 강연회가 있어 유럽에 갔을 때 파리의 클리냥쿠르에서 오래된 리모주(Limoges) 도자기 향수병을 한 점 샀고, 런던 노팅힐에서는 18세기에 영국에서 제작한 아시아 고지도를 사왔다. 인사동에 오는 외국인 관광객 중에는 나와 똑같은 마음에서 한국의 민족적 정취가 풍기는 민예품이나 도자기를 구하고 싶어하는 사람이 많다. 그러나 우리나라의 폐쇄적인 문화재보호법은 100년 이상 된 유물은 공항에서 반출 허가를 받아야 하기 때문에 마음대로 사가지 못한다.

인사동 민예품 가게 진열장에 있는 그 흔한 신라토기, 가야토기의 경우 시가로 몇 십만 원이면 살 수 있는데 반출 허가를 받을 수 있는지 없는지 모르기 때문에 사실상 거래가 막혀 있는 것이다. 이는 심각하게 재고되어야 한다. 영국 사람이 가야토기를 사가면 영국 토기가 되는 것이 아니라 영국 사람도 가야토기를 통해 한국 문화를 사랑하고 존경하게 되는 것이다. 귀중한 유물은 당연히 반출이 금지되어야 하지만 민예품 가게 진열장에 있는 평범한 것까지 규제하는 것은 우리 문화의 국제적 홍보를 막는 행위이다.

나는 문화재청장 재임 때 이 모순된 규제를 고치려고 무던히 노력했지만 법률 개정권을 갖고 있는 국회의원들을 설득하는 데 실패했다. 국민 여론의 합의가 더 이루어져야 한다는 게 이유였다.

그리하여 인사동에 온 외국인 관광객들은 한국이 문화적으로 대단히 폐쇄적인 나라라는 인상을 갖게 되고 인사동에 들어와 있는 중국 유물들을 기념품으로 사가고 있다. 우리는 이제 식민지배의 경험으로 인한 문화재 약탈의 콤플렉스와 트라우마에서 벗어나 자신있게 우리 문화재의 세계화를 추진해야 한다. 그것이 인사동 민예품 가게를 살리는 길이라서가 아니라, 세계가 주목하고 있는 K-컬처의 뿌리를 자랑스럽게 알리는 길이기 때문이다.

인사동을 사랑한 사람들

인사동길 북쪽의 르네쌍스 음악감상실 /
문화방송 사옥과 민정당사 / 인사동의 한정식집 /
인사동의 오래된 밥집 / 부산식당 / 천상병 시인과 찻집 귀천 /
문인들의 인사동 진출 / 카페 평화만들기 /
낙서, 이용악의 「그리움」 / 카페 소설 / 인사동 밤안개, 여운 /
김욱과 조문호의 증언 / 쌈지길의 등장 / 인사동 만가

인사동길 북쪽의 르네쌍스 음악감상실

나의 체험에 입각해보건대 인사동길이 전통과 현대가 어우러지는 서울의 대표적인 문화예술의 거리로 변해온 발자취는 대략 다음과 같다. 1960년대는 고서점, 1970~80년대는 화랑과 고미술상, 1980~90년대는 전통찻집과 카페, 2000년 이후는 쌈지길과 관광 거리.

그러나 내가 인사동에 발을 들여놓기 이전인 1950~60년대 초에 고서점 말고 어떤 문화적 분위기가 있었는지에 대해서는 기록도 증언도 별로 없다. 그래서 나보다 10년 연상으로 『우리네 옛 살림집』(열화당 2016) 등 생활사 분야에 많은 저서를 펴낸, 친구보다 친한 선배인 김광언 형에게 전화를 걸어 물어보았다.

| 르네쌍스 고전음악감상실 | 인사동에 있다가 신신백화점 뒤 영안빌딩으로 이사한 르네쌍스 음악감상실은 가난한 시절의 젊은이들이 방음장치가 갖춰진 어두컴컴한 실내의 80석 남짓 되는 의자에 앉아 고전음악을 감상하며 문화적 갈증을 해소하는 중요한 문화공간이었다.

"형님, 50년대 말, 60년대 초 인사동에 고서점 말고 뭐가 있었어요?"

"글쎄, 특기할 만한 것이라면 인사동 남쪽 들머리에 '르네쌍스'라는 고전음악 감상실이 있었어요."

"아니, 신신백화점 뒤 4층 건물에 있던 르네쌍스가 본래 거기 있었나요?"

"그렇지. 그 르네쌍스가 영안빌딩으로 이사 간다고 해서 내가 학보 기자로 취재 갔었어요. 그게 아마도 4·19혁명 나기 직전일 거야. 인사동 르네쌍스는 민주당 당사 뒷골목에 있었는데 건물에 대통령 후보인 조병옥의 사진이 크게 걸려 있었거든."

그리고 두어 시간 뒤 김광언 형은 자신이 쓴 학보 기사를 스크랩북에서 찾아 문자메시지로 보내왔는데 기사 중 특히 인상적인 대목은 교복을 입은 어린 피아니스트들이 악보를 무릎 위에 펴놓고 쇼팽의 피아노

소나타에 맞추어 손가락을 짚어가고 있었다는 대목이었다. CD는 고사하고 LP판도 귀해 레코드판에 바늘 돌아가는 소리가 서걱거리는 SP판 시절 얘기다.

이후 선배들께 인사동 르네쌍스에 대해 물어보니 황명걸 시인은 천상병 시인을 처음 만난 곳이 바로 거기였다고 했고, 민영 시인은 동료 시인인 박희진, 구자운, 이제하 같은 친구를 그곳에서 자주 만났다고 회고했다. 이 노시인들이 아직 등단하기 전인 20대 때 일이다.

신신백화점 뒤에 있는 영안빌딩으로 이사한 르네쌍스는 방음장치가 갖춰진 어두컴컴한 실내의 80석 남짓 되는 의자에 앉아 가난한 시절의 젊은이들이 고전음악을 감상하며 문화적 갈증을 해소하는 중요한 문화 공간이었다. 당시 고전음악 감상실은 르네쌍스 외에 광교의 '아폴로', 명동의 '돌체'와 '필하모니', 팝송은 무교동의 '쎄시봉', 화신백화점 뒤의 '디쉐네'가 유명했다.

내가 드나들던 시절 르네쌍스에서는 한쪽 눈을 안대로 가린 '수길이 형'이 베토벤의 교향곡이 나오면 의자에서 일어나 허공에 대고 카라얀을 방불케 하는 지휘를 하는 것이 아주 근사했다. 1970년대에 그 수길이 형은 충무로 낡은 건물 3층에 '티롤'이라는 고전음악 다방을 차렸다.

그런 음악감상실의 전통은 계속 이어져 1990년대엔 인사동 네거리 안쪽에 '레떼'가 생겨 그 시절 젊은이들의 안식처가 되었다.

문화방송 사옥과 민정당사

이미 세월이 많이 흘러 사람들에게 잊히고 말았지만 1961년 지금 인사동 네거리 옛 덕원갤러리 자리(인사동길 24)엔 우리나라 최초의 상업방송인 문화방송(MBC) 사옥이 있었다. 문화방송은 텔레비전 방송을 시작

| **인사동 문화방송 사옥과 민정당사** | 지금 인사동 네거리 옛 덕원갤러리 자리(인사동길 24)엔 문화방송(MBC) 사옥이 있었고 1980년에는 전두환 군사독재정권 제5공화국의 정치적 토대가 된 민주정의당(민정당) 당사가 안국동 로터리와 가까운 정일학원 자리(현 '안녕인사동' 건물)에 있었다.

한 1969년에 정동사옥(현 경향신문사 건물)으로 옮겨 갈 때까지 인사동 네거리의 랜드마크였다.

지금의 덕원갤러리 건물은 문화방송 건물의 뼈대를 그대로 두고 리노베이션한 것이다. 그 때문에 그 앞에는 문화방송이 출범한 곳임을 알려주는 둥근 동판이 놓여 있다. 문화방송은 8년 동안이나 인사동에 있었지만 이때는 라디오 시대였기 때문에 방송국을 드나드는 사람이 한정되다보니 연예인들이 인사동 풍광을 바꾸어놓는 일은 없었다.

그러나 1980년, 전두환 군사독재정권이 제5공화국의 정치적 토대로 삼은 민주정의당(민정당)의 당사가 안국동 네거리와 가까운 정일학원 자리(현 '안녕인사동' 건물)에 들어서면서 인사동 길에는 밤낮으로 검은 세단

| 민정당사 점거농성사건 | 1984년 11월 14일 대학생 264명이 민정당사를 점거농성한 사건은 1987년 6월항쟁으로 가는 민주화운동의 길목에서 중요한 민주항쟁이었다.

이 줄을 이으며 분주히 오갔다.

민정당사는 1984년 11월 14일 고려대, 성균관대, 연세대 등의 대학생 264명이 벌인 세칭 '민정당사 점거농성사건'으로 유명하다. 당시는 군부독재의 폭압이 극에 달해 정치인 567명을 '정치풍토쇄신을 위한 특별조치법'으로 묶어놓고 선거를 치러 자기들끼리 다수당을 확보하던 시절이었다.

이에 용감한 운동권 학생들이 당사 건물 9층으로 올라가 안에서 철제문을 잠그고 창문에 "노동법 개정하라""(정치인) 전면해금 실시하라"라는 플래카드를 내걸고 민주화를 외쳤다. 이 민주항쟁은 1987년 6월항쟁으로 가는 민주화운동의 중요한 길목에 위치한 사건이다.

이 민정당사가 들어오면서 인사동에 많은 한정식집이 탄생했다. 옛 민정당사 맞은편, 즉 노화랑 안쪽 골목 낮은 한옥에는 우정·다미·가회·동락다주 등이 속속 들어섰고 기존에 있던 선천집·사천집·이모집·경향·한성·영희네집 등과 함께 인사동을 우리나라 한정식의 고향으로 만들었다. 그러나 정치인들은 인사동길의 문화에는 어떤 자취도 남기지 않고 밥만 먹고 떠났다.

그 대신 품위있는 인사동 한정식집은 문인·예술가·학자뿐 아니라 밖으로도 소문이 나서 언론인·출판인·기업인이 자주 드나들었다. 이로써 인사동 거리는 더욱 차분한 가운데 높은 품격을 지니게 되었다.

인사동의 한정식집

인사동의 한정식집은 과연 서울의 명소로 지칭할 만한 것이었다. 상차림도 훌륭했고 맛도 정갈해 각계각층에서 회식 장소로 이용하면서 인사동을 풍성하게 만든 근거지 역할을 했다. 그러나 '부정청탁 및 금품 등 수수의 금지에 관한 법률'(약칭 청탁금지법) 시행 이후 단가를 맞출 수 없어 대부분 문을 닫거나 자리를 옮기게 되었으니 사실 우리 전통 요식업계의 큰 상실이 아닐 수 없다.

그런 중에도 선천집의 구순 넘은 박영규 여사가 한정식집의 사명감을 갖고 청탁금지법에 저촉되지 않는 간소한 밥상을 차려 옛 손님들을 맞이하고 있다는 사실은 여간 고마운 일이 아니다.

한정식집 중에서 내가 잊을 수 없는 추억은 '영희네집'이다. 인사동 네거리 남쪽 골목 깊숙한 곳에 있던 영희네집은 마당이 있는 디근자 한옥에 안방, 건넌방, 문간방, 사랑방 등 4개 방만 손님을 받는 깔끔한 한정식집이었다. 최순우 국립중앙박물관장, 현대화랑 박명자 회장을 따라 여러 번 드나들었고, 『나의 문화유산답사기』 1권에서 내가 우리나라 3대 한정식집으로 강진 해태식당, 해남 천일식당과 함께 영희네집을 언급했다. 그런데 친절하게 한다고 전화번호를 써놓은 것이 큰 실수였다.

이 책이 베스트셀러가 되면서 영희 아주머니는 밤낮을 가리지 않고 전화가 걸려오고 손님이 몰려들어 이를 감당하기 힘들어했다. 결국 얼마 안 되어 영희 아주머니는 식당을 다른 이에게 넘겨주고 인사동을 떠났다. 1993년 5월 『답사기』 1권이 나오자마자 고 정태기 전 한겨레신문사 사장 등 선배들이 축하의 자리를 영희네집에서 마련했는데 그 너그럽고 조신한 미소의 영희 아주머니 밥상을 받은 것은 그때가 마지막이었다.

인사동은 화랑가답게 화상들이 화가와 손님을 모시고 가는 단골식당으로 인사동 안 골목에 '우리집'과 '또 이집'이 있었다. 작은 한옥에 간결한 밥상을 차려주는 요즘 말로 '집밥' 집들이었다. 그러나 이런 작은 식당들은 자기 건물이 아니라 오래가지 못하고 남에게 넘겨주고 떠나곤 했다. '또 이집'을 이어받은 삼호식당 조복순 여사는 그 자리에서 10년 이어가다가 자리를 옮겨 '후루룩'을 내더니 또 몇 년 가다가 지금은 칼국수·손만두 전문 식당으로 '익선동 그 집'을 차려 인사동을 떠나지 않고 있다. 그리고 50여 년 전 밀양에서 시작하여 1988년에 인사동으로 들어온 '두레'가 인사동에 있다는 사실은 여간 대견하고 든든한 것이 아니다. 번듯한 규모의 한옥에서 2대에 걸쳐 정통 한정식을 제공하는 이곳에는 이 집을 소개하는 안내판이 있다.

음식점이란 음식 맛도 중요하지만 드시는 분의 마음속에 정을 느낄 수 있도록 하는 것이 소중하다는 이숙희 사장의 경영철학을 바탕으로 보다 아름답고 품위있는 상차림을 위해 노력하고 있습니다.

이런 노력과 정성으로 두레는 2017년에 미슐랭 가이드에 선정되기도 했다. 또한 2004년부터 인사동 밖으로 진출해 압구정 현대백화점 식당가에서 비빔밥집도 운영한다.

인사동의 오래된 밥집

사실 식당은 인사동길을 인간적 체취가 살아 있는 거리로 만드는 중요한 요소다. 오늘날 인사동에는 어마어마하게 많은 식당들이 들어서 있다. 고만고만한 규모에 각기 단품 요리와 퓨전 식단을 차리고 손님을 맞이하고 있는데 내가 즐겨 가는 곳은 특색있는 식단이 있는 오래된 식당들이다.

사찰음식을 대중화한 '산촌'은 채식을 좋아하는 깔끔한 손님을 접대할 때면 이따금 찾아간다. 된장찌개는 박중식 시인이 30년 전에 문을 연 '툇마루집 된장예술'이 유명하다. 토속적인 것이 먹고 싶을 때는 국밥집 '남원'으로 가고 막걸리라도 곁들일 생각이 있으면 '싸릿문을 밀고 들어서니'를 찾아간다.

개업 40여 년을 자랑하는 '사동면옥'은 그때나 지금이나 똑같은 맛을 제공하고 그 곁에 있는 '인사동 항아리 수제비'도 별미다. 인사동에서 칼국수는 단연코 '누님손국수'가 먼저 손꼽히는데, 백악미술관 지하에 있는 '안동국시 소람'은 전이 맛있고 밀가루 음식 메뉴가 다양해 매달 마지막 일요일에 열리는 고간찰연구회 공부가 끝나면 꼭 여기서 회식을 하고 있다.

'동루골'은 이런저런 문학상의 뒤풀이 장소로 문인들이 많이 찾고 '실비식당'은 인사동 문화인들이 아마도 가장 즐겨 찾는 이름 그대로 실비집이다. '이모집'은 주인이 바뀌었지만, 작고한 '말하는 건축가' 정기용이

| 인사동 밥집들 | ①풍류사랑 ②안동국시 소람 ③조금 솥밥 ④유목민

죽기 직전에 이곳 '바싹 불고기'가 먹고 싶다고 했을 정도로 맛이 좋다.

별식으로는 45년의 전통을 갖고 있는 안국동 네거리의 '조금(鳥金) 솥밥'을 즐겨 찾아가는데, 일본에서 온 박물관장을 이 집에서 대접했더니 그는 일본에도 이런 솥밥은 없다고 칭찬을 아끼지 않았다.

그리고 고 김용태 한국민족예술인총연합(민예총) 이사장의 부인 박영애는 운니동에서 운영해오던 '낭만'을 사동면옥이 있는 골목 안 막다른 집으로 이사해 '풍류사랑'이라는 음식점을 열었다. 그래서 용태형을 그리워하는 사람들과 자주 간다. '지리산'은 순두부를 '숨두부'라고 따로 부를 정도로 독특한 맛을 보여주었는데 그 집은 헐리어 지금은 빈터가 되어 있다. 그리고 마지막까지 인사동을 배회하는 문화예술의 유목민들이 모여드는 '유목민'은 최석태, 장경호 같은 미술판 후배들이 여전히 죽치고 사는 곳이다. 영화배우 송강호도 즐겨 찾고, 「기생충」 제작 뒤풀이도 이곳에서 했다고 한다. 그런 중 내가 변함없이 즐겨 찾는 곳은 '부산식당'이다.

부산식당의 쌀밥과 동태찌개

부산식당은 부산 사람 고 조성민 사장이 1970년에 비만 새지 않을 정도의 허름한 한옥에서 출발했지만 쌀밥과 생태찌개를 잘해 지금은 제법 규모를 갖추고 부인과 아드님이 식당을 이어가고 있다. 이 집 생태찌개 맛은 부산 사람들이 즐기는 '방아'라는 푸성귀를 살짝 넣는 것이 비결이다.

당시 조사장은 '식당은 무엇보다 밥이 맛있어야 한다'는 신조로 일반미보다 비싼 상품미(上品米)를 사용하고 절대로 미리 해놓은 묵은 밥을 주지 않고 손님이 주문하면 그제야 쌀을 안쳤다. 이 때문에 농협은 '쌀밥이 맛있는 집'으로 지정했는데 처음 온 손님은 "음식이 더디 나온다"고 투정하고 심지어는 그냥 나가버리기도 한다. 밥은 반듯하게 뚜껑 있는 밥그릇에 담겨 나오는데, 뚜껑을 열면 김이 모락모락 나는 흰밥에 콩

| **부산식당** | 부산 사람 고 조성민 사장이 1970년에 비만 새지 않을 정도의 허름한 한옥에서 출발했지만 쌀밥과 생태찌개를 잘해 지금은 제법 규모를 갖추고 부인과 아드님이 이어가고 있다.

이 다섯 알(요즘은 팥이 세 알) 얹혀 있었다.

조사장은 속정이 아주 깊은 분이어서 젊은 화가에게 외상도 주고 민중화가 최병수에게는 외상값을 작품으로 받아 그의 〈장산곶매〉가 지금도 식당에 걸려 있다. 그런 인정 때문에 인사동 전시회의 공통 오픈 날인 매주 수요일이면 화가들의 뒤풀이 장소로 대성황을 이룬다.

30년 전 얘기다. 『한겨레신문』에서 '내가 즐겨 찾는 곳'이라는 원고청탁을 받았을 때 나는 부산식당의 이런 모습을 소개했다(1991년 8월 10일자). 이후 부산식당은 자못 유명해져 성시를 이루고 집도 개조해 안쪽으로 넓혔다. 조사장은 항시 그것을 고마워해 내게 "시간을 내주면 '청동

시대'에 가서 진토닉 한잔을 사고 싶다"며 뒷주머니에서 부인 몰래 빼돌린 50,000원을 보여주곤 했다.

그러나 나는 끝내 그 진토닉을 얻어 마시지 못했고, 조사장은 세상을 떠났다. 조사장이 타계한 뒤 나는 근 1년 동안 부산식당에 가지 않았다. 가면 고인이 생각날까봐 가기 싫었다. 그러다 명지대 한국미술사연구소 연구원들과 인사동에서 열리는 전시회를 보러가는 길에 부산식당으로 데려가면서 "이 집은 특히 밥이 맛있는데 해놓은 밥이 아니라 그 자리에서 해주는 흰밥에 콩이 다섯 알 얹혀 있다"고 이야기해주었다.

내가 연구원들과 식당으로 들어서자 부인은 반가워하며 나를 보자마자 눈물을 글썽이면서 "왜 그간 안 왔느냐"며 손을 놓지 못했다. 생태찌개가 끓기 시작하자 드디어 밥이 나왔다. 연구원들은 호기심 어린 눈으로 밥뚜껑을 여니 과연 김이 모락모락 나는 윤기 있는 흰밥 위에 콩이 다섯 알 얹혀 있었다. 그런데 내 밥뚜껑을 여니 콩이 열 알이나 수북이 들어 있었다. 옛정이 한없이 느껴지는 콩 열 알이었다.

다방과 빵집

인사동에서 찻집은 늦게 나타났다. 1970년대는 아직 전통찻집이 등장하기 전이었고 카페나 커피숍이 아니라 다방이라 불리던 시절인데 인사동에 오는 사람들은 고서점에서 죽치고 책을 보거나 화랑에서 그림 보며 차 대접을 받기 때문에 발달할 여지가 없었다.

후미진 곳에 있는 다방은 지방에서 고미술상에 물건을 대는 중간상, 속칭 나카마(仲間)들이 많이 이용하여 품위있는 인사동 분위기와는 영 딴판이었다. 그러다 한때 인사동 큰길가에는 모던한 실내장식에 안정된 커피맛을 제공하는 '사루비아 다방'이 문을 열어 비교적 젊은 층들이 많

| 옛 크라운제과 | 안국동 네거리에서 인사동길로 들어서는 왼쪽 모서리 1층에는 오랫동안 유리벽 안으로 내부가 드러나 보이는 '크라운제과'가 있었다. 이 집은 특히 단팥죽이 일품이었다.

이 드나들었다.

　나이 드신 분들이 잘 가는 다방은 따로 있었다. 통문관 옆 골목 안에 있던 '정다방'은 연로하신 학자들이 많이 드나들었다. 그리고 공평동 쪽에는 낡은 2층 건물에 태을다방(현 태을커피)이라는 이름부터 고전 냄새가 풍기는 다방이 있었는데 한번은 서예가인 승계 임창재 선생님을 만나뵈러 갔더니 한학자 권오돈 선생을 비롯해 이곳 손님들의 평균 연령이 족히 70세는 되어 보여 깜짝 놀랐었다.

　안국동 네거리에서 인사동길로 들어서는 왼쪽 모서리 1층에는 오랫동안 유리벽 안으로 내부가 드러나 보이는 '크라운제과'가 있었다. 이 집은 특히 단팥죽이 일품이었는데 흠이라면 주문하고 족히 15분은 걸릴 정도로 늦게 나오는 것이었다. 나는 단팥죽을 아주 좋아해 자주 드나들

었다. 그러던 어느 날 여기에 들어와보니 한쪽 테이블에 80대의 남성 노옹(老翁)이 앉아 계셨다. 잠시 후 70대의 여성 공예가가 조용한 미소를 띠며 테이블에 노인과 마주 앉았다. 그러자 의외로 단팥죽이 바로 나왔다. 70대 공예가가 "어머, 단팥죽이 빨리도 나오네요"라고 놀랍다는 듯 감탄을 섞어 말하니 80대 노옹은 느린 어조로 이렇게 말했다.

"내, 그대를 위하여 미리 와서 주문해놓았지요. 하하."

천상병 시인과 찻집 귀천

1980년대에 들어가면 인사동길에는 전통찻집과 카페가 등장하고 여

| **귀천** | 1980년대 문학 패거리들의 인사동 진출을 상징적으로 보여주는 장소가 바로 전통찻집 귀천이다. 귀천에는 천상병의 친구 문인들이 드나들면서 인사동은 본격적으로 문인들의 거리가 되었다.

기를 아지트로 삼는 문인과 언론인이 대거 모여들어 먼저 터를 잡은 미술인들과 한데 어울렸다. 그 문인들, 자칭 문학 패거리들이 인사동으로 진출한 것을 상징적으로 보여주는 곳이 1985년에 천상병(1930~93) 시인의 부인인 목순옥(1935~2010) 여사가 문을 연 전통찻집 귀천(歸天)이다.

천상병은 마산중학교 시절인 1949년 「공상」이라는 시로 문단에 이름을 올리고 1952년 유치환의 추천을 받아 『문예』에 「강물」이 실리면서 본격적으로 등단했다. 서울대학교 경제학과를 중퇴한 뒤 잠시 부산시 공보실장으로 일하기도 했는데 1967년 이른바 동백림 공작단 사건에 연루되어 하루아침에 간첩으로 몰려 "아이론(다리미) 밑 와이샤쓰"(그의 시 「그날은」의 한 구절) 꼴의 모진 고문을 받고 6개월간 옥고를 치렀다. 그의 죄란 사건 관련자인 친구 강아무개에게 술값으로 300원, 500원씩 총

36,500원을 받아 쓴 것이었다.

이때 천상병은 고문으로 심신이 다 망가져 아기를 낳을 수 없는 불구가 되었고, 1971년에 행려병자로 서울시립정신병원에 수용되었다. 이때 친구의 여동생 목순옥이 수년간 간병을 해준 것이 계기가 되어 1972년 소설가 김동리 주례로 결혼했다. 두 사람은 수락산 기슭에 사글셋방을 하나 얻고 사는데 출판사를 경영하던 시인 강태열이 막걸리 값이나 하고 돈은 천천히 갚으라며 300만 원을 내준 것으로 찻집 '귀천'을 열었다. 귀천에는 그의 친구 문인들이 드나들면서 인사동은 본격적으로 문인들의 거리가 되었다. 천상병 시인은 결국 1993년 간경화로 세상을 떠났고 「귀천」이라는 시를 남겼다.

문인들의 인사동 진출

1980년대에 본격적으로 인사동에 진출한 문인들은 대개 1930년대생으로 그때 그분들은 50대였다. 본래 문인들은 떼거리로 잘 몰려다녔다. 1960년대에는 김관식, 김수영, 박인환, 이봉구 등이 명동을 누볐다. 1970년대에는 주로 관철동과 청진동에 진을 쳤다. 관철동은 한국기원이 있어 거리의 철학자 민병산을 비롯해 바둑을 좋아하는 문인들이 모였다.

청진동에는 소설가 이문구가 편집장으로 있는 한국문학사와 민음사, 신구문화사 등이 있고 초창기 창작과비평사도 거기 있었기 때문에 '열차집'(서울시 미래유산)이나 '가락지' 같은 술집이 항시 문인들로 북적였고 지방에서 올라온 문인들은 영남여관에서 묵어가곤 했다.

이들이 인사동으로 진출한 것은 천상병 시인과 가까운 시인 신경림·강민·민영, 탁월한 번역문학가인 박이엽, 문학평론가 구중서, 언론인 임

| ①박이엽 ②민병산 ③구중서 ④신경림 ⑤민영 ⑥임재경 | 1980년대 인사동길에는 문인과 언론인이 대거 모여들어 원래 터를 잡고 있던 미술인들과 한데 어울렸다. 이 무렵 전통찻집과 카페 들이 문을 열면서 인사동은 재야 문화예술인들이 모이는 사랑방 역할을 했고, 이들은 마음 맞는 벗으로 서로를 의지하며 매캐한 최루탄 냄새로 뒤덮여 있던 군부독재 시절을 이겨냈다.

재경, 『전환시대의 논리』의 리영희, '조선 3대 구라' 중 원조인 방배추(본명 방동규), 희대의 의인인 채현국 등이었다. 이분들에게 인사동이 어떠한 곳이었는가는 신경림의 「인사동2: 다시 민병산 선생을 애도하며」에 잘 나타나 있다.

　　세상을 사는 데는/그렇게 많은 지식이 필요 없는 법이라고/그렇게 많은 돈이 필요없는 법이라고/그렇게 많은 행동이 필요없는 법이라고//몸은 저승에 보내고도/인사동에서만 맴돈다/출세한 친구도 인사동에서만 보고/미국 가는 친구도 인사동에 앉아 배웅했듯/그의 죽음서러워하는 인사도/인사동에 앉아서 받는다//세상을 떠나서도/가진 것이 없을수록 좋더라면서/움직임이 적을수록 좋더라면서

세월이 많이 흘러 2006년 2월 15일에는 '고 민병산, 박이엽, 천상병을 추모하는 모임'을 가회동 북촌미술관에서 가졌다. 이 모임의 초대인은 신경림·백낙청·구중서·황명걸·채현국·민영 등이었다.

북적이는 인사동

찻집 귀천이 문을 열 무렵 인사동에는 수희재·초당·지대방·소담·인사동 사람들·토담 같은 전통찻집이 연이어 문을 열었다. 다방이 커피숍이라는 이름으로 바뀌고 술집이 카페로 대체되는 모던한 사회적 분위기가 일어날 때 한편에서는 우리의 차 문화를 즐기며 지키기 위한 노력으로 전통찻집이 들어선 것이다.

이와 동시에 다기를 다루는 전통 공방과 '아원공방'을 비롯한 아기자기한 공예품 가게들이 문을 열면서 인사동 거리는 더욱 정겨운 거리로 변해갔다. 그리고 골목길 안쪽에는 '평화만들기' '소설'을 비롯한 카페들이 문을 열면서 특히 재야 문화예술인들의 사랑방 역할을 했다.

1980년대에 인사동에 문화예술인들이 모여들게 된 데는 몇 가지 요인이 있다. 당시는 군부독재 시대로 언론이 통제되고 최루탄 가스가 아스팔트 위에서 매캐한 내음을 피어내던 시절이었다. 이때 문화예술인들은 동지까지는 아니어도 마음 맞는 벗, 선후배와 만나 차나 술을 마시면서 서로 의지하면서 시대를 걱정하고 울분을 토하며 지냈는데 인사동이

그 사랑방 역할을 한 것이었다.

1986년 그림마당 민의 개관으로 민중미술이 거점을 마련하자 전시회 오픈 날에는 화가들뿐 아니라 민중미술에 동조하는 재야의 문인, 언론인, 학자 들이 축하해줄 겸 친구도 만날 겸 모여들었다.

1987년 6월항쟁 이후엔 억압받던 정신에 해방이 찾아오면서 침울했던 분위기가 자못 활기찬 모습으로 바뀌었다. 1987년 9월, 『한겨레신문』창간 준비 사무실이 안국동 네거리 안국빌딩에 자리 잡으면서 해직 언론인들도 인사동 사람의 한 주류를 형성하게 되었다. 또 그들은 창간 모금을 위해 아는 지인들을 인사동으로 끌어들였다.

1988년 12월, 민예총이 고은·김윤수·조성국 등을 공동의장으로, 김용태를 사무총장으로 하여 창립되면서 낙원동 건국빌딩에 사무실을 차렸고, 민예총의 민족예술연구소가 주관하는 민족예술 강좌는 사람들을 이쪽으로 많이 끌어들였다.

카페 평화만들기

인사동 사람들이 사랑방처럼 모여드는 곳은 당연히 찻집과 카페였는데 당시 대표적인 카페가 평화만들기와 소설이었다. 쌈지길 뒤편 골목길 안쪽 회색 건물 2층, 지금 갤러리 화인 자리에 있던 평화만들기는 1985년 소설가 유정룡이 처음 문을 연 이래 문인, 화가, 언론인, 시민단체 운동가 그리고 재야 출신 정치인 들의 사랑방이 되었다. 족히 40평은 되어 보이는 비교적 넓은 공간에 신을 벗고 올라앉는 온돌방도 있고 통로 양쪽엔 등받이가 높은 테이블이 8개가 있어 삼삼오오 오붓하게 술 마시기 좋은 분위기를 갖고 있었다.

초창기에는 천상병, '걸레스님' 중광, 이외수 등 인사동 3대 기인과

| **옛 평화만들기 자리** | 쌈지길 뒤편 골목길 안쪽 회색 건물 2층, 지금 갤러리 화인 자리에 있던 평화만들기는 1985년 문을 연 이래 문인, 화가, 언론인, 시민단체 운동가 그리고 재야 출신 정치인 들의 사랑방이었다.

신경림·고은·이호철·김주영·이문구·김지하·황석영·김성동·김원일·이윤기 등 당시 50~60대 중진 문인들이 먼저 터를 잡았다. 그러던 것이 1986년 그림마당 민을 연 이후에는 김정헌·김용태·주재환·손장섭·여운 등 민미협의 40~50대 고참 화가들이 합세하고 1987년『한겨레신문』안국동 창간 준비 사무실의 설립 이후에는 임재경·성유보·정태기 등 언론인들이 대거 몰려왔다. 1988년 민예총 창립 이후에는 채희완·이애주·임진택·유인택·정희섭, 풀빛출판사의 나병식 등이 등장했다. 그리고 6월항쟁을 거쳐 문민정부가 들어서는 1993년 전후해서는 재야운동가에서 정치판으로 들어간 이부영·김근태·손학규·유인태·이해찬 등도 합류했다.

그러다 1992년 이 집 단골손님이었던 30대 이해림이 평화만들기를 인수하면서 손님 층은 더 넓어지고 나이는 더 젊어졌다. 여기에 신문사의 문학, 미술 담당 기자인 김태익(조선), 손철주(문화), 정재숙(중앙), 최재봉(한겨레) 등이 마치 문화부 출입처처럼 이곳을 드나들었다. 그래서 창작과비평사에서 해마다 11월에 여는 만해문학상 시상식의 뒤풀이 장소도 한동안 평화만들기였다.

지금 거명한 면면들은 내가 노는 물이 그쪽이었기 때문에 한정해서 말한 인물들이고 실제로는 내가 잘 모르는 문화예술인들이 몇 배 몰려와 즐겁게 술을 마시며 분위기를 즐겼다. 내가 옆자리에서 만난 손님 중에는 김동호 전 문체부 차관도 있었고 소설가 은희경도 있었고 또 어떤 때는 뒷자리에서 젊은 여성 편집자들이 수다체로 필자 흉보는 소리가 들려오기도 했다. 김영춘, 송영길 의원을 만났을 때는 "민정당사 점거하던 학생들이 이제 평화만들기에서 농성을 하는구면"이라고 농을 던지기도 했다.

평화만들기에 들어가 테이블에 앉으면 옆에도 뒤에도 아는 사람이라 술병을 들고 자리를 옮겨가며 마셨고, 또 새 손님이 들어오면 일어나서 인사 나누기 바빴다. 약속 없이 가도 어디엔가 끼어 앉아 함께 술 마실 자리가 있었다. 그래서 시골 노인 마실 나오듯 평화만들기에 오는 인생들이 적지 않았다.

당시에는 요즘처럼 좌파 우파가 크게 갈라지지 않아 생각이 달라도 인간으로서 또는 문화와 예술의 이름으로 하나가 되어 술을 마시고 이야기를 나누었기 때문에 평화만들기는 '문화인의 비무장지대(DMZ)' 또는 당시 상영된 영화 제목을 따서 '문화인들의 공동경비구역(JSA)'이라는 말이 나왔다.

그러나 이렇게 좌판이 벌어지기 때문에 카페 안은 항상 떠드는 소리로 시끄러웠고, 웃음소리가 곳곳에서 흘러나오는가 하면 때로는 예술담론이 펼쳐지고, 때로는 시국토론이 벌어져 어디선가는 말쌈이 붙어 목청 높은 소리가 터져 나와 소란스럽기도 했다. 그래서 우스갯소리로 '평화만들기에는 평화가 없다'고도 했다. 그럴 때면 주모인 여장부 이해림이 해결사로 나서 원만히 중재해주었다.

낙서, 이용악의 「그리움」

이해림은 찾아오는 사람을 편안히 해주는 대단한 친화력을 갖고 있었다. 그래서 나이 든 손님들은 이해림을 여동생처럼 대했고, 젊은 패거리들은 이해림을 누나라고 불렀다. 그 이해림이 수운회관에서 결혼식을 올릴 때 주례가 백기완 선생이었을 정도다.

그런 평화만들기였는데, 이해림은 좋지 않은 일로 문을 닫고 인사동을 떠났으며 이를 인수한 분이 수운회관 옆 골목으로 가게를 옮겼으나 끝내는 간판을 내리고 말았다. 그래서 이를 매우 안타까워하는 사람들이 많았다.

세월이 흘러 2014년 11월, 옥션 단 경매에는 평화만들기를 회상하게 하는 한 '유물'이 나왔다. 본래 평화만들기 한쪽 벽에는 1990년 무렵 시인 김지하가 이용악의 「그리움」이라는 시를 굵은 매직펜으로 호쾌하게 쓴 글씨가 있었다. 평화만들기가 문을 닫고 다른 데로 이사 갈 때 떼어 간 것인데 이것이 돌고 돌아 경매에 나온 것이다.

눈이 오는가 북쪽엔 함박눈 쏟아져 내리는가/험한 벼랑길 굽이 굽이 돌아간 백무선 철길 위에/느릿느릿 밤새어 달리는 화물차의/검은 지붕에/연달린 산과 산 사이/너를 두고 온 작은 마을에도 복된 눈 내리는가/잉크병 얼어드는 이러한 밤에/어쩌자고 잠이 깨어/그리운 곳 차마 그리운 곳//눈이 오는가/북쪽엔/함박눈 쏟아져 내리는가

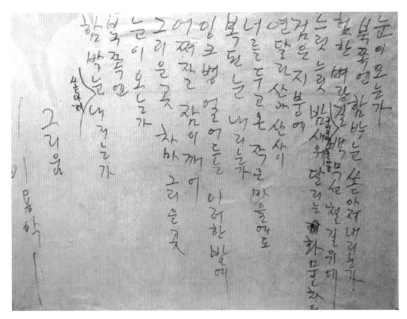

| **김지하가 쓴 이용악의 「그리움」** | 평화만들기 한쪽 벽에는 1990년 무렵 시인 김지하가 이용악의 「그리움」이라는 시를 굵은 매직펜으로 호쾌하게 쓴 것이 있었다.

　김지하가 만취한 상태에서 단숨에 써내려간 이 이용악의 시는 행이나 연 구분 등이 원문과는 약간 다르다. 이에 대해 김지하는 '내 글씨가 아니라 분단의 아픔을 우아한 서정으로 노래한 이용악의 글을 봐달라'고 했다는데, 나는 이를 보면서 이용악의 시보다도 오랜 기간 감옥 독방에서 얻은 후유증으로 정신병원까지 드나들며 말년에 이해하기 힘든 언행을 보여준 김지하가 아니라, 말술을 마시며 통음을 하고서도 이용악의 시를 외워 쓰던 그 시절 '지하형'의 웅혼한 호연지기를 보게 된다.

카페 소설

　평화만들기가 한창 잘나가던 1990년대 초 인사동에는 또 다른 여성

| **카페 소설** | 2008년 무렵 카페 '소설'의 모습이다. 카페 소설은 평화만들기와 함께 문화예술인들이 드나드는 인사동의 사랑방이었다. 간판은 아원공방에서 제작해준 것이다.

주인장 염기정이 카페 소설을 열어 문화예술인들이 모여드는 또 하나의 사랑방을 제공했다. 허스키한 목소리의 가수이자 그 자신이 엄청난 술꾼이기도 한 염기정은 1988년 이대 후문 쪽에서 연 카페 '시몽(是夢)'을 1991년 인사동 네거리 골목 안쪽으로 옮겨왔다.

카페 소설엔 황석영·김화영·김주영·윤후명 등 40대 후반의 연장자들도 즐겨 드나들었지만 나를 기준으로 볼 때 김정환·성석제·은희경·신수정 등 비교적 젊은 층들이 많이 찾아왔다. 화가로는 김정헌·성완경·최민화 등이 단골이었고 건축가 조건영·김영준, 영화인 홍상수·이창동, 문화부 기자로는 박해현(조선)·신준봉(중앙) 등이 자주 드나들었다.

대체로 카페 소설이 평화만들기보다 좀 젊은 편이고 또 상대적으로 모던한 편이었다고 할 수 있다. 순전히 내 느낌상 평화만들기가 『창작과비평』 같다면 카페 소설은 『문학과지성』 같은 분위기였다. 그런데 『내가

| **소설** | 카페 소설의 염기정은 현재 전주 한옥마을 근처에서 같은 이름의 카페를 열고 있다고 하여 이 당대의 '주모(主母)'를 찾아가 긴 시간 옛 이야기 꽃을 피웠다.

만난 술꾼』(자음과모음 2011)의 저자 임범은 "쉽게 말해 평화만들기엔 '꼰대'들이, 소설엔 '날라리'들이 진을 쳤다"고 했다.

　카페 소설에는 양주도 종류별로 있고 피아노도 있고 CCR의 'Who'll Stop The Rain' 같은 노래가 항시 흘러나오고 있어 홍상수 감독의 영화 「북촌방향」의 촬영 장소가 되기도 했다. 때로는 손님들이 죽이 맞아 합창을 하면 건너편 삼겹살집에서 항의가 들어오기도 했다.

　카페 소설에는 가수 김민기처럼 홀로 와서 술과 고독을 함께 마시는 인생들도 적지 않았는데 영화제작자 이준동은 한쪽 기둥 옆자리에서 맥주 대여섯 병에 멸치 땅콩 안주만 놓고 몇 시간씩 말없이 앉았다 가곤 해 사람들은 그를 카페 소설의 실내장식 같다고 말하곤 했다.

　카페 소설의 단골로 치면 단연코 건축가 조건영과 시인 김정환이다. 조건영은 매일 출근하다시피 했고 김정환은 주인 염기정이 자리를 비우거나 여행을 떠나면 카운터를 보기도 했다.

카페 소설이 이처럼 문예인들의 사랑방을 넘어 보금자리가 된 것은 주인 염기정이 주모로서 당당한 직업의식을 갖고 손님들을 편안히 맞이해주고, 자신도 술꾼으로서 손님들과 함께 어울리며 행여 격에 맞지 않게 손님을 귀찮게 하는 자가 나타나면 '너 우리집 오지 마'라고 내쫓아버리는 기개가 있었기 때문이다.

손님들은 주모 염기정을 같은 문화예술인으로 대접했다. 1997년 12월 카페 소설의 술꾼들이 염기정의 노래 솜씨가 아깝다며 신촌 라이브극장 '벗'에서 개인 콘서트를 열어주었다. 이때 염기정이 떨린다고 하자 술꾼들은 그러면 가수도 관객도 모두 술을 마신 상태에서 콘서트를 열기로 하고 입구에서 관객들에게 맥주와 양주를 한두 잔씩 마시고 들어오게 했다. 이때 술은 조건영이 제공했고, 사회는 전유성이 보았고, 포스터는 '이가솜씨'의 이상철이 제작해주었다.

카페 소설은 자주 옮겨다녔다. 2002년엔 인사동 백상빌딩 지하로 갔다가 2007년엔 보천당 골목으로 갔다가 2010년엔 가회동으로 갔다가 2017년엔 잠시 문을 닫았다. 주인 염기정은 이후 치앙마이에 가서 2년간 살고 돌아와 작년(2021) 1월에 전주 한옥마을 옆 동네에서 아원공방이 만들어준 그때 그 간판을 걸고 카페 소설을 운영하고 있다.

인사동 밤안개, 여운

이런 인사동 사람들의 진면목을 보여준 이는 고 여운 화백이다. 인사동에서 여운을 모르는 사람은 있어도 여운이 모르는 사람은 없을 정도로 그는 인사동에서 살았다. 그는 인사동에서 하루에도 서너 팀을 만나고 다녔다. 그래서 그가 세상을 떠났을 때 김사인 시인은 「인사동 밤안

| **여운** | 인사동 사람들의 진면목을 보여준 이는 고 여운 화백이다. 인사동에서 여운을 모르는 사람은 있어도 여운이 모르는 사람은 없을 정도로 그는 인사동에서 살았다.

개: 여운 화백」이라는 시를 바쳤다.

키만 훌쩍 컸지./뒷 사연 쓸쓸한 거야/인생 칠십의 빌어먹을 항다 반사.//바바리는 걸치고서/인걸들 하나둘 저물어가는/인사동 고샅을/밤마다 순찰 돌았네/그래도 혹시나 하고/수몰 앞둔 시골 면소/충직한 총무계장처럼.//한사코 집으로/안 가려 했네./탑골에 이모 집에 있으려 했네./볼가에서 소담에서 버티려 했네./깰까 두려워/자꾸 마셨네. (…) 바바리는 걸치고서//돌아가는 새벽 뒷모습이/알 슬은 방아깨비 같았네./물그릇 엎고 꾸중 들은 워리 같았네./식은 땀만 흘렀네.

김욱과 조문호의 증언

나는 지금 '나의 체험적 인사동 답사기'로 제법 인사동을 아는 척 이야기하고 있지만 인사동의 공간은 넓고 시간은 길어 나의 체험만으로는 속속들이 다 드러내 보일 수가 없다. 나는 본래 술을 즐기지 않아 몇 번 가지 않았지만, 낙원상가와 파고다공원(현 탑골공원) 사이에 있던 술집 '탑골'만 하더라도 여기 드나든 인생들의 이야기를 들은 대로만 써도 족히 몇 면은 채울 것이다.

이에 나와는 노는 물이 달랐던 두 사람의 증언으로 나의 인사동 답사기를 보강하고자 한다. 하나는 자유기고가 김욱의 2003년 증언이다. 내가 이미 언급한 부분을 빼고 발췌하면 다음과 같다.

한국불교 전통다인협회 회장을 맡고 있는 한수옥 씨가 운영하는 '심우방'에는 언론인과 문인·연예인들의 발길이 끊이지 않는다. 특히 전통 발효차는 인사동 다른 곳에서는 찾아볼 수 없는 심우방만의 비법으로 만든 것이다.

고향이 지리산 청학동인 정수미 사장이 경영하는 '청학동'에는 유명 국악인들이 자주 찾아온다. 지난 1999년 문을 연 '청학동'의 주 메뉴는 찹쌀 동동주와 삭힌 홍어와 배추김치·돼지고기가 함께 나오는 '삼합'. 국악인 신영희·안숙선 씨 등이 이곳을 찾아와 동동주에 삼합을 즐긴다. (…)

전통주를 파는 '시인학교'에는 소설가 현기영 씨가 자주 들른다. 특히 사장 정동용 씨는 지난 1992년 '한길문학'을 통해 등단한 시인이어서 동년배 시인인 박철·임동확·이승철 씨 등이 아지트로 삼고 있는 곳으로 시화전과 시 낭송회가 자주 열리기 때문에 '문인들의 아지트'로 명성이 자자하다. (…)

조정래 씨는 언론사 인터뷰가 있을 때마다 전통찻집 '인사동 사람들'에서 기자들을 만나고는 한다. 시인 신달자 씨와 유안진 씨 등도 단골손님이다. 시인 황지우 씨도 이곳을 자주 찾는데, 시집 『어느 날 나는 흐린 주점에 앉아 있을 거다』에 나오는 '주점'이 바로 '인사동 사람들'이라는 얘기도 회자되고 있다. 이밖에 연극배우인 손숙 씨 부부와 대중음악인 정태춘·박은옥 부부도 '인사동 사람들'의 마니아들이다. (…)

'흐린 세상 건너기'는 소설가 이외수 씨의 수필집 제목에서 상호를

| **인사동의 명소들** | '인사동 사람들' '흐린 세상 건너기' '시인학교' 등 인사동은 늘 예술가들이 모여 어울리거나 환담을 나눌 수 있는 공간으로 가득했다.

따왔다. 한세미 사장은 "워낙 정계 실세들이 많이 오는 곳이어서 단골 손님이 누구인지 말해주기 힘들다"고 말했다.

또 하나의 증언은 인사동에서 30년간 찍은 사진으로 『인사동 이야기』(눈빛출판사 2010)라는 사진집을 펴낸 조문호의 글이다. 조문호는 내가 언급한 식당과 찻집 이외의 인사동 명소를 이렇게 말했다.

최정해 씨의 '초당' 같은 전통찻집이 만남의 장소였다. (…) 실비대학이라 불린 '실비집'은 항상 빈털터리 예술가들이 우글거렸다. 그 이후 생긴 '하가'나 '누님칼국수'는 지인들 따라 붙기도 하고, 84년 정동용 시인이 운영한 '시인학교'를 시작으로 이생진 시인의 '순풍에 돛을 달고', 김여옥 시인의 '시인', 송상욱 시인의 작업실과 몇 년 전 문을 연 이춘우 시인의 '시가연'이 생기는 등 문인들의 아지트도 계속 이어졌다.

많은 예술가들이 그 무렵 생겨난 노인자 씨 '뜨락'이나 이미례 영화감독의 '여자만'이나 '소설', 송점순 씨의 '사동집', 유재만 씨의 '아리랑가든' 같은 술집이나 밥집을 드나들었다. 전유성 씨의 '학교종이 땡땡땡'과 사진가 김수길 씨의 '흐린 세상 건너기'도 있었다. 2012년에는 전활철의 '유목민'과 최일순의 '푸른별 이야기'도 생겼으며, 이제 인사동의 마지막 풍류주막으로 꼽을 수 있는 곳은 '풍류사랑'과 전활철 씨가 운영하는 '유목민'이 겨우 명맥을 유지하고 있다.

조문호의 『인사동 이야기』

조문호 사진집 『인사동 이야기』에는 100여 명의 인사동 사람의 사진과 수십 명의 글이 실려 있어 인사동 전성시대 30년을 증언하고 있다. 그중 나의 체험적 인사동 답사기에서 언급하지 못한 인사동 사람들을 조문호는 이렇게 말하고 있다.

인사동에는 미국에서 '서울로 서울로'를 노래 부른 최정자 시인,

적음이란 법명을 가진 땡초시인 최영해, '실종' 소설로 실종된 소설가 구중관,

인사동에 재산 다 털어넣은 김명성 시인, 인사동 마당발 노광래,

소설 폐업한다며 '작가폐업' 술집 낸 배평모, 술값 내는 물주 사진기자 김종구,

청운의 꿈을 안고 상경한 화가 이청운, 별을 그리다 별이 된 화가 강용대,

| 조문호의 사진 속 김용태·채현국 | 사진작가 조문호는 30년 동안 찍은 인사동 사람들을 사진집으로 펴냈다.

　　히말라야 산맥 기 받은 화가 강찬모, 노동자 시인 김신용,

　　바람개비 작가로 알려진 설치미술가 김언경, 사마귀 그림으로 알려진 전강호,

　　막사발로 세계를 제패하겠다는 도예가 김용문, 시와 도자가 하나인 신동여,

　　아직까지 대위로 불리는 공윤희, 홍대미대 나와 술장사하는 전활철,

　　목련이 뚝뚝 떨어지는 노래로 애간장을 녹였던 임춘원 시인,

　　'갈까보다' 판소리로 휘어잡은 '레테' 주인 이점숙

쌈지길의 등장

이런 인사동이 1988년 서울올림픽대회를 계기로 크게 변하기 시작했

다. 나라에서 '전통문화의 거리'로 지정하고 인사 전통문화 보존회가 꽹과리 치고 떡판을 두드리는 축제를 벌이면서 점차 외국인 관광객과 젊은이들이 몰려들어 인사동길을 차지하기 시작했다.

그리고 1997년 일요일을 '차 없는 거리'의 날로 지정하고 그해 4월 13일 처음으로 시행하자 엄청난 인파가 몰려들었다. 하루 약 10만 명에 이를 정도였다. 인사동길의 주인이 그렇게 완벽하게 바뀌게 되자 상권이 바뀌면서 전통으로 먹고 살아온 고서점, 고미술상, 민예품 가게, 표구점, 필방 들이 하나둘씩 문을 닫고 그 자리에는 액세서리와 관광 기념품 가게가 들어섰고 호떡집, 실타래 엿, 쫀득이 아이스크림 가게가 길가를 차지했다. 관광상품으로는 싸구려 중국제가 홍수처럼 밀려들어와 우리 공예품은 뒤로 밀려나고 말았다.

상권이 이렇게 바뀌면서 1999년, 영빈가든 자리 약 450평에 고층상가가 세워질 참이었다. 이에 동서표구, 아원공방 등 열두 가게가 집달리의 퇴거 통보를 받기에 이르렀다. 참다못한 인사동 사람들과 문화예술인들은 인사동 '열두 가게 살리기 운동'을 펼쳐 이를 포기하게 만들었다. 그리고 이 부지를 인수한 ㈜쌈지가 당시 가아건축의 최문규(현 연세대 교수)에게 의뢰해 열두 가게를 그대로 유지하면서 공예품 전문 쇼핑몰로 지은 것이 지금의 쌈지길 건물이다.

사람에 따라 평가가 다르겠지만 최문규의 쌈지길 건물은 새로 인사동의 주인 자리를 차지하고 들어온 관광객과 젊은이들을 받아들이는 공간 역할을 충분히 감당하는 기념비적인 건축물이라는 것이 중론이다. 쌈지길 건물의 기본 개념은 기존 인사동길을 4층 건물 안에 입체적으로 재구성하고 고만고만한 가게들이 최대한 많이 입주할 수 있도록, 1층에서 옥상까지 연속적으로 연결된 공간을 만든 것이라고 한다. 마치 500미터 길이의 인사동길을 말아올린 것같이 디자인해 사람들이 1·

| **쌈지길** | 건축가 최문규의 쌈지길 건물은 새로 인사동의 주인으로 홍수처럼 밀려 들어온 관광객과 젊은이들을 받아들이는 공간 역할을 충분히 감당하고 있다.

2·3·4층으로 올라간다고 생각하지 않고 25도의 낮은 경사로를 따라 편안하게 상가 앞을 걷고 있다고 느끼게 했다. 실제로 쌈지길 폭은 인사동 뒷골목의 폭과 비슷하고, 중앙마당 건너편까지의 거리는 12미터로 인사동길 폭과 비슷하다.

그리하여 시원하게 트인 마당을 두고 빙글빙글 돌아 올라가며 입체화된 인사동길을 걷는 것 같은 느낌을 준다. 그래서 쌈지길은 건물이 아닌 길로 인식되고 있고 건물의 층수 역시 1층, 2층, 3층, 4층이 아니라, 첫걸음길, 두오름길, 세오름길, 네오름길로 불리고 있다. 쌈지길 안에는 현대와 전통 공예 공방을 비롯해 다양한 문화상품을 판매하는 점포가 무려 70여 곳이나 들어와 있다.

이 쌈지길이 생김으로써 인사동길의 표정에 상처를 주지 않고 일시에 쏟아져 들어오는 인파를 수용할 수 있는 공간을 확보하게 된 것이다.

| **쌈지길 내부** | 시원하게 트인 마당을 두고 빙글빙글 돌아 올라가는 쌈지길 통로는 마치 입체화된 인사동길 같다.

그점에서 비록 ㈜쌈지는 부도로 문을 닫았지만 인사동에 쌈지길이라는 건축을 세워 그 이름이 오래오래 전해지게 되었다.

민현식의 쌈지길론

건축가 민현식은 『건축에게 시대를 묻다』(돌베개 2006)라는 득의(得意)의 저서에서 한국 현대건축에서 예민한 감성과 날카로운 지성과 건강한 윤리로 새로운 시대를 열어간 새로운 건축물 19채를 논했다. 쌈지길을 그중 하나로 꼽으며 글머리를 이렇게 시작했다.

통로, 이것은 인간에게는 숙명적이면서도 멈추게 할 도리가 없는 시간의 경과를 건축적인 구조로서 공간화하려는 가장 위대하고 일관

된 시도라고 할 수 있다.

민현식은 이 점에 입각하여, 최문규의 '쌈지길'은 아름다운 공간을 디자인하지 않고 마당과 길을 만들었고, 나아가 길을 건축화했다기보다는 건축을 길로 구축하고 있다고 평했다. 도로에 면한 건물의 길이는 50미터에 불과하지만 이 집이 품고 있는 500미터는 이곳을 채울 사람들을 위한 장치일 뿐이라는 것에 건축적 특징과 자랑이 있다고 했다. 따라서 이 건축은 여기서 만들어지는 사람들의 족적에 의해 그 가치가 드러나게 된다며 다음과 같이 평했다.

쌈지길은 (공간의 건축이 아니라) 시간의 건축이기 때문에 우리는 이 건축이 나이 들어가면서 여기서 벌어지는 사건들이 기억이 되고 이들 기억들이 쌓여 일상이 될 때 이 건축은 (…) 근사하게 자리 잡게 될 것이라 기대해도 좋다.

인사동 만가

차 없는 길, 외국인 관광객과 젊은이들의 물결로 자리를 빼앗긴 지난날의 인사동길 터줏대감들은 갈 길을 잃고 허탈해한다. 고은 시인은 "인사동에 가면 오랜 친구가 있더라, 고향 같은 골목들, 그냥 좋기만 하더라"고 하지 않았던가. 그 상실감이 얼마나 큰지를 젊은 사람들은 모를 것이다. 고 강민 시인이 읊은 황혼의 인사동 노래가 가슴 저미게 다가온다.

붐비는 인파 속에도/내가 찾는 이는 없다/오늘도 인사동 걷기는 여전히 허전하다/추억처럼 불빛이 켜지고 있다.//어딘가 전화라도 걸

| 강민 시인 | 강민 시인이 읊은 황혼의 인사동 노래는 가슴을 저미게 한다.

까/눈시울만 시큰할 뿐/휴대전화를 만지는 손가락은 뻣뻣이 움직이지 않는다//진공(眞空)의 거리/어디선가 그리운 이들의 목소리가 들리는 것 같다.

사라진 것은 아쉽고 그립기 마련이다. 이런 변화는 어차피 일어날 세대교체였다. 그러나 인사동은 여전히 나의 사랑이다. 나는 인사동의 저력을 믿고 있다. 돌이켜보건대 인사동은 지난 100년간 몇 차례 큰 자기변신을 이루며 오늘에 이르고 있다. 지금 일어나고 있는 변화는 어쩔 수 없는 세월의 흐름으로 돌려야 할 것이다.

옛 인사동 사람들은 젊은이들이 밀고 들어와 지난날의 예향(藝香)과 문기(文氣)가 사라졌다고 한탄하지만, 여기를 찾아오는 젊은이들은 오히려 전통과 현대가 어우러지는 것이 좋아서 신촌, 홍대 앞, 신사동 가로수길 같은 유흥의 거리로 가지 않고 인사동에 나온다고 한다. 대견스럽게 생각하면 대견한 것이다. 아마도 그들은 그들 나름의 새로운 문화를 만들어갈 것이다.

인사동길 아스팔트에서

인사동이 이렇게 다 망가졌다고 말할 정도로 변했지만 그래도 변하지 않은 것은 사람의 살내음이 느껴지는 공간이라는 점이다. 인사동길의 인간적 체취는 어디에서 나오는 것일까. 그것은 인사동 공간 구조의 뼈대에서 나온다. 완만한 S자 곡선으로 휘어 있는 인사동길 700미터에 실핏줄처럼 수없이 뻗어 있는 골목길은 그 자체가 휴먼 스케일이다.

인사동 큰길이 이처럼 가볍게 휘어 있는 것은 안국동천(安國洞川)이라는 개천을 복개했기 때문이다. 물길 따라 도로를 냈기 때문에 이처럼 편안한 것이다. 만약에 이 길이 도시계획에 의한 일직선이었다면 이런 인간미 넘치는 편안한 길이 되지 않았을 것이다. 그래서 인사동길은 끝과 끝이 드러나지 않고 걸음을 옮길 때마다 서서히 다른 장면이 나타난다. 그 길을 걷는 것만으로도 편안함을 느끼는 것은 이 때문이다.

거기에 인사동을 찾아오는 손님을 반갑게 맞아주던 부산식당의 조성민, 선천집의 박영주, 귀천의 목순옥, 카페 소설의 염기정, 두레의 이숙희, 유목민의 전활철 같은 투철한 직업의식을 갖고 있는 분들이 보여준 인사동 전통을 잊지 않고 이어간다면 인사동은 변함없이 인간적 체취가 느껴지는 공간으로 살아남을 것이다.

인사동길 아스팔트 길바닥
에는 또 다른 두 분의 인사동
주인이 있었다. 한 분은 리어카
꾼 황씨 아저씨다. 이분은 내가
인사동을 드나든 수십 년 동안
인사동 고샅을 누비며 짐을 날
랐다. 자동차가 들어가지 못하
는 좁은 골목은 오직 황씨 아저
씨 리어카만이 들어갈 수 있다.
인사동 상인치고 황씨 아저씨
도움을 받지 않은 분이 없다.

| 황씨 아저씨 | 인사동길 아스팔트 길바닥의 주인. 리어
카꾼 황씨 아저씨의 뒷모습이다.

　인사동길을 걷다보면 어떤
때는 수도약국 앞에서, 어떤
때는 네거리 모퉁이에서 비스듬히 세워놓은 리어카 위에 걸터앉아 일감
을 기다리던 황씨 아저씨가 있었다. 내가 지나가면서 눈인사를 보내면
언제나 편안한 미소로 답해주셨는데, 이분이 있기에 인사동에는 인간적
체취가 더욱 짙게 느껴졌고 이런 분이야말로 건강한 서민의 표상이라고
생각했다. 그런데 황씨 아저씨가 10여 년 전부터 보이지 않았다. 이 글
을 쓰기 위해 수소문해보았더니 그 무렵에 돌아가셨다고 한다. 그러리
라 짐작은 했지만.

　또 한 분은 국화빵 아주머니다. 오래전부터 수도약국 앞에서 국화빵
을 구워온 아주머니는 인사동이 관광특구로 지정되면서 관청에서 행상
을 쫓아내는 바람에 지금은 인사동 네거리 남쪽 길가 멀리로 자리를 옮
겼다. 이 국화빵 아주머니는 아주 불친절해 보인다. 2,000원을 내고 한
봉지 달라고 하면 아무 말 없이 일하는 쇠젓가락으로 빈통을 가리킨다.

| **국화빵 아주머니** | 인사동길 포장마차 국화빵 아주머니는 점점 인사동에서 멀리 밀려나고 있다.

그러나 이는 불친절하기 때문이 아니라 청각장애인이기 때문이다.

나는 이 사실을 나중에 알게 된 다음부터는 마음이 미안해 인사동에 오면 우정 남쪽으로 내려가서 국화빵 한 봉지를 사들고 오면서 인사동을 오래 지켜주기를 바라왔다. 그런데 얼마 전부터 국화빵 아주머니가 보이지 않는다. 어제는 국화빵 리어카도 보이지 않았다. 무슨 큰일이 없어야 할 텐데. 내일모레 인사동에 나가게 되면 한번 종로2가 네거리까지 내려가봐야겠다.

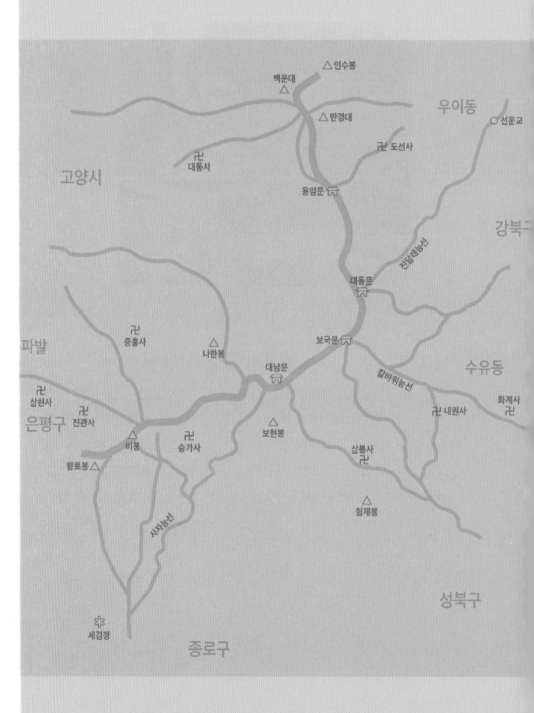

△ 인수봉
백운대
△ 우이동
△ 만경대   ○ 선운교
권 도선사
권
대동사
고양시
용암문 🏠
진달래능선
강북ᄀ
대동문 🏠
권
중흥사   △
              나한봉   보국문 🏠
△파발   대남문 🏠   수유동
권   칼바위능선
삼현사   권
은평구 진관사   권   △   권 내원사   화계사
      △   승가사   보현봉   권
      비봉   삼봉사
향로봉△   권
                            △
                          형제봉
          사자능선
      ❀
    세검정   성북구
          종로구

북한산과 진흥왕 순수비

북한산 / 북한산성의 문화유적 / 북한산의 사찰들 /
승가사 / 북한산 진흥왕 순수비 /
추사 김정희의 진흥왕 순수비 재발견 과정 /
추사 김정희의 「진흥이비고」 / 황초령비와 마운령비 /
김노경 일행의 『삼각산 기행시축』 / 진흥왕 순수비 복제비 제작 /
사라진 비석 지붕돌을 찾아라

북한산

북한산(北漢山)은 서울의 진산(鎭山)이다. 산맥의 흐름을 보면 백두산에서 시작해 한반도를 휘감아 내려오는 백두대간 중간 지점의 금강산에서 서남쪽으로 갈라져 나온 한북정맥(광주산맥)이 내려오다가 솟구쳐 오른 것이 북한산이고 그 여맥이 문득 멈춘 것이 북악산이다. 그래서 서울의 주산(主山)은 북악산이고 조산(祖山)은 북한산이다.

북한산은 최고봉인 백운대(白雲臺)를 중심으로 북쪽에 인수봉(仁壽峯), 남쪽에 만경대(萬景臺)가 있어 삼각산(三角山)이라고도 불려왔다. 최고봉의 높이 836.5미터, 면적은 약 2,300만 평(77제곱킬로미터)으로 도봉산과 함께 북한산국립공원으로 지정되어 있는데 서울특별시 도봉구·강북구·서대문구·종로구·은평구와 경기도 고양시·양주시·의정부시

| 북한산 | 북한산은 최고봉인 백운대를 중심으로 북쪽에 인수봉, 남쪽에 만경대가 있어 삼각산(三角山)이라고도 불려왔다. 최고봉의 높이 836.5미터, 면적은 약 2,300만 평(77제곱킬로미터)으로 도봉산과 함께 북한산국립공원으로 지정되어 있다.

지역에 걸쳐 있다.

북한산은 지질학적으로 오랜 세월의 풍화작용과 절리현상으로 형성된 많은 화강암 준봉들로 이뤄져 있다. 삼각산 세 봉우리를 중심으로 북쪽으로는 상장봉(上將峯), 남쪽으로는 석가봉(釋迦峯)·보현봉(普賢峯)·문수봉(文殊峯) 등이 있고 문수봉에서 북서쪽으로 뻗은 나한봉(羅漢峯)·비봉(碑峰)의 줄기가 백운대 서쪽 줄기인 원효봉(元曉峯) 줄기와 만난다. 도봉산은 주봉인 자운봉(紫雲峰, 740미터)에서 남쪽으로 만장봉(萬丈峰)·선인봉(仙人峰)이 있고, 서쪽으로 오봉(五峰)이 있으며, 우이령(牛耳嶺)을 경계로 북한산과 접하고 있다.

산이 높고 넓으니 자연히 골이 깊다. 북한산 각 봉우리 사이를 흐르는 계곡이 발달하여 정릉계곡·구천계곡·소귀천계곡·육모정계곡·효자리계곡·삼천사계곡·세검정계곡·진관사계곡·구기계곡·평창계곡·산성

계곡 등이 있다. 이 계곡을 따라 각 산봉우리에 오르는 수많은 등산로가 생겼다.

북한산은 서울시민과 수도권 주민에게 홍복(洪福)이다. 시내에서 차로 30분 안에 도착해 한나절 등산을 즐기고 일상으로 돌아올 수 있는 이런 큰 산을 갖고 있는 대도시는 세계 어디에도 없다. 헤아릴 수 없이 많은 등산 모임이 있어 나만 해도 고등학교 동창생들의 초일회, 대학 때 친구들의 문우회 멤버로 북한산 등산을 즐기며 지금껏 살아오고 있다.

그중 내가 가장 좋아하는 코스는 우이동에서 출발해 진달래능선 따라 올라 대동문에서 북한산성 계곡으로 내려와 산영루 거쳐 북한산성 탐방지원센터로 내려오는 코스다. 진달래와 벚꽃이 아름다운 이 코스는 등반이 크게 힘들지 않고 중간에 시내를 내려다보는 시원한 '시티뷰'도 나타나고 북한산 세 봉우리가 엇비슷이, 그야말로 삼각산으로 솟아

| 진달래능선 | 북한산의 많은 등산코스 중 나는 우이동에서 출발해 진달래능선을 따라 올라 북한산성 계곡에서 산영루를 거쳐 북한산성 탐방지원센터로 내려오는 길을 제일 좋아한다.

있는 모습이 아름답다. 먼 산은 바라볼 때가 더 아름답다는 말을 실감할 수 있는 코스다. 하산길에는 유서 깊은 북한산성의 옛 모습을 그려볼 수 있고 제법 장대한 산영루계곡에서 길게 쉬어갈 수 있어 좋아한다. 그래서 내 친구들은 이 등산길을 '홍준이 코스'라고 부르곤 한다.

북한산성의 문화유적

북한산에는 많은 유적들이 남아 있다. 가장 눈에 띄는 것은 북한산성(北漢山城, 사적 제162호)이다. 병자호란 때 청나라와 조약을 맺으면서 조선은 더 이상 산성을 축조하거나 보수하지 않는다고 약속했다. 그러나 약 65년 뒤 숙종은 신하들이 이 조약을 들어 반대하는 것을 물리치고 한양의 방위체제를 완성하기 위해 북한산성 축성을 강행했다.

| 북한산성 | 북한산의 많은 유적들 중 가장 두드러진 것은 북한산성이다. 숙종은 북한산성을 축조하고 이를 한양도성과 연결해 수도권 외곽의 산성 체제를 완벽하게 갖추었다.

숙종 37년(1711)에 완공한 북한산성은 둘레 7,620보의 석성으로 대남문(大南門)·대동문(大同門) 등 13개의 성문, 동장대·남장대·북장대 등의 장대(將臺), 130칸의 행궁, 140칸의 군창(軍倉), 중흥사(重興寺)를 비롯한 12개의 사찰, 26개소의 저수지, 99개소의 우물이 있었다고 한다. 현재도 북한산성은 나한봉에서 원효봉으로 이어지는 능선 8킬로미터에 걸쳐 성벽이 남아 있으며 성문도 절반은 남아 있다.

숙종은 북한산성을 축조한 뒤 이를 한양도성과 연결하기 위해 향로봉에서 홍제천 골짜기를 거쳐 부암동 인왕산 자락에 이르는 약 4킬로미터의 탕춘대성(蕩春臺城)을 축조하고 홍지문을 세웠다. 이로써 한양은 전란에 대비하여 남한산성, 북한산성, 탕춘대성, 강화도의 강도성으로 수도권 외곽의 산성 체제를 완벽하게 갖추었다. 그러나 조선왕조에 더 이상 한양까지 침범해오는 전란이 일어나지 않았다.

| 태고사 | 태고사는 보우 스님이 개인적으로 수도하기 위해 지은 태고암이 폐사된 뒤 북한산성 축성 때 중흥사와 함께 복원된 절이다. 여기에는 〈태고사 원증국사 탑〉(왼쪽), 〈태고사 원증국사 탑비〉(오른쪽)가 남아 있다.

중흥사는 창건연대는 미상이나 고려시대 태고(太古) 보우(普愚) 스님이 중창한, 북한산에서 가장 큰 사찰로 승군의 총지휘를 맡았던 곳이었으나, 갑오경장 이후 승군이 해산되고 화재를 입어 지금은 초석만 남아 있었으나 2012년 대웅전을 준공하고 2017년에는 만세루와 전륜전을 완공하여 절 모습을 갖고 있다. 또 중흥사 터 맞은편에는 태고사가 있다. 태고사는 중흥사의 보우 스님이 개인적으로 수도하기 위해 지은 태고암이 폐사한 자리에 북한산성 축성 때 중흥사와 함께 복원된 절이다. 여기에는 〈태고사 원증국사 탑비〉(보물 제611호), 〈태고사 원증국사 탑〉(보물 제749호)이 남아 있다.

중흥사 터 비석거리 맞은편 넓은 암반 위에 있는 산영루(山映樓)는 아름다운 누각으로 이름 높아 월사(月沙) 이정구(李廷龜), 다산 정약용, 추사 김정희 등이 이곳에서 읊은 시를 남겼다. 그러나 1925년 을축년 대홍수 때

| 산영루 | 중흥사 터 비석거리 맞은편 넓은 암반 위에 있는 산영루는 아름다운 누각으로 이름 높아 월사 이정구, 다산 정약용, 추사 김정희 등이 이곳에서 읊은 시를 남겼다.

소실되어 주춧돌 기둥만 남아 있던 것을 2014년에 고양시가 복원했다.

북한산의 사찰들

북한산에는 중흥사와 태고사 외에도 도선사(道詵寺)·승가사(僧伽寺)·화계사(華溪寺)·진관사(津寬寺)·삼천사(三川寺) 등 30여 개의 사찰이 있다.

이 중 현재 사격이 가장 높은 절은 도선사다. 서울 강남에 봉은사가 있다면 강북엔 도선사가 있다는 말이 있을 정도다. 도선사는 9세기 중엽 신라 경문왕 때 도선국사가 창건한 절이라는 전설이 있고, 고려시대에 조성된 〈마애불입상〉(서울시 유형문화재 제34호)이 있지만 조선시대로 들어와 작은 암자에 불과할 정도로 쇠락했다.

| 청담대종사의 석상과 승탑 | 도선사가 오늘날 조계종에서 높은 사격(寺格)을 갖추게 된 것은 청담 스님이 오랫동안 주석하면서 이룩한 결실이다. 도선사에는 일찍부터 청담 스님을 기리는 조형물들을 세워 그 공적을 기리고 있다.

이를 오늘의 도선사로 일으킨 것은 청담(靑潭, 1902~71) 스님이었다. 스님이 15년간 주석하면서 도선사는 현대 불교의 조계종 명찰로 다시 태어났다. 그래서 도선사에는 청담 대종사의 석상, 승탑, 탑비가 장대하게 조성되어 있다. 1970년대 정서로는 웅장하게 세운 것인데 오늘의 정서에서 보면 지나치게 화려하다는 인상을 주어 청담 스님의 품격이 느껴지지는 않는다.

화계사는 수유리 북한산 초엽에 위치하여 오늘날 민가와 가까이 있게 되었지만 원래는 계곡가의 그윽한 절이었다. 중종의 왕비인 문정왕후가 불교를 중흥하던 시절인 중종 17년(1522) 신월(信月) 스님이 왕가의 지원을 받아 인근에 있던 고려 때 사찰인 보덕암을 옮겨와 중창한 절이다. 이후 흥선대원군과 조대비의 시주를 받아 사찰의 규모가 커지고 상궁들의 왕래가 잦아 '궁(宮)절'로 불리기도 했다.

| 화계사 종각 | 화계사는 전란으로 많은 건물을 잃어 허전한 느낌을 주었는데 이 종각을 세움으로써 비로소 가람배치가 안정을 찾았다.

화계사에는 보물 제11-5호로 지정된 동종이 있는데 이는 본래 풍기 소백산 희방사에 있던 종으로 1898년에 옮겨온 것이다. 화계사는 숭산 (崇山, 1927~2004) 스님이 주석하면서 국제선원으로 발전했고, 수경 스님이 주지로 있으면서 번듯한 종각을 새로 세워 절집의 모양새를 갖추었는데, 수경 스님은 4대강 반대운동 도중 잠적했다.

북한산 서쪽 은평구 지역에는 삼천사와 진관사가 있다. 진관사는 원효가 삼천사와 함께 창건한 절로 전하며, 본래 이름은 신혈사(神穴寺)였는데 고려 현종이 어릴 때 왕태후가 자신을 암살하려는 것을 구해준 진관 스님의 은혜에 보답하여 신혈사를 대가람으로 중창하고 진관사로 바꿔 부르게 했다.

조선시대 들어서 태조가 59칸의 수륙사(水陸社)를 세우고 조종(朝宗, 국가)의 안녕과 중생의 명복을 비는 국행(國行) 수륙재를 열게 했다. 말

| ① 진관사 ② 수륙재 ③ 향적당 장독대 ④ 진관사 태극기 |

하자면 조선시대 현충원 역할을 해온 사찰이다. 진관사 수륙재는 국가 무형문화재 제126호로 지정되어 있다.

이후 조선시대에 줄곧 건재했으나 역시 한국전쟁 때 불에 탄 뒤 현재는 비구니 도량으로 아주 말끔히 가꾸어져 있으며, 사찰 음식의 진수를 보여주는 명찰이 되어 있다. 또한 진관사 나한전은 법당에서 항일 독립운동 승려인 백초월(白初月)의 태극기와 『독립신문』 등이 발견되어 2010년 국가등록문화재로 지정되었다.

삼천사는 원효가 창건한 것으로 전한다. 이곳에 있는 〈대지국사비명(大智國師碑銘)〉에 의하면 고려시대 법상종 사찰이었음을 알 수 있다. 대지국사는 법경(法鏡) 스님으로 삼천사 주지와 개성 현화사 주지를 역임

| 〈삼천사 마애여래입상〉 | 엷은 미소를 머금고 있는 이 마애여래입상은 얕은 돋을새김으로 유려하게 조각되어 고려시대의 대표적인 마애불의 하나로 꼽히며 보물로 지정되어 있다.

| **〈삼천사 대지국사 탑비〉** | 삼천사에는 대지국사의 탑비 돌거북과 깨진 비석 파편이 있어 삼천사의 역사를 증언하고 있다.

한 왕사였다. 그리고 『고려사』에는 현종 때 이 절 승려들이 쌀로 술을 빚어 처벌받았다는 기록도 있다. 조선시대에 쇠락했다가 한국전쟁 때 불탄 뒤 1960년에 중건한 새 절이다.

대웅전 위쪽에는 보물 제657호로 지정된 높이 3미터의 고려시대 〈마애여래입상〉이 있어 이 절의 오랜 역사를 증언하고 있다. 이 〈마애여래입상〉은 편평한 바위에 얼굴은 얕게 돋을새김하면서 옷주름은 도드라지게 새겼는데 온화하며 자애로운 인상을 준다.

승가사

승가사는 오르는 길이 가파른 산길로 아주 힘들다. 명지대 미술사학과 학생들과 당일 서울 지역 답사로 비봉과 승가사 마애불을 보러 간다

| 승가사 | 비봉으로 오르는 등산길은 보현봉 코스, 진관사 코스, 삼천사 코스 등 여러 갈래가 있지만 미술사 답사는
으레 승가사 코스를 택하게 된다.

고 했을 때 학생들은 가볍게 생각하고 좋아했지만 막상 구기동 입구에
서 절까지 족히 1시간 반은 걸어 올라오느라고 기진맥진하며 거의 탈진
했다.

　지금 편하게 가려면 이북5도청 가까이의 옛 러시아 대사관저 옆에서
출발하는 승가사 셔틀버스를 이용할 수도 있다. 이 승합차 버스는 주로
7시부터 4시까지 1시간에 1번씩 운행하고 있는데(정확한 시간은 당일 승가사
문의), 승합차가 가파른 산길을 타고 오르는 것이 마치 어린이공원에서
롤러코스터를 타는 것처럼 아슬아슬하고 무서웠다고들 말한다.

　그렇게 해서 승가사 앞에 내리면 이번에는 돌계단이 기다리고 있다.
그런데 이 돌계단은 난간이 말할 수 없이 요란해 눈이 편하지 않다. 어
느 답사 안내서에서는 "흙 한점 보기 어려울 만치 절의 구석구석까지 화
강암으로 깎고 다듬은 갖가지 석물이 가득 들어차 있는 여기 승가사에

| 〈승가사 석조승가대사좌상〉 | 높이 76센티미터의 등신대 크기 승가대사상은 연화대좌 위에 결가부좌하고 앉아 있는 좌상으로 인도의 승려였던 승가대사가 아니라 우리나라의 한 고승을 보는 듯한 인간미를 느끼게 한다.

서는 겸손함과 절제의 미덕을 읽기 어렵다"고 말했을 정도다.

〈승가사 석조승가대사좌상〉

승가사는 신라 경덕왕 15년(756)에 창건되어 고려시대에 여러 차례 중건된 것으로 전하지만 한국전쟁 때 완전히 소실되어 새로 지은 비구니 사찰이다. 승가굴 안에 있는 〈승가사 석조승가대사좌상〉은 고려시대에 봉안된 몇 안 되는 승려 조각상이다. 「승가사 중수기(僧伽寺重修記)」에 따르면 인도의 고승으로 당나라 고종 연간에 장안의 천복사에서 대중을 교화하며 많은 이적을 행하여 생불이라고 칭송되던 승가대사(僧伽大師)를 사모하는 뜻에서 상을 모시고 절 이름을 승가사라 했다고 한다.

높이 76센티미터의 등신대 크기 승가대사상은 연화대좌 위에 결가부좌하고 앉아 있는 좌상으로 머리에는 두건을 쓰고 얼굴에는 가볍게 광대뼈가 나타나 있고 이마에 주름살이 표현되어 있어 인도의 승려가 아니라 우리나라의 고승을 보는 듯한 인간미를 느끼게 한다.

높이 130센티미터의 광배는 두광(頭光)·신광(身光)·거신광(擧身光)을 두루 갖춘 정교한 조각으로 연화문·보상화문·화염문이 아름답게 새겨져 있다. 광배 뒷면에 있는 명문에 의하면 고려 현종 15년(1024)에 지광(智光) 등이 발원하여 승려 광유(光儒) 등이 만들었다고 한다.

〈구기동 마애여래좌상〉

〈구기동 마애여래좌상〉은 북한산 전체에서 가장 뛰어난 불교 유적이다. 108계단 위 거대한 화강암반에 새겨져 있는 이 마애여래좌상은 높이 약 6미터, 무릎 너비 약 5미터에 이르는 대불(大佛)로 보는 이로 하여금 크기에 압도당하게 한다. 같은 6미터 크기의 불상이라도 좌상은 입상보다 2배는 더 되어 보인다. 하기야 이 불상이 벌떡 일어서면 족히 12미터의 입상이 될 테니까.

당당한 어깨의 건장한 몸매에 강건한 두 팔과 넓게 가부좌한 두 다리의 안정된 자세는 얕은 돋을새김으로 조각되었지만 얼굴은 높은 돋을새김으로 가늘고 날카로운 눈과 굳센 의지를 보이는 다문 입으로 새겨져

불상의 엄숙하고도 근엄한 이미지를 풍기고 있다. 어찌 보면 화면을 꽉 채운 불화 한 폭을 보는 듯한 느낌을 자아낸다. 그 모두가 고려시대 마애불의 대표작으로 꼽을 만한 불상 조각이다. 불상 머리 위로 차양처럼 나온 것은 불상의 얼굴이 풍우에 마모되는 것을 방지하기 위한 배려로 광배를 접어놓은 것처럼 설치해놓았는데 불상 옆으로 파놓은 네모난 홈은 여기에 목조 가설물이 있었음을 말해준다.

그러나 여기서 우리가 놓치지 말아야 할 것은 모든 불상은 그 불상이 바라보는 곳이 아름다운 전망을 갖고 있다는 점이다. 불상을 뒤로 하고 앞을 내다보면 발아래 깔린 서울 시내는 물론 그 너머 산세까지 일망무제로 펼쳐진다. 그리고 다시 뒤를 돌아서서 산봉우리를 올려다보면 북한산 신라 진흥왕 순수비가 바라보인다.

진흥왕의 신라 영토 확장

북한산에서 가장 중요한 유적은 북한산 신라 진흥왕 순수비(北漢山新羅眞興王巡狩碑, 북한산 순수비, 국보 제3호)이다. 이 비가 있기에 북한산은 한반도에 있는 어느 산 못지않은 높은 역사성을 지니게 됐다. 이 진흥왕 순수비가 지닌 역사적 의의는 고구려 광개토왕비에 버금가는 것이다. 문자 그대로 역사적인 기념비다. 이에 북한산 비봉의 진흥왕 순수비 답사기는 진흥왕이 전국에 순수비·척경비·진흥비를 세우게 된 경위와 세월의 흐름 속에 잊힌 비석들이 다시 발견되는 과정의 시말기로 이 유적의 가치와 존엄성에 값하고자 한다.

| 구기동 마애석가여래좌상 | 108계단 위 거대한 화강암반에 새겨져 있는 이 마애여래좌상은 높이 약 6미터, 무릎 너비 약 5미터에 이르는 대불(大佛)로 보는 이를 크기로 압도한다.

| 단양 신라 진흥왕 척경비 | 진흥왕은 중원 지역의 고구려를 밀어내고 단양 신라 적성비를 세웠다.

　신라 제24대 왕 진흥왕(眞興王, 534~576)은 540년 불과 7세의 어린 나이에 즉위하여 처음에는 어머니(태후 김씨)가 섭정했으나 18세 되는 진흥왕 12년(551)부터 친정을 시작하면서 연호를 개국(開國)으로 바꾸고 적극적으로 영토 정복사업을 전개했다.

　진흥왕은 먼저 중원(현 충주) 지역에서 고구려를 밀어내고 그곳에 단양 신라 적성비(국보 제198호)를 세웠다. 이때 진흥왕은 직접 순수(巡狩)하지는 않고 이사부(異斯夫)와 10명의 고관에게 명해 신라의 북방경략을 돕고 충성을 바친 현지인 야이차(也爾次)를 포상하고 주민을 진휼(賑恤)했다는 내용이 이 비석에 기록되어 있다. 제작 연대는 명확한 기록으로 나타나 있지는 않지만 진흥왕 6년(545)에서 11년(550) 사이에 세워진 것만은 분명하다. 그렇다면 이 비의 이름은 발견 장소를 나타내는 '단양 적성비'라기보다는 '단양 신라 진흥왕 척경비'라고 부르는 것이 맞을 것이다.

| **창녕 신라 진흥왕 척경비** | 진흥왕 22년 28세의 진흥왕은 낙동강 서쪽 창녕의 비화가
야를 병합하고는 직접 정복지를 순수하고는 창녕 신라 진흥왕 척경비를 세웠다.

진흥왕 22년(561) 28세의 진흥왕은 낙동강 서쪽 창녕의 비화가야를
병합하고는 직접 정복지를 순수하고 창녕 신라 진흥왕 척경비(국보 제
33호)를 세웠다. 이 비문은 총 643자 중 현재 400자 정도가 판독되었다.

비문의 내용은 "내 어려서 나라를 이어받아 나랏일을 보필하는 준재
들에게 맡기었는데"로 시작하여 창녕의 가야를 점령해 강토를 개척한
사실과 함께 왕으로서의 통치 이상과 포부를 밝히는 한편, 중앙의 고관
과 지방관이 일치 협력해 백성을 잘 이끌라고 유시를 내리면서, 이때 수
행한 이들의 관등과 이름을 새겨놓았다. 이 비는 순수의 성격을 지니고
있지만 비문 속에 '순수관경(巡狩管境)'이라는 말이 들어 있지 않아 국
경을 개척했다는 뜻으로 척경비(拓境碑)라고 부르고 있다.

진흥왕 29년(568) 35세의 진흥왕은 마침내 한강 유역과 함경도 삼수
지역까지 정벌하고 직접 순수하면서 새로 편입된 지역의 주민들을 무마

| **진흥왕이 세운 5기의 순수비** | 신라 제24대 왕 진흥왕은 18세 되는 해에 친정을 시작하면서 적극적으로 영토 확장을 전개하여 정복지 다섯 곳에 순수비를 세웠다.

하며 신라의 백성으로 받아들일 것을 약속하는 순수비를 세웠다. 현재까지 발견된 진흥왕 순수비는 북한산 순수비, 함경남도 장진군의 황초령(黃草嶺) 순수비(북한 국보 제110호), 함경남도 이원군의 마운령(摩雲嶺) 순수비(북한 국보 제111호) 등 셋이 있다. 진흥왕이 순수비를 세운 것은 진시황이 정복지를 순시하면서 태산(泰山), 역산(嶧山)에 비를 세운 전례에 따른 것으로 보인다.

북한산 신라 진흥왕 순수비

진흥왕 순수비는 세월의 풍화로 글자의 마모가 심해 전문을 알 수 없다. 김부식의 『삼국사기』는 충실한 역사기록으로 생각되는데 이상하게도 이 진흥왕 순수비에 대해서는 아무런 언급이 없다.

3기의 진흥왕 순수비(북한산비·황초령비·마운령비)는 모두 같은 서체에 같은 문체로, 왕이 순수를 행하게 된 뜻을 기록한 비슷한 내용이다. 문장은 4자와 6자를 기본으로 하며 수사적 미감이 화려한 변려체(騈麗體) 문장으로 왕가의 근엄한 품위를 풍긴다. 그중 가장 글자가 많이 남아 있는 황초령비의 비문을 보면 다음과 같다.

8월 21일 계미에 진흥태왕이 관경(管境)을 하고 돌에 새겨 기록하였다. 세상의 도리가 진실에 어긋나고, 그윽한 덕화가 펴지지 아니하면 사악함이 서로 다툰다. (…)

제왕(帝王)은 연호를 세워 스스로를 닦아 백성을 편안히 하지 않음이 없다. 그러나 짐은 (…) 몸을 조심하고 스스로 삼갔다. 하늘의 은혜를 입어 운수를 열어 보여, 어둡고 막막(冥冥)한 중에서도 신[神祇]에 감응되어 사방으로 영토를 개척하여 백성과 토지를 널리 획득하니 이웃 나라가 신의를 맹세하고 화친을 요청하는 사신이 서로 통하여 오도다. (…)

이에 무자년(568) 가을 8월에 관경을 순수(巡狩)하여 민심을 살펴서 백성의 노고에 보답하고자 한다. 충성과 신의에 정성을 갖추고, 재주를 다해 나라에 충절한 공을 세운 사람들이 있다면 벼슬을 올려주고 포상을 더하여 공훈을 표창하고자 한다. (…)

이때 왕의 수레를 따른 자는 사문도인(沙門道人, 스님)으로는 법장

| 북한산 신라 진흥왕 순수비 | 3기의 진흥왕 순수비(북한산비·황초령비·마운령비)는 모두 같은 서체에 같은 문체로, 왕이 순수를 행하게 된 뜻을 기록한 비슷한 내용이다. 문장은 4자와 6자를 기본으로 하며 수사적 미감이 화려한 변려체 문장으로 왕가의 근엄한 품위를 보여준다.

(法藏), 혜인(慧忍)이고, 대등(大等) 벼슬의 거비부지, 이간 (⋯) 등이다.

과연 거침없이 물 흐르듯 이어지는 미문이다. 이 문장을 평하여 청명 임창순 선생은 창녕 척경비만 해도 문장이나 글씨가 고졸함을 면치 못했는데 순수비에 와서 이렇게 놀랄 만한 발전을 이룬 것은 높은 교양의 고승들이 들어와서 지식을 심어준 데 기인했다고 보면서 이 글을 수행원 첫머리에 나오는 사문도인 법장과 혜인이 쓴 것으로 추정했다. 학자 중에는 당대의 문장가인 거칠부(居柒夫)의 문장으로 보기도 한다.

진흥왕 순수비는 자연석이 아니라 인공적으로 반듯하게 다듬고 지붕돌을 얹어 비석으로서의 격식을 갖추고 있다는 점에서 앞 시기의 비석과 격을 달리한다. 비면에 새긴 글씨체는 남북조시대의 해서체로 질박하면서도 굳센 느낌을 준다. 추사 김정희는 진흥왕 순수비의 글씨를 논한 〈제 북수비문 후(題北狩碑文後)〉에서 이것이 제(齊)나라와 양(梁)나라 사이의 잔비(殘碑)나 조상기(造像記)의 글씨와 같다고 했다.

이 비문은 조선 후기 학자들에 의해 청나라 금석학자들에게 소개되어 많은 칭송을 받았으며 청나라 말기의 강유위는 『광예주쌍집(廣藝舟雙楫)』에서 역대의 서품(書品)을 논정하면서 이 비를 신품(神品)의 반열에 올려놓았다.

고대국가의 세 가지 조건: 율령체계, 종교, 영토의 확장

진흥왕 순수비는 한반도의 동남쪽에 위치한 작은 나라 신라가 당당한 왕국으로 발전해나갔다는 사실을 상징적으로 말해주는 유적이다.

케네스 클라크(Kenneth Clark)는 『문명』(Civilization)에서 고대국가가 성립되기 위해서는 반드시 세 가지를 갖추어야 한다고 했으니 첫째는 율령(律令)체계, 둘째는 종교, 셋째는 영토의 확장이다. 신라가 이 세 가지를 확실히 갖춘 것은 법흥왕(法興王, 재위 514~540)부터 진흥왕에 이르는 시기였다.

첫째, 율령체계란 법률과 행정 그리고 의전(儀典)으로 국가의 규율과 격식을 갖추는 것을 말하는데, 신라는 법흥왕 7년(520)에 율령을 반포하고 백관의 공복(公服)을 제정했다.

둘째, 종교란 국가의 이데올로기의 확립을 말한다. 왕국 규모가 되면 종래 샤먼의 전통으로는 더 이상 국가를 운영할 수 없어 모든 고대, 중세 국가는 자신들의 민속종교를 버리고 발달된 종교를 이데올로기로 삼았으니 서양은 기독교, 동양은 불교 국가로 귀착되었다. 클라크는 이것이 잘 이해되지 않는 현대인들은 당시에는 국민과 소통할 수 있는 문자나 매스컴이 없었다는 사실을 기억하라고 했다. 신라는 법흥왕 14년(527)에 이차돈(異次頓)의 순교를 계기로 불교를 공인했다.

셋째, 영토의 확장이란 국민총생산을 높일 수 있는 토대를 마련하는 것이었다. 이는 전쟁에 의한 정복사업으로만 가능한 것인데 진흥왕은 영토 확장에 나서 가야를 정벌하고, 고구려를 중원에서 몰아내 마침내 한강 유역과 함경도까지 정복했다. 진흥왕 순수비는 바로 이 사실을 증언하고 있는 것이다.

당당한 고대국가로 나아간 신라는 독자적인 연호를 사용하고 진흥왕 6년(545)에는 이사부(異斯夫)의 건의를 받아들여 거칠부(居柒夫)에게 명해 『국사(國史)』를 편찬하게 했다. 이는 신라가 명실공히 왕국으로 완성되었음을 상징하는 것이었다.

진흥왕은 이처럼 신라 왕국의 기틀을 마련하고 576년(진흥왕 37) 향년 43세로 세상을 떠났다.

추사 김정희의 진흥왕 순수비 재발견 과정

진흥왕 순수비 3기는 모두 세월의 흐름 속에 잊혔다. 황초령 순수비의 존재는 조선 중기에 알려지기 시작했으나, 북한산 순수비를 사람들은 무학대사비라고 했다. 세상에 전하기로 무학대사가 한양 도읍 자리를 물색하기 위해 비봉에 올라오니 "무학이 잘못 찾아와 이 비에 이르렀다(無學枉誤尋到此之碑)"라고 쓰여 있어 놀라서 내려갔는데 세월이 흘러 글씨가 안 보인다고 전해온 것이다. 이것이 다시 진흥왕 순수비임을 확인한 이는 추사 김정희였다.

추사 김정희는 어렸을 때 삼각산 유람을 가는 아버지를 따라 승가사에 왔다가 한 번 비봉에 오른 적이 있다. 그때 추사는 이 비가 세상에 도선국사비라고 전한다고 들은 바 있었다.

세월이 지나 30세 때인 1816년 추사는 이 비를 조사하기 위해 벗 동리(東籬) 김경연(金敬淵)과 함께 비봉에 올랐다. 그리고 비문 첫행에서 진흥태왕(眞興太王)이라는 글자를 확인했고, 나중에 황초령 순수비와 비교하여 이것 또한 진흥왕비임을 확인했다.

그리고 추사는 이듬해(1817)에 이 비를 정밀조사하기 위해 운석(雲石) 조인영(趙寅永)과 또다시 비봉에 올랐다. 이번에는 정교하게 탁본을 하기 위해 기술자인 탑공(搨工)을 데리고 갔다. 내려와서 열심히 탁본을 보며 글자를 해독하고 있는데 어느 날 '순수(巡狩)'라는 두 글자가 눈에 들어왔고 '관경(管境)'이라는 두 글자도 나타났다. 추사는 이 놀랍도록 반가운 사실을 조인영에게 편지로 써서 알렸다.

비바람 몰아치는 가운데 그리운 정을 풀 수가 없습니다. 형은 무슨 생각을 하면서 문을 굳게 닫고 혼자 지내십니까. 그런데 재차 비봉의

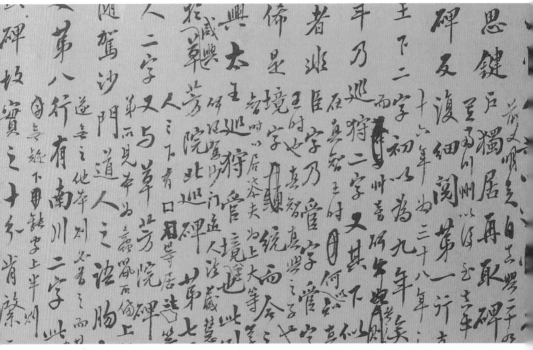

| 추사가 조인영에게 보낸 편지(부분) | 북한산 순수비를 사람들은 무학대사비라고 했으나 추사는 조인영과 함께 북한산 비봉에 올라 비석을 탁본하고 이것이 진흥왕 순수비임을 다시 확인해 세상에 널리 알렸다. 추사가 진흥왕 순수비임을 확인한 순간에 벗 조인영에게 보낸 편지이다.

고비(古碑)를 가져다 반복하여 자세히 훑어보니 제1행 진흥태왕 아래 두 글자를 처음에는 '구년(九年)'으로 보았는데 '구년'이 아니고 '순수(巡狩)' 두 글자였습니다.

또 그 아래 '신(臣)' 자 같이 생긴 것도 '신' 자가 아니고 바로 '관(管)' 자였습니다. 그리고 '관' 자 밑에 희미하게 보이는 것은 바로 '경(境)' 자이니 이것을 전부 통합해보면 '진흥태왕 순수관경(眞興太王 巡狩管境) 여덟 글자가 됩니다. 이 예는 이미 함흥 초방원(草芳院)의 북순비(北巡碑, 황초령비)에 있습니다.(『완당전집』 권2, 「조인영에게」)

이리하여 추사는 무학대사비나 도선국사비라고 전해오던 것을 신라 진흥왕 순수비로 재발견한 것이다. 그는 북한산 순수비 측면에 이 비가 진흥왕 순수비이고 이를 두 차례 찾아와 고증했음을 다음과 같이 새겨두었다.

이것은 신라 진흥대왕 순수비이다. 병자년 7월 김정희·김경연이 와서 읽었다.(此 新羅 眞興大王 巡狩之碑 丙子七月 金正喜 金敬淵 來讀)

정축년 6월 8일 김정희·조인영이 함께 와서 남아 있는 글자 68자를 면밀히 살펴보았다.(丁丑六月八日 金正喜 趙寅永 同來 審定殘字 六十八字)

추사 김정희의 「진흥이비고」

추사는 북한산 순수비의 내용을 기왕에 알려져 있는 황초령 순수비와 대조하며 조사했다. 황초령 순수비는 함경도 장

| 김정희의 북한산 진흥왕 순수비 발견기 | 추사는 북한산 순수비 측면에 이 비가 진흥왕 순수비이고 이를 두 차례 찾아와 고증했음을 새겨두었다.

| **〈진흥북수고경〉 현판이 달린 비각** | 함경도 관찰사 윤정현은 조각난 황초령비를 함흥으로 가져와 비각 안에 세웠다.

진군 황초령의 꼭대기에 있던 것으로, 신립(申砬) 장군이 북병사로 있을 때 이를 탁본한 것을 차천로(車天輅)가 보고 『오산설림(五山說林)』에 언급하면서 세상에 알려졌다. 또한 한백겸(韓百謙)의 『동국지리지(東國地理志)』에 "진흥왕비가 황초령과 단천에 있다"고 했고, 낭선군(朗善君) 이우(李俁)는 『대동금석첩(大東金石帖)』을 펴내면서 삼한(三韓)의 고비(古碑)로 황초령비를 언급했다.

이후 정조 때 금석학자였던 이계(耳溪) 홍양호(洪良浩)는 1790년 함흥 통판으로 부임하는 유한돈(兪漢敦)에게 황초령비의 존재를 확인해 달라고 부탁했다. 몇 해 뒤 유한돈이 알려오기를 "함흥과 갑산 중간에 황초령이 있는데 함흥에서 200리 떨어진 곳으로 고개 위에 있던 비가

| 황초령 신라 진흥왕 순수비 | 황초령 순수비는 함경도 장진군 황초령의 꼭대기에 있던 것으로 네 동강 중 세 조각이 발견되었다. 탁본은 함경도 관찰사 윤정현의 황초령비를 옮겨온 내력을 쓴 기문이다.

산 아래로 굴러 두 동강이 났다"는 소식을 보내왔다.

　그후 1832년 이재(彛齋) 권돈인(權敦仁)이 함경도 관찰사로 부임하게 되자 김정희는 황초령 순수비의 파편을 찾아볼 것을 권유했고 권돈인은 마침내 비석을 찾아냈다. 김정희는 이에 북한산 순수비와 황초령 순수비의 내용을 분석한 장문의 논고를 집필했다. 이 글이 추사의 대표적인 논문인 「진흥이비고(眞興二碑考)」이다.

　『완당전집』에 실려 있는 「진흥이비고」는 『예당금석과안록(禮堂金石過眼錄)』이라는 제목으로도 알려져 있는데, 총 7천여 자에 달하는 장문의 논고로 글자의 판독, 문장의 해석, 서체의 탐구, 비석의 형태 등에 대한 면밀한 연구일 뿐 아니라 『삼국사기』『문헌비고』 등 각종 문헌 자료와 대조 검토하는 치밀함을 보여주는 글이다. 이 글은 당시나 지금이나 완벽하고 모범적인 역사학 내지 미술사학, 정확히는 고증학 논문이라고 할 만하다.

황초령비와 마운령비

한편 권돈인이 찾았던 황초령 순수비는 다시 어디 있는지 알 수 없게 되어 추사 김정희를 안타깝게 했다. 그러다 추사가 북청에 유배 중일 때 마침 후배인 윤정현(尹定鉉)이 함경도 관찰사로 부임해오자 추사는 그에게 비를 다시 찾아보게 했다. 그리고 1852년 윤정현은 마침내 두 동강 난 황초령비를 찾아내어 중령진(中嶺鎭)에 세우고 비각으로 보호했다. 이 비각에는 추사가 쓴 〈진흥북수고경(眞興北狩古竟)〉이라는 현판이 걸려 있고 윤정현이 세워놓은 이건비(移建碑)가 있다.

황초령 순수비는 모두 네 동강이 났는데 두 조각만 전해오다가 왼쪽 아랫단은 1931년에 고을 아이 엄재춘이 개울가에서 발견하여 보완되었다. 그러나 왼쪽 윗부분은 끝내 찾지 못하고 현재는 함흥역사박물관에 옮겨져 세 조각을 결합한 모습으로 보존되고 있다.

마운령 순수비는 함경도 이원군 동면 만덕산(萬德山) 복흥사

| **마운령 신라 진흥왕 순수비** | 마운령 순수비는 함경도 이원군 동면 만덕산 복흥사 뒷산 꼭대기에 세워져 있던 것이다. 오랜 세월 잊혔다가 육당 최남선이 확인하고 소개함으로써 다시 세상에 알려졌다.

(福興寺) 뒷산 꼭대기에 세워져 있던 것이다. 이 비는 오랫동안 잊혀 있었으나 1929년 육당 최남선이 함경도 답사 중 한 선비의 집에 소장된 『이성고기(利城古記)』라는 책에서 진흥왕 순수비가 있었음을 증언하는 글을 접하고는 현장 답사를 해보니 거기에 '남이장군비(南怡將軍碑)'로 알려진 비가 있었다. 그러나 자세히 살펴보니 이 비가 바로 마운령 신라 진흥왕 순수비임을 확인할 수 있었다. 이로써 마운령비의 존재가 세상에 다시 알려지게 되었다. 이 비 역시 현재 함흥역사박물관에 보관되어 있다.

김노경 일행의 『삼각산 기행시축』

추사 김정희가 어렸을 때 아버지 김노경(金魯敬, 1766~1837)을 따라 북한산에 다녀갔다는 사실은 제주추사관에 소장되어 있는 김노경 일행의 『삼각산 기행시축(三角山 紀行詩軸)』이 알려주고 있다. 이 『기행시축』은 내가 『완당평전』을 집필하기 위해 자료를 수집할 때 서예가 한상봉을 통해 구한 것으로 2006년에 제주추사관 건립을 추진하면서 기증했다.

『기행시축』은 김노경과 자(字)를 이도(以道), 사질(士質)이라고 하는 벗 3인이 김노경의 아들 김정희와 또 누군가의 아들인 영갑(永甲)을 데리고 다섯이서 3박 4일간 삼각산(북한산)을 두루 유람하면서 명소를 들를 때마다 지은 시를 엮은 문서로 총 24수의 시가 실려 있다. 그중엔 김정희와 영갑이 지은 시도 한 편씩 들어 있다. 연도는 밝혀져 있지 않지만 어른 셋은 시를 짓고 자를 썼지만 두 아들은 자가 아니라 이름(名)을 표기한 것을 보면 아들들이 어렸을 때일 것으로 생각된다. 때는 음력 4월에 이루어졌다. 이 『기행시축』에 나온 곳을 따라 이들의 삼각산 유람 코스를 복원해보면 다음과 같다.

첫째 날은 창의문에서 출발하여 사자령을 넘어 중흥사에서 묵었다.
둘째 날은 중흥사와 산영루를 두루 유람하고 부왕사에서 묵었다.
셋째 날은 부왕사에서 출발하여 북한산성 서문으로 나와 진관사에서 묵었다.
넷째 날은 진관사에서 출발하여 승가사를 거쳐 비봉에 올랐다.

이 시축에서 추사 김정희가 산영루에서 지은 시는 다음과 같다.

고목 숲 속에서 나그네 발걸음을 멈추면	游客住筇古樹間
어지러운 물결이 석양 저문 산을 울린다.	亂流爭響夕陽山
예로부터 명승지로 알려진 이 정자에 올라	此亭自古稱勝地
꽃 난간 기대서니 돌아갈 생각이 없어지네	徙倚華欄憺忘還

그리고 마지막 유람지인 승가사에 대해서는 다음과 같은 부기가 적혀 있다.

유람을 마치자 부인들은 돌아갈 나막신을 손질하였다. 승가사에 들렀다가 산꼭대기에 올랐는데 들려오는 얘기로는 도선의 비석이 세워져 있던 곳이라고 한다.

이 『기행시축』은 추사가 북한산 순수비를 재발견하기 전에 한 차례 다녀갔음을 말해줌과 동시에 조선시대 문인들이 북한산 유람을 어떻게 즐겼는지 구체적으로 보여주는 귀중한 자료여서 2021년에 북한산국립공원 사무소는 '한국산서회'와 공동 작업으로 시축 전체를 번역하고 해제를 붙여 인터넷 홈페이지(knps.or.kr)에 '추사의 여정을 따라: 삼각산 기행시축'

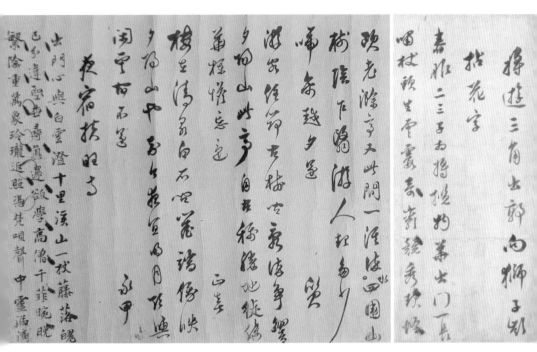

| **「삼각산 기행시축」 부분 |** 「삼각산 기행시축」은 추사의 아버지 김노경이 2명의 벗들과 3박 4일간 북한산을 유람하면서 지은 시축인데 이때 추사도 동행하여 시 한 수를 지었다. 그때 추사는 이 비가 도산국사비로 전한다는 이야기를 들었다고 했다. 이 시축은 조선시대 문인들이 북한산 유람을 어떻게 즐겼는지 구체적으로 보여주고 있다.

이라는 제목으로 누구든 볼 수 있게 서비스하고 있다.

진흥왕 순수비 복제비 제작

북한산 순수비는 이미 두 동강이 난데다가 한국전쟁 때 총상까지 입어 더 이상 풍우를 견디기 어렵다고 판단되어 1972년 국립중앙박물관으로 옮기고 그 자리에는 까만 대리석을 가져다두고 다음과 같은 안내문을 적어두었었다.

| **북한산 순수비 유허비** | 북한산 순수비가 1972년 국립중앙박물관으로 이전한 뒤 그 자리에는 이와 같은 유허비가 세워져 있었다.

이곳에 세워졌던 신라 진흥왕 순수비(국보 제3호)는 1,400여 년의 오랜 풍우로 그 비신 보존이 어려워 이를 안전하게 보존·관리하기 위하여 1972년 8월 16일 국립박물관으로 이전하고 유지(遺址)를 사적으로 지정하다. 1972년 8월 16일. 대한민국.

나는 비봉에 올 때마다 이 작은 대리석에 새겨진 안내문을 읽으면서 국립박물관으로 옮겨간 북한산 순수비를 머리에 떠올리며 서운해하곤 했다. 생각있는 사람이라면 누구나 마찬가지였을 것이다. 그러다 2006년 내가 문화재청장으로 있을 때 뜻밖에도 문재인 당시 민정수석이 나에게 비봉에 북한산 순수비가 없는 것이 너무 아쉬우니 안내석을 치우고 그 자리에 복제품을 세우는 것이 어떻겠느냐고 건의했다.

이에 나는 즉시 국립문화재연구소에 북한산 순수비의 복제비를 만들

| **북한산 순수비 복제비** | 복제비는 2006년 내가 문화재청장으로 있을 때 문재인 당시 민정수석이 나에게 비봉에 북한산 순수비가 없는 것이 너무 아쉬우니 그 자리에 복제품을 두면 어떻겠느냐고 건의한 것을 계기로 세워지게 되었다.

도록 지시했다. 한 치도 틀리지 않는 똑같은 레플리카를 만들도록 하여 연구소에서는 국립중앙박물관에 옮겨진 비석의 3D 시뮬레이션 작업에 들어갔다. 그러나 복제비를 만드는 것은 쉬운 일이 아니었다. 최대한 원형에 가깝게 하는 것이 원칙이지만 몇 가지 중요한 검토사항이 있었다.

첫째는 비석의 재질 문제였다. 문화재전문위원인 이상헌 교수(강원대, 지질학)가 비의 재질을 분석했더니 뜻밖에 북한산 일대에 있는 암석이 아니라는 것이었다. 어디선가 암석을 캐어 다듬은 비석이라는 의미다. 이에 흑운모가 가장 적게 함유된 강화도산 화강암으로 결정했다.

둘째는 글자를 그냥 흐리게 할 것인가 읽을 수 있게 나타낼 것인가 하는 문제였다. 추사가 읽은 68자조차도 지난 200년간 풍우에 마모된 것이 많았다. 이에 지금까지 확실히 판독된 글자만을 각자(刻字)하고, 판독 불가능한 글자와 판독에 논란이 많은 글자는 새기지 않았다. 서체는 문화재전문위원 이완우 교수(한국학중앙연구원, 서예사)의 자문을 받아 서만석 각자공이 새겼다.

셋째는 비석의 상처를 어떻게 할 것인가 하는 문제였다. 비신 뒷면에 한국전쟁 때 입은 총탄 자국 26군데를 포함해 실물에 나타나는 균열과 표면 박락, 파손 부위 등이 그대로 재현됐다. 다만 비석이 두 동강 난 것은 통돌로 만들면서 깨진 자리를 명확히 표시해두는 것으로 했다.

이런 원칙하에 문화재등록업체인 경록건설에서 비석을 제작했다. 이것이 지금 비봉에 세워져 있는 북한산 순수비 복제비다.

사라진 비석 지붕돌을 찾아라

이리하여 2006년 10월 19일 오전 11시 복제비 제막식이 열렸다. 제작된 복제비는 헬기로 운반하여 미리 세워놓았다. 이날 제막식에서는 250여 명의 많은 인원이 참석했다. 이는 순수비의 '머릿돌 찾기 행사'가 벌어졌기 때문이다.

원래 이 비의 비신 머리 위에는 지붕 모양의 머릿돌이 있었다. 그러나 언젠가 사라지고 비석 머리에는 머릿돌이 꽂혔던 자리만 쐐기 모양으로 남아 있다. 아마도 마운령 순수비와 같은 머릿돌이 있었을 것이다. 이 머릿돌을 누가 떼어갔을 리는 만무하기에 분명 벼랑 아래로 굴러 떨어졌을 것으로 보고 있다.

문화재청에서는 순수비의 머릿돌 파편을 찾는 사람에게는 문화재보호법 제48조에 의거 공로패와 보상금을 지급하겠다고 밝혔다. 이를 위해 산악인들도 초청했지만 결국 아무도 찾아내지 못했다. 이에 문화재청은 이후 언제라도 머릿돌 파편을 주워 신고하는 이에게 포상하겠노라고 선언하고 행사를 마무리했다.

그러나 그로부터 15년이 지난 오늘까지 머릿돌 파편을 찾아낸 사람은 없다. 그래서 나는 비봉에 오를 때면 벼랑 아래쪽에서 북한산 순수비의 복제비를 바라보면서 누가 가져갔을 리가 없는데,라고 생각하며 머릿돌이 굴러떨어졌을 각도를 이리저리 재보고 서성거리곤 한다. 공군에서는 추락한 비행기의 날개자락 잔편만 찾으면 그 원인을 알 수 있다고 한다. 비석 머릿돌도 아주 작은 잔편 하나만 찾으면 완벽하게 복원할 자신이 있다. 나는 언젠가는 찾아낼 것으로 지금도 기대하고 있다.

　북한산 순수비의 복제비 제작 과정을 말하면서 그냥 문화재청에서 했다고 하지 않고 굳이 문재인 전 대통령이 건의했다는 사실을 밝힌 이유는, 2017년 5월 9일 대통령선거 투표를 마친 뒤 문재인 당시 대통령 후보가 김정숙 여사와 함께 홍은동 자택에서 나와 자택 뒷산을 산책하던 중 소회를 묻는 기자들의 질문에 대답하면서 다음과 같이 말한 것이 모든 신문에 기사로 실렸기 때문이다.

　　"바위에 걸터앉아 북한산을 바라보던 문후보는 손을 들어 신라 진흥왕 순수비에 대해 설명했다. 그는 '북한산 가운데 사모바위 옆 꼭대기에 높은 거 있죠. 그게 진흥왕 순수비'라며 "내가 처음에 갔을 때는 북한산 순수비가 있었다는 안내판만 있었는데, 유홍준 문화재청장한테 얘기해 실물하고 똑같은 이미테이션을 세웠다"고 밝혔다. (『국민일보』 2017. 5. 9)

　이렇게 자랑스러운 마음을 갖고 말하는 것을 내가 빼놓을 수는 없었던 것이다. 아무튼 진흥왕 북한산 순수비의 복제비 건립은 그에게나 나에게나 큰 보람이자 자랑이다.

여운형선생기념사업회	168면
연합뉴스	85, 86, 89, 108, 284, 314, 319면
오모군	97면
원혜경	250면
월간 산	112면
윤준환, 건축사사무소 오퍼스	174면
이성우	19, 42, 44, 48, 65면
이주호(브릭스 매거진)	145면
조문호	281, 301(2점), 306면
조선일보	188, 209, 220, 231, 257면
중앙일보	227면
초정기념사업회	243면
통문관	221면
한국문화원연합회	176, 315면
한국화랑협회	247, 253면
홍성후	21, 24, 25(위), 27, 28, 29, 38, 41, 45, 47, 52, 64, 67, 71, 77, 78, 79, 90, 120, 135, 213(왼쪽), 223(1,4번), 240(1,3,4번), 253, 279(4점), 303면
alamy	268면

본문 지도 / 한승민

유물 소장처

가나아트센터	264면
간송미술문화재단	17, 89, 109, 115~16, 121면
고려대학교 도서관	73면
과천추사박물관	337면
국립중앙도서관	168, 214, 215면
국회도서관	216~17면
독립기념관	162면(박영효, 서재필)
독일 성 베네딕도 상트 오틸리엔 수도원	82면
리움 삼성미술관	15, 142면
박수근연구소	68면(2점)

배재학당역사박물관	179면(왼쪽)
부산기록관	84면
서울시립미술관	264면
제주추사관	343면
한국학중앙연구원	215면

*위 출처 외의 사진은 저자 유홍준이 촬영한 것이다.

나의 문화유산답사기 11
서울편3 사대문 안동네
내 고향 서울 이야기

초판 1쇄 발행 2022년 10월 25일
초판 5쇄 발행 2023년 1월 2일

지은이 / 유홍준
펴낸이 / 강일우
책임편집 / 박주용 김새롬 홍지연
디자인 / 디자인 비따 김지선 노혜지
펴낸곳 / (주)창비
등록 / 1986년 8월 5일 제85호
주소 / 10881 경기도 파주시 회동길 184
전화 / 031-955-3333
팩시밀리 / 영업 031-955-3399 편집 031-955-3400
홈페이지 / www.changbi.com
전자우편 / human@changbi.com

ⓒ 유홍준 2022
ISBN 978-89-364-7919-0 03810